CHARLIE + CHARLOTTE

L'auteur

C'est sur le tard que **Shannon Lee Alexander** a compris ce qu'elle voulait faire dans la vie : écrire. Avant cela, elle a été professeur d'art en école primaire et a élevé deux enfants et un chien aux poils longs. En 2009, elle a perdu une amie proche d'un cancer des ovaires. C'est en la voyant combattre la maladie avec bravoure et toujours plus d'espoir qu'elle a trouvé l'inspiration et la force nécessaires pour se lancer dans l'écriture.

SHANNON LEE ALEXANDER

CHARLIE
+
CHARLOTTE

Traduit de l'américain
par Noémie Saint Gal

POCKET JEUNESSE
PKJ·

Titre original :
Love and Other Unknown Variables

Collection « Territoires » dirigée
par Pauline Mardoc

Loi n° 49 956 du 16 juillet 1949 sur les publications
destinées à la jeunesse : septembre 2016

ISBN : 978-2-266-26495-2

« Comment expliquer en termes de chimie et de physique
un phénomène biologique aussi important
que le premier amour ? »

Albert Einstein

∞

Les débuts, c'est toujours difficile. Ça fait quarante-sept minutes que je contemple cette page blanche. Les possibilités sont infinies. Lorsque j'aurai commencé, elles se réduiront.

D'un point de vue scientifique, les débuts, ça n'existe pas. Le monde est fait d'énergie qui ne se crée et ne disparaît pas. Tout ce qu'*elle* est se trouvait là avant moi. Tout ce qu'elle était restera. Son existence touche mon passé et mon futur en un point : l'infini.

La vie n'est pas faite comme ça. C'est plutôt un cercle.

On peut commencer l'histoire n'importe où, elle reviendra à son point de départ.

En d'autres termes, peu importe où je commence. Ça ne changera pas la fin.

1.0

Les geeks sont à la mode. Du moins, c'est ce qu'on dit. Alors pourquoi ai-je autant de mal à séduire une fille ?

Toutes mes expériences m'amènent à la même conclusion : cette rumeur est infondée. Ou alors ma méthode est erronée. Le scientifique, face à un résultat inattendu, doit tout faire pour déterminer l'origine de l'erreur. Je suis certain qu'en l'occurrence l'erreur, c'est moi. La science exigerait que je me retire de l'équation, au lieu de ça, je n'ai pas cessé de changer la fille.

Chaque essai a donné un résultat similaire :

1. Sujet : Sara Lewis, 6e
   Méthode : Lui prendre la main en cours d'éducation civique
   Résultat : Coup de poing dans la cuisse.

2. Sujet : Cara Wheterby, 6e, 2e semestre
   Méthode : Bâiller et mettre le bras autour de ses épaules pendant la soirée cinéma
   Résultat : Coup de coude dans les côtes.

3. Sujet : Maria Castillo, 5^{e}
   Méthode : L'embrasser à la sortie du bus
   Résultat : Coup de genou à l'entre-jambe.

Après Maria, j'ai décidé que mon génie scientifique était appelé à d'autres expériences. Des expériences qui m'ouvriraient les portes du MIT[1].

Alors quand je tends la main pour toucher la fille devant moi chez Krispy Kreme, la boutique de donuts, je sais déjà comment ça va se terminer.

La file d'attente est longue. J'occupe mon temps en énumérant le nombre de dalles au plafond (320) et le ratio des grands gobelets par rapport aux petits (3:2). En comptant les donuts exposés (>480), je remarque le petit tatouage sur la nuque de la fille devant moi.

C'est le symbole de l'infini. Il y a un mot écrit en dessous mais je n'arrive pas à le lire car une boucle de ses cheveux le cache.

Sans réfléchir, je l'écarte. La fille frissonne et se retourne si vite que j'ai encore la main en suspension. L'embarras me brûle les joues. J'ignore si je dois protéger mes attributs masculins de l'inévitable brutalité qui va s'ensuivre.

— C'est quoi ton problème ?

Elle a la main sur son tatouage. Sa peau pâle rougit et ses pupilles sont des billes noires au milieu d'une

1. L'Institut de technologie du Massachusetts. *(Toutes les notes sont de la traductrice.)*

mer sauvage, mais comme je ne suis pas en train de recracher mes poumons, ça se passe déjà mieux qu'avec toutes les autres.

Elle attend que je m'explique.

Les mots mettent trop longtemps à venir. Elle est si belle, avec ses yeux océan et ses cheveux aile-de-corbeau.

— Je voulais voir ton tatouage.

— Demande, la prochaine fois.

Je hoche la tête. Elle se retourne.

Ses cheveux ont bougé.

Espoir.

— Accélère, Chuck. James trépigne parce qu'on ne va pas être « ponctuels », déclare Greta.

Elle a mimé les guillemets autour du mot préféré de James.

— Ça sent trop bon ici !

Greta McCaulley est ma meilleure amie depuis notre première année à Brighton. Au concours d'algèbre lancé par M. Topler, j'ai fini deuxième, juste derrière Greta. Depuis, ses cheveux roux, ses avis sur tout et ses ongles rongés font partie de ma vie quotidienne. Elle a le mérite d'accepter chez moi ce qui donne aux autres l'envie de me frapper. Et elle est aussi loyale que tenace, un mélange de labrador et de crabe.

Et elle me hurlerait dessus si elle savait que je pense ça.

Dehors, James, son petit ami, s'extirpe de ma voiture et ouvre les lourdes portes.

— Gens de Krispy Kreme, je refuse de ne pas être ponct…

Il renifle l'odeur du sucre et perd le fil de sa phrase.

Greta et James sont ensemble depuis la Seconde. Si je comptais rester proche de Greta, son dogue allemand de copain devait intégrer mon petit cercle d'amis.

En fait, c'est plutôt un triangle d'amis. Je n'en ai pas assez pour former un cercle...

La fille au tatouage s'avance et commande. Elle a à peu près notre âge mais je ne la connais pas, ce qui veut dire qu'elle va au lycée de ma sœur, Sandstone. Celui des gens normaux. Moi je vais à l'école pour les geeks : l'Académie scientifique de Brighton.

Greta s'appuie contre mon épaule. Je sais que je ne devrais pas le remarquer parce que a) on est amis depuis longtemps b) James est à deux pas et c) je viens de tripoter la nuque d'une inconnue, mais son sein gauche me frôle le bras.

— Il s'est passé quoi avec cette fille ? me demande-t-elle. Je l'ai vue se retourner et...

Je rougis jusqu'aux oreilles.

— Chut.

Heureusement, elle baisse la voix :

— J'ai cru qu'elle allait te frapper.

— Moi aussi.

— Qu'est-ce que tu as fait ?

Je hausse les épaules.

— Elle a un tatouage.

— Et ?

— Et... peut-être que je l'ai touché.

Greta en reste bouche bée.

— Bon, d'accord. Je l'ai vraiment, vraiment touché.

— Où ?

Greta détaille rapidement la fille.

— Oh merci mon Dieu, souffle-t-elle. J'ai eu peur que ce soit un *tramp stamp*.

Je ne devais pas avoir l'air de comprendre parce que Greta me montre le bas de son dos.

— Non, non, non !

Je m'exclame trop fort. La fille au tatouage jette un coup d'œil par-dessus son épaule. Greta et moi contemplons nos chaussures.

James s'interpose et, pour une fois, je suis ravi qu'il soit aussi large que 2 Charlie + 1 Greta. Il nous protège du regard noir de la fille. James tapote le cadran de sa montre.

— Je sais, dis-je. Retournez à la voiture. J'arrive dans deux minutes. On a largement le temps.

Ils partent au moment où la fille s'écarte du comptoir. Je devrais la laisser s'en aller, soulagé qu'elle ne m'ait pas frappé, mais sans réfléchir je lui attrape le bras quand elle passe. Elle se crispe.

Je suis figé, comme si une décharge électrique me foudroyait, mais la lâcher m'est impossible.

— Oui ?

Sa mâchoire est aussi crispée que son bras.

— Je voulais m'excuser.

— Oh.

Elle se détend.

— Merci.

J'adore son odeur. À moins que ça soit celle du donut chaud qu'elle tient. Je ne sais pas, mais je dois me forcer à reprendre :

— Désolé.

Arrête-toi là, Hanson.

— Mais tu te trompes sur l'infini. L'infini est quantifiable. L'espoir, lui, est impossible à mesurer.

Elle change d'expression et se dégage.

— Alors parce qu'on ne peut pas le mesurer je ne devrais pas compter dessus ? C'est glauque. Franchement glauque.

Elle sort.

Sujet : Fille au tatouage, premier jour de Terminale.
Méthode : Nuque touchée, puis cours de mathématiques avancées.
Résultat : Pas de dégâts physiques, mais je doute de jamais comprendre le fonctionnement d'une relation.

1.1

J'entre sur le parking du lycée pendant que James termine son dernier donut. Il en a mangé six. Plus l'un des miens. Greta n'a pas encore touché les siens. Elle n'a pas détourné les yeux de la banlieue qui laisse place à la ville, le même paysage depuis trois ans. Le soleil matinal perce à travers l'humidité qui s'accroche aux bâtiments comme une couverture mouillée. C'est bizarre de penser que c'est notre dernier premier jour de cours à Brighton. Plus que 179 trajets.

J'ai passé celui-ci à me demander ce que quelqu'un ferait d'une infinité d'espoir. Ça fait beaucoup.

— Qu'est-ce que tu penses de ce tatouage, Gret' ?

Un sourcil roux haussé, elle se détourne de la vitre.

— Que ça ne nous regarde pas.

— Oui, mais tu ne trouves pas que c'est excessif, comme quantité d'espoir ?

— Ça dépend de ce que tu espères. Pourquoi ça t'intéresse ? Et c'était quoi, cette magnifique démonstration d'inaptitude sociale ?

— Ça ne m'intéresse pas vraiment.

Sauf que, pourquoi l'espoir ? Et pourquoi je n'arrête pas de penser à la sensation de sa peau douce sous mes doigts ? Et pourquoi elle avait l'air si triste avant de s'en aller ? Il me faut plus de données.

— Considérons ça comme une expérience.

James se met à rire et se penche entre les deux sièges.

— Je croyais que tu laissais cette recherche-là aux grands garçons ?

Il gonfle les biceps. Greta étrangle un ricanement, mais je la vois suivre le mouvement des yeux.

— Je vous dirais bien d'aller vous isoler, mais la ponctualité de James risque d'en pâtir.

Ils rougissent.

— Oh, regardez-moi ça, dis-je en me garant, il nous reste trois bonnes minutes. J'aurais peut-être dû m'arrêter ?

Et le coup que j'attends depuis le début de la matinée atterrit enfin, assez fort pour me faire vaciller.

— Oh, ferme-la, abruti, ordonne Greta en me menaçant de son poing, ou je détruis ta démonstration en sept secondes.

— Tu n'y arriveras pas, je rétorque, mais un doute m'envahit.

Cette démonstration est la clé qui me conduira au docteur Martin K. Bell, dieu des mathématiques, qui me prendra sous son aile l'année prochaine au MIT, jusqu'au jour où il déclarera : *Je n'ai plus rien à t'apprendre. L'élève a dépassé le maître.* Peu de temps après, je recevrai la médaille Fields[1].

1. L'équivalent du prix Nobel pour les mathématiques.

— Moi, je n'ai besoin que de six secondes, rétorque James avec un grand sourire.

On sort de la voiture pendant qu'ils se disputent pour savoir qui peut démonter le plus vite trois ans de mon travail. Soucieux de changer de sujet, je désigne la pâtisserie intacte de Greta.

— T'es pas un peu ingrate ? « Je veux des donuts », tu m'as dit. Alors je t'ai emmenée à Krispy Kreme.

Je croise les bras d'indignation feinte.

James intervient et essaie de le lui prendre.

— Je vais le manger, moi. J'ai encore faim.

Ça détourne l'attention de Greta.

— Comment c'est possible ? Tu as ingéré plus de calories qu'une pompom girl en une semaine.

— Où ça une pompom girl ?

James fait semblant d'en chercher une du regard. Il n'y en a pas à Brighton. Pour ça, il nous faudrait des équipes sportives. Ils ont beau prétendre le contraire, ceux qui font des concours de maths ne comptent pas.

Greta prend son grand sac et soupire.

— Pourquoi est-ce que je le supporte ?

Je hausse les épaules.

— Aucune idée. Mais quelqu'un devrait profiter de ce donut. J'ai failli me faire rétamer par une fille pour te l'avoir.

— Si c'est si important pour toi…

Elle fourre le donut entier dans sa bouche et me sourit, ses joues couvertes de taches de rousseur toutes gonflées.

— Tu as vu ça ? demande James tandis qu'elle s'éloigne.

Sa voix est douce, presque adoratrice. Il trouve que tout ce que fait Greta est fantastique, même les trucs crades, ce qui me donne l'espoir qu'un jour mon expérience débouche sur un résultat positif.

Pas un espoir infini, bien sûr. Ça, ça n'a aucun sens.

1.2

On déjeune sous un pommier dans la cour non loin d'une plaque commémorative où est inscrit : « Beaucoup ont vu tomber la pomme, seul Newton s'est demandé pourquoi. »

Appuyé contre la plaque, James compare nos nouveaux emplois du temps.

— Je me demande qui sera notre victime, cette année, dit-il.

Il parle du nouveau prof de littérature. À Brighton, ils défilent comme les profs de Défense contre les forces du mal à Poudlard.

— Ce sera une femme, je lui réponds en désignant le nom de Mme Finch[1].

Greta cherche un truc dans son sac.

— Ah non, ça ne va pas recommencer !

Son visage disparaît presque à l'intérieur, mais je devine son air agacé. Son instinct de protection prend

1. « Finch » en anglais est un petit oiseau de la famille des passereaux.

le dessus. Il y a deux ans, je me suis surmené. Trop d'options, capitaine de l'équipe de maths de compétition, stagiaire au département de physique de l'université et une place à la foire nationale de science. Résultat : je n'ai pas eu la moyenne à un devoir de chimie. C'était la première fois que ça m'arrivait. J'ai un peu pété les plombs.

Je ne me rappelle pas de tout (la mère psychiatre de Greta dit que c'est normal), mais j'étais persuadé que si je comprenais ce qui ne fonctionnait pas dans mon expérience chimique je pourrais repasser le devoir. Bien sûr, pour ce faire, il fallait que je pénètre dans le labo du lycée. Il était une heure du matin. Et en forçant la serrure de la salle de sports abandonnée, j'ai plus ou moins déclenché l'alarme.

Seul dans le bâtiment, j'ai paniqué et appelé Greta. Sa mère a contacté la police et les a retrouvés sur place. Greta m'a découvert dans la réserve de l'un des labos. J'étais catatonique.

Si elle n'avait pas été là pour me sommer d'arrêter de chouiner, j'aurais quitté le lycée et renoncé à toutes mes ambitions.

Accordant à nouveau son attention à James, Greta déclare :

— Toi, tu me promets de rester concentré.

Elle ponctue sa phrase en le poignardant du crayon qu'elle vient de sortir de son sac.

— Hé, je suis toujours concentré !

Greta ricane. James jette un air noir à la pomme qu'il s'apprête à croquer.

Satisfaite, Greta se met à griffonner des calculs pendant que James frotte sa pomme à l'en abîmer et marmonne de façon à ce que je sois seul à l'entendre :

— Concentré sur l'idée de perpétuer une fière tradition.

Brighton est une école scientifique. Son objectif est de nous préparer à un avenir dans les domaines de la science, la technologie, l'ingénierie et les mathématiques. Notre devise est *Aut viam inveniam aut faciam.* C'est-à-dire : « Si je ne trouve pas le moyen, je le créerai. »

Alors nous avons trouvé le moyen de réduire le temps passé sur la poésie et la littérature en incitant les profs de littérature à détester leur job. Ce n'est pas difficile. Il suffit de pousser le premier domino et l'inertie fait le reste.

C'est une équation simple : Pas de prof = pas de cours. Pas de cours = plus de temps pour les choses importantes. Comme les maths.

* * *

On s'installe au fond de la classe. Je contemple les bibliothèques qui occupent les quatre murs. Aucun des titres ne me parle, ce qui ne veut pas dire grand-chose. Au-dessus, il y a des tableaux. Des grands avec des gens qui rient, pendus à des branches d'arbre. Des petits qui représentent des livres bien rangés. Quarante-deux peintures. Toutes différentes et toutes pareilles.

Quarante-deux peintures, zéro prof.

À Brighton, les cours commencent à l'heure. En fait, la prof de physique vous punit même si vous n'êtes pas en avance. Elle dit que c'est comme être en retard. James est amoureux d'elle.

— Ça commence bien, déclare-t-il, prêt à attaquer.

Greta le fait taire en lui pinçant le bras.

Sur ce, notre cible de cette année débarque, en grimaçant et en s'essuyant la main sur sa jupe, un gobelet de café dans l'autre. Mme Finch a de longs cheveux bruns, sa jupe noire s'arrête au genou et sa chemise blanche déboutonnée révèle la pâleur de sa gorge. On peut dire qu'elle ne ressemble à aucun autre professeur d'ici.

— Pardon pour mon manque de ponctualité, dit-elle.

James s'étrangle un peu.

Mme Finch jure dans sa barbe lorsque le café déborde du gobelet. Elle change de main et essuie l'autre à son tour. Remarquant les vingt-deux paires d'yeux qui la dévisagent, elle rougit.

— Disons que je ne dors pas bien ces derniers temps, déclare-t-elle en levant son gobelet, ce qui le fait encore plus déborder. J'ai dû le remplir avec un peu trop d'enthousiasme.

J'ai une impression de déjà-vu. Où est-ce que je l'ai croisée ?

Non. Ce n'était pas elle.

La fille au tatouage.

— Commençons. Mieux vaut tard que jamais.

Elle tire un tabouret sur l'estrade, sort un roman et se met à lire.

Je ne saurais pas vous dire quoi, parce que je suis trop occupé à chercher les différences entre elle et la fille aux donuts. Comme dans un jeu des 7 erreurs.

Elles ont les mêmes yeux et les mêmes cheveux noir de jais. La prof est plus grande et plus âgée, mais pas de beaucoup. Je me demande si elle a un tatouage et ce qu'il représenterait.

Quand elle a terminé sa lecture, Mme Finch ferme le livre et nous regarde.

— Je voudrais commencer en vous confiant un petit secret.

Tout le monde tend le cou vers son bureau.

— Je sais tout de vous.

Elle marque une pause.

— Vous croyez que vos précieuses sciences vous apporteront toutes les réponses et que ce que j'ai à vous proposer…

Elle indique son livre.

— … ne sert à rien. Mais vous avez tort.

Un léger grognement s'élève.

— Dans la vie, il y a des choses que la logique n'explique pas. On ne peut pas les comprendre par la dissection. Elles sont ce qu'elles sont : bonnes, mauvaises, franchement horribles. Parfois, elles sont tout ça en même temps.

Elle parcourt les rangs. Comme des agneaux qu'on conduirait à l'abattoir, nous la suivons du regard.

— Je sais très bien ce que vous faites subir aux professeurs de littérature.

Une fois au fond de la salle, elle se retourne pour être sûre d'avoir toute notre attention.

— Essayez donc un peu avec moi, pour voir.

1.3

Je jette mes clés sur le comptoir en rentrant dans la cuisine. Quelqu'un est en train de fouiller le frigo à la recherche des friandises que maman planque au fond.

Ça doit être Becca, ma petite sœur. Elle est en Seconde à Sandstone. Je ne sais pas comment elle y est arrivée. C'est un petit génie, mais les bonnes notes ne la motivent pas. Maman jure que Becca a une mémoire photographique. Mais j'ai fait des recherches et il n'y a aucune preuve que ça existe. Malgré tout, elle peut ressortir presque mot pour mot tous les livres qu'elle a lus depuis ses neuf ans. Et rien que dans sa chambre, elle a neuf bibliothèques remplies à craquer.

— Le dernier Milky Way est pour moi, Bec'.

J'entends un juron. Becca ne jure jamais.

— Qui va à la chasse…

La fille au tatouage referme la porte du frigo puis grimace quand elle reconnaît l'abruti qui l'a tripotée chez Krispy Kreme.

— Toi ?

Oui, oui. Dans ma cuisine. Est-ce qu'elle m'a suivi ? Non. C'est ridicule. Même si je pensais à elle en cours de littérature, il n'y a pas longtemps, on a quitté la boutique il y a des heures. Je contemple son tee-shirt violet et le jean slim qui épouse ses mollets.

— Qu'est-ce que tu fais là ?

— Je me prends un truc à manger.

Sa voix donne l'impression qu'elle choisit ses mots avec soin. Elle décide de la jouer cool et sourit.

— Becca a dit que je pouvais me servir et on n'a plus rien de bien à la maison.

Elle agite la barre chocolatée comme si c'était une baguette magique.

— Becca Hanson ?

Ma sœur n'a pas d'amis. En quinze ans, elle en a eu trois. Le premier a déménagé quand elle avait huit ans. Les deux autres étaient imaginaires. Je suis en train de calculer la probabilité que Becca choisisse cette fille comme amie, parmi toutes celles qu'il y a en ville, quand ma sœur dévale l'escalier.

— Charlie ! Tu es rentré !

Son visage exprime un profond soulagement.

— Il faut que tu rencontres Charlotte. C'est ma binôme pour l'exposé, alors que j'ai pourtant précisé à M. Bunting que je suis nulle en projets de groupe parce que les autres ne m'aiment pas.

Elle s'enroule une mèche brune autour du doigt.

— Il ne m'a pas écoutée, et comme elle est nouvelle ici et qu'elle n'est pas au courant au sujet des autres et moi, Charlotte a dit qu'elle serait *ravie* de travailler avec moi.

La voix de Becca vacille.

Ce n'est pas que les gens la détestent. En fait, ils la rendent anxieuse, alors elle s'entoure de murailles impénétrables. Et ça lui déclenche aussi des crises de bavardages qui repoussent les simples mortels. Je ne l'ai pas vue aussi perturbée depuis la fin d'*Harry Potter*.

— Elle a dit que je devrais l'appeler Charley au lieu de Charlotte, alors j'ai répondu non, parce que mon frère s'appelle Charlie et ce serait bizarre. Elle a dit d'accord. Donc je l'appelle seulement Charlotte.

À bout de souffle, Becca se tait.

Je prends le temps d'observer cette autre Charley, de ses boucles brillantes à ses Converses autrefois blanches et couvertes de dessins. Ce déjà-vu idiot me parcourt à nouveau.

Charlotte interrompt mon inspection.

— J'aime bien l'idée d'une nouvelle ville et d'une nouvelle moi. Charlotte, c'est parfait. Là d'où je viens, je n'avais pas le choix, tu sais ? Ma grande sœur m'appelle Charley alors tout le monde faisait pareil.

Sa sœur ? La prof de littérature. Des yeux bleus identiques. Ça ne peut pas être une histoire de sosie. Elles sont de la même famille. Un peu comme Becca et moi avons les mêmes yeux marron clair.

— Tu ressembles à ma prof de littérature.

Le sourire de Charlotte se fige.

— Tu vas à Brighton, alors. Impressionnant. Et peut-être utile.

Elle fait passer la barre de chocolat d'une main à l'autre.

— Je suis Charlotte Finch.

Notre regard se croise et elle lâche le Milky Way. Quand elle se penche pour la ramasser j'aperçois son tatouage.

— Utile ?

— *Peut-être* utile.

Elle se frôle la nuque de ses doigts tachés d'encre.

— Comme tu l'as dit, je ne peux pas compter sur ce que je ne peux pas mesurer.

Son ton acide me fait grimacer.

— Je voulais juste dire que l'espoir ne fait pas partie d'un ensemble infini.

L'un des fins sourcils noirs de Charlotte disparaît sous sa frange.

Je soupire.

— La plupart des gens ne comprennent pas l'infini. Ça m'énerve.

Charlotte hoche la tête.

Becca éclate de rire. Je l'avais oubliée. Elle a le doigt tellement pris dans ses cheveux qu'elle doit tirer dessus pour l'en sortir. Je l'aide à se libérer, avant qu'elle se fasse mal.

Je sens Charlotte me regarder. C'est à la fois horrible et gratifiant.

Une fois Becca délivrée, Charlotte propose qu'elles se remettent au travail. Becca est sur le point de recommencer à se tripoter les cheveux quand Charlotte dit :

— J'ai désespérément besoin de nouvelles lectures et j'ai vu que tu avais des livres super.

— Oui, répond Becca tout sourires.

C'est si rare qu'on oublie facilement à quel point ça la transforme.

Charlotte me lance la barre de chocolat.

— Réflexe !

Je tends la main mais elle me frappe en pleine poitrine avant de tomber. Charlotte rit. On dirait des doigts qui dansent sur un piano.

Je sais que je devrais ramasser le Milky Way, mais je reste immobile. Quand elle a ri, quelque chose en moi a changé.

Après son départ, quelques minutes s'écoulent avant que je réalise qu'elle ne m'a pas dit en quoi je pouvais lui être utile.

1.4

J'ai passé la journée à éviter James qui me supplie de me joindre à lui dans sa croisade contre la prof de littérature.

En programmation, il a fait un discours émouvant sur la fraternité et la camaraderie. Il a parlé de la vague de littérature à venir. Nous pouvions rester sans rien faire et nous retrouver noyés ou nous élever et vaincre tous ensemble. Il a même invoqué le *Semper Fidelis.*

Au déjeuner, il a essayé de faire de moi son bras droit.

— Tu dois au moins m'aider. Que serait Batman sans Robin ? Superman sans Lois Lane ?

— Je suis fan de Marvel, pas de DC, crétin.

Il garde le silence pendant tout le déjeuner jusqu'à ce que je craque et que je demande :

— Pourquoi c'est si important pour toi ?

Son regard s'illumine comme des braises.

— C'est l'occasion de laisser une trace !

— C'est déjà mon cas. Je compte bien être major de promo.

Greta ricane.

— Dans tes rêves, Chuck. C'est moi qui ferai le discours de fin d'année.

James soupire et passe le doigt sur le « pourquoi » de la plaque sous le pommier. Il n'est pas dans les dix premiers de la classe. Il est le onzième. Pas parce qu'il n'est pas intelligent : parce qu'il a d'autres priorités, comme passer du temps avec ses sœurs. Des fois j'ai l'impression que je ne pense à la mienne que lorsqu'elle est sous mes yeux. James n'oublie jamais les siennes. Comment elles vont, ont-elles bien déjeuné, quelles notes ont-elles eues à leur dictée ?

— Bon d'accord, dit James. Ce n'est pas pour laisser une trace. C'est pour qu'on fasse un dernier truc ensemble avant la fac.

Le sourire de Greta s'efface.

James a perdu son père il y a six ans. Greta m'a expliqué que, depuis, il a peur que les gens le quittent (de façon réelle ou hypothétique) et que cela peut surgir de façon étrange et surprenante. Par exemple, s'il pouvait tous nous enfermer dans un biodôme pour qu'on reste ensemble à jamais, il le ferait. Cette coalition contre la prof de littérature en est un autre syndrome.

Greta lui presse le genou.

— Il nous reste encore toute l'année.

— Oui, c'est long, une année, j'ajoute pour l'encourager. 12 mois. 52 semaines. 365 jours. 8 760 heures. 525 600 minutes. 31 556 926 secondes.

— Mais quand on serait vieux, on pourrait y repenser et en rire. Ensemble.

Le regard de Greta s'adoucit.

— Je ferais une Batwoman super classe, tu ne crois pas ?

Le sourire de James illumine son visage.

Je m'étrangle de rire. Greta hausse un sourcil et me défit, comme toujours, de la contredire. Je me contente de marmonner :

— Moi je suis pas Robin.

1.5

Je me suis assis à ma place à côté de Greta en cours de littérature et j'ai regardé l'heure sur mon portable. 14 h 59 min 21 s. Maintenant que je suis sur le point d'affronter Mme Finch, j'ai d'autres chats que James à fouetter. J'ai peur de ce que Charlotte a pu lui dire.

Hé, hier j'ai rencontré un de tes élèves.

Oh, lequel ?

Charlie Hanson m'a tripoté le cou chez Krispy Kreme puis m'a dit que l'espoir n'existe pas.

Je ne veux pas que Mme Finch m'inflige ce genre de conversation où on établit les règles. Du genre : « Ne touche plus jamais ma petite sœur. »

C'est pour ça que j'ai calculé mon arrivée trente-neuf secondes avant la cloche.

Ce n'était pas la peine de m'inquiéter, cela dit, parce que la prof n'est même pas encore là.

14 h 59 min 45 s. James n'est pas arrivé non plus. Il est à quinze secondes d'être à la bourre.

À 15 h 00 min 52 s, Greta me regarde comme si j'avais fait quelque chose de mal.

— Où est-il ?

À ce moment-là, la prof entre, gobelet dans une main et livre dans l'autre. Elle est en retard, mais pas autant que James.

Mme Finch nous observe longuement puis nous ordonne : « de la boucler et d'écouter ».

Greta prend un instant l'air stupéfait, puis Mme Finch sourit.

— C'est ce que mon père disait à ma sœur et moi quand il nous lisait une histoire avant de dormir.

Elle ouvre son livre et j'essaie de repousser l'image soudaine de Charlotte en nuisette. Je calcule des racines carrées pour contrer l'érection qui menace de me mettre la honte en plein cours de littérature.

15 h 01 min 14 s et toujours pas de James. C'est exceptionnel. Le temps d'une milliseconde, je me dis qu'il lui est arrivé quelque chose. Peut-être est-il allé aux toilettes entre les cours, qu'il a glissé et a perdu connaissance après s'être éclaté la tête contre l'urinoir.

15 h 03 min 32 s. Il a trois minutes et trente-deux secondes de retard. James est forcément mort dans les toilettes.

Greta me saisit le bras et le serre, très fort. Je lève les yeux de mon téléphone. James débarque tranquillement à 15 h 03 min 36 s.

Il nous sourit, mais au moment où il entre son expression change. Il redresse le menton et lève très haut un de ses sourcils. Greta gémit.

— Oh. Mon. Dieu.

Il modifie aussi sa démarche habituelle. Désormais il avance comme si sa hanche gauche était disloquée et il balance le bras droit à un angle anormal. Il passe devant l'estrade de Mme Finch et traverse les rangées. Il salue les élèves bouche bée, il lève même la main pour que Tobias Quartell tape dedans. Je n'ai jamais rien vu de pareil. Tobias non plus, sa bouche est aussi large que la Grande Tache rouge sur Jupiter.

Je remarque aussi que le regard de tout le monde passe de James à moi. Comme si je le contrôlais. Si je trouvais que c'était cool qu'il agisse comme une pseudo-racaille, alors on devrait tous soutenir son idiotie.

Pendant tout ce temps, Mme Finch n'arrête pas de lire. James fait bien racler sa chaise par terre et laisse lourdement tomber son sac plein de bouquins sur son bureau. Toujours aucune réaction.

Vaincu, James s'affaisse sur sa chaise. Un instant plus tard, Mme Finch termine le passage qu'elle est en train de lire. Je jette un coup d'œil à mon téléphone. 15 h 05 min 06 s.

— M. Hanson ?

Je me fige. Vingt-deux paires d'yeux sont braqués sur moi.

— N'oubliez pas de mettre votre téléphone sur silencieux et de le ranger. Je crois que c'est la règle à Brighton ?

C'est à ça qu'elle décide de réagir ? Je surprends l'expression intriguée de Tobias et je crois avoir trouvé un allié jusqu'à ce qu'il me fasse un sourire en coin et hoche la tête. Non mais quoi ?

Je fourre mon téléphone dans mon sac et je marmonne « oui, madame. »

James laisse retomber la tête dans ses mains comme s'il était déçu que son petit tour n'ait pas eu de succès, mais les rires qui suivent ne sont pas si catégoriques.

Après les cours, je marche en silence à côté de Greta tandis qu'elle pourrit James à cause de sa « bêtise crasse, embarrassante et déplorable ».

— Peut-être que si on m'avait aidé…

James me flanque une petite bourrade qui m'envoie contre un casier.

Je me frotte le coude et je les rattrape au petit trot, mais Greta s'arrête net et je dois faire un pas de côté pour l'éviter, du coup je me prends un autre casier. James sourit jusqu'aux oreilles.

— Je ne suis toujours pas convaincue que ce soit la meilleure façon de passer notre dernière année, J., déclare Greta sans se soucier que je me frotte le coude *et* l'épaule.

Elle met une petite main sur l'énorme biceps de James et le regarde dans les yeux.

— Il y a plein d'autres façons de passer du bon temps ensemble.

Je me racle la gorge. Sans se retourner vers moi, Greta cingle :

— C'était pas un sous-entendu, Chuck !

Je secoue la tête et je m'éloigne. Je n'ai pas besoin de cette prise de tête.

— Ce que je ne comprends pas, c'est pourquoi elle n'a rien dit à James, mais moi je m'en prends plein la tête parce que je regarde l'heure.

16 h 01.

— Elle nous sort le grand jeu, dit Greta. Rien ne va lui échapper. Elle n'enseigne peut-être que la littérature, mais elle n'est pas stupide.

Je ris, mais vu l'expression de Greta, ce n'était pas une blague.

Tobias ferme son casier et se place devant nous.

— Alors c'est lancé, hein ?

Il nous regarde tour à tour, James et moi.

— C'est l'heure de mettre un peu de pagaille ?

Greta croise les bras et, d'instinct, je m'écarte d'elle.

James est sur le point de répondre quand je lève la main.

— Je ne vois pas de quoi tu parles.

Tobias détaille mon expression, que j'essaie de garder impassible, mais bizarrement il y voit quand même quelque chose qui lui plaît. Il hausse les sourcils et ses pupilles se dilatent.

— Pigé, dit-il en hochant la tête.

Il recule, un doigt sur les lèvres.

— Non, je ne plaisante pas ! je lance, mais la foule l'a déjà emporté.

1.6

On dîne chez James. Il nous a annoncé au déjeuner qu'il a mis un rôti braisé à mijoter ce matin. Il n'y a que lui pour faire ça.

Avant que je me mette en route, il m'envoie un texto pour me demander si je veux bien rapporter du « bon pain, croustillant, peut-être au levain ? ». Je ne vois pas de quoi il parle, alors je fais des va-et-vient au rayon petit-déjeuner du supermarché en lisant les étiquettes. Je suis sur le point d'abandonner et d'attraper un paquet de pain de mie quand j'aperçois des boucles brunes familières.

Est-ce que c'est la fille au tatouage ? La nervosité m'envahit tandis que je jette un coup d'œil, juste à temps pour la voir s'engager dans le rayon 12. C'est elle. C'est Charlotte.

Et maintenant ? Est-ce que je vais lui dire bonjour ? Est-ce qu'elle m'a vu ? Est-ce que je dois faire semblant de tomber sur elle et d'être surpris de la voir ?

Savoir qu'elle est deux rayons plus loin suffit à foutre en l'air mon système de refroidissement interne. Je suis en sueur alors que la clim est à fond. Je suis sur le point de m'enfuir quand quelqu'un me tape sur l'épaule.

Je me retourne d'un coup et fait face à Charlotte, qui a un sourire en coin.

— Je me disais bien que c'était toi. Charlie, c'est ça ?

— L'autre Charlie, je marmonne en fourrant les mains dans mes poches.

— Nan, moi c'est Charlotte, maintenant, tu te souviens ?

Elle repousse une boucle sur son front.

— Tu fais les courses ?

— Hum, je cherche du pain.

Contemplant le rayon rempli, elle se met à rire.

— Je pense que tu es sur la bonne voie !

Elle a fait l'effort de venir me dire bonjour et maintenant elle parle comme si on était de vieux amis. Peut-être qu'elle est juste très sympa. Peut-être que ça ne veut rien dire et qu'il faut que j'arrête de me faire des films.

— James, euh, mon… mon ami, il lui faut du pain. Il me fait à dîner.

Charlotte écarquille les yeux très légèrement.

— C'est gentil.

— Oui. Du rôti braisé.

Pourquoi je lui raconte ça ? Je n'ai rien de mieux à dire, alors je lui montre le texto.

Elle sourit.

— Je me suis trompée. Tu es mal barré.

Elle me prend le bras et m'entraîne. Il y a de la peinture verte sous ses ongles.

— Tu devrais aller au rayon boulangerie.

Je la suis au-delà des fromages et des yaourts, jusqu'au rayon pâtisserie aux gâteaux colorés. Il y a aussi tout plein de pain frais. Une délicieuse odeur m'enveloppe lorsque Charlotte me dépose devant un présentoir en bois et indique l'étagère du bas.

— Levain, déclare-t-elle.

— Merci.

J'en attrape un et elle me regarde comme si j'étais une expérience dans une boîte de Petri.

— Depuis combien de temps connais-tu James ?

— Depuis la première année…

— Il est comment ?

Je hausse les épaules.

— Je sais pas. Grand, noir, beau…

— Beau ?

— Il paraît.

— Grand comme toi ?

— À peu près pareil, mais plus large.

Je presse le pain que je tiens, en me demandant s'il est censé être si dur.

— Tu l'as vu chez Krispy Kreme.

Je touche ma nuque, là où il y a son tatouage.

— Le type avec la petite rousse ?

Son visage s'illumine complètement lorsqu'elle fait le lien.

— Oui, c'est mon amie Greta. Ils sortent ensemble depuis des années.

— Elle et lui ?

Ses fins sourcils noirs remontent si haut qu'ils sont cachés sous les boucles de son front.

— Oui… ?

Les joues de Charlotte se dégonflent quand elle exhale.

— Je croyais que… non, peu importe.

— Attends, tu croyais que…

— Non, non, répond-elle avant de se détourner, les joues rouges.

— Tu croyais que c'était mon petit ami.

La surprise me fait hausser le ton.

Charlotte prend quelques citrons et en sent un avant de se mettre à jongler.

— J'espérais avoir tort, si ça peut te consoler.

Ça me console effectivement. Enfin, ça m'aurait consolé si ça m'avait dérangé.

— Comment tu fais ça ?

Je montre les citrons en orbite autour de sa tête. Elle hausse les épaules.

— J'ai eu beaucoup de temps libre.

Je pose le pain et je prends des citrons à mon tour.

— Tu m'apprends ?

Elle me décoche un grand sourire.

— Pour impressionner ton petit ami ?

— Pour t'impressionner toi. Je ne suis pas le genre de James, c'est dommage parce que Greta dit que c'est un super copain. Très généreux.

Charlotte s'étrangle de rire et lâche un citron.

* * *

Quand je quitte le supermarché, j'arrive à jongler avec trois citrons pendant plus d'une minute. Bien sûr, seulement si je ne regarde pas Charlotte, parce qu'un coup d'œil suffit à me faire perdre ma concentration, et mes citrons.

Une fois chez James, je lui tends sa miche de pain et j'attrape le coude de Greta.

— J'ai une question.

— Ton corps change et c'est parfaitement normal, Chucky.

Son sourire est si large qu'il écrase ses taches de rousseur.

James s'occupe de servir les assiettes pendant que ses petites sœurs, Melody et Ella, dansent autour de la table en mettant le couvert. J'entraîne Greta dans le couloir.

— Comment on sait si une fille est intéressée ?

— Quelle fille ?

— N'importe laquelle.

— Tu vas inviter quelqu'un à sortir ? C'est Jenna ?

— Non, maintenant réponds à ma question.

— D'accord, d'accord…

Elle repousse ma main sur son coude.

— Déjà, laisse-moi te dire que c'est une idée géniale. Avoir une petite amie, ça va t'aider à avoir une autre vision des choses, à voir qu'il y a plus que le lycée, le MIT et l'avenir.

Je lui fais signe d'accélérer.

— C'est bon, cingle-t-elle. Si une fille est intéressée, elle va peut-être trouver le moyen de te toucher un peu, au bras ou à l'épaule par exemple. Elle te fera sans doute des compliments, indirectement parfois.

— C'est un compliment si l'idée que j'aie un petit ami la rendait un peu triste ?

Greta se met à hocher la tête puis fronce les sourcils.

— Attends. Quoi ?

Elle se mord la lèvre pour retenir un rire.

— Laisse tomber.

— Un petit ami ?

Un gloussement lui échappe.

— Qui ça ?

James nous appelle depuis la cuisine et je rougis jusqu'aux oreilles au son de sa voix.

— Oh merde, non ! s'exclame Greta. James, tu ne vas pas y croire !

Elle sort du couloir en courant.

— Greta, ne…

Vu le rire hystérique de James, j'arrive trop tard. Je me fais la remarque que, la prochaine fois, je ferais mieux de me débrouiller seul. Ou puisque James est censé être *généreux*, je lui demanderai d'abord.

1.7

James se conduit comme un abruti en cours de littérature tout le reste de la semaine. Il prétend qu'il commence doucement, qu'il pose les fondations du gratte-ciel d'horreur qu'il va construire autour de Mme Finch. Pour moi, il a sniffé un peu trop de produits chimiques du labo.

Le mercredi, il a « oublié » son livre. Sa performance mérite un Oscar. Il a fallu sept minutes vingt-sept à Mme Finch pour reprendre le contrôle de la classe.

Le jeudi, il éternue dès qu'elle prononce le mot « nouvelle ». Cinquante-trois fois. Tobias est même allé lui chercher une boîte de mouchoirs.

Je fais de mon mieux pour garder la tête baissée et ne jamais croiser le regard de mes camarades. Je ne veux pas qu'on croie que je suis mêlé à cette affaire.

Aujourd'hui, le plan A de James était de tomber par terre et de faire semblant d'avoir une commotion cérébrale, mais Mme Finch a déclaré qu'on avait tous besoin d'une petite gâterie (ses mots, pas les miens).

On prend nos sacs et on la suit sur le gazon de la cour où on s'assoit en cercle.

Contré, James se rabat sur son plan B.

— Bzzzzzzzz.

Le bruit vient de ma gauche, où James est assis, l'air bien trop intéressé par un pli de son pantalon. À ma droite, Greta pousse un gémissement. En face, Mme Finch lit.

— Bzzz. Bzzzzzzzzz.

Cette fois, Greta se penche et passe derrière moi pour flanquer une tape à James, ce qui aplatit ses cheveux crépus. James lui lance un sourire démoniaque. La regardant droit dans les yeux, il entrouvre les lèvres.

— Bzzzzzzzzzzzzzzz.

Deux personnes plus loin, Debbie French commence à balancer sa queue-de-cheval blonde en cherchant l'insecte fantôme. À partir de cet instant, la distraction se propage, jusqu'à Mme Finch. Elle continue à lire.

— Bzzzzzzzzz.

Debbie se tourne vers moi. Je jure intérieurement. Elle articule :

— C'est toi ?

Je secoue fermement la tête.

Sur ce, elle se met debout d'un coup.

— Hum, excusez-moi ? Mme Finch. Il y a une abeille. Je, heu, je n'aime pas ça.

Mme Finch lève les yeux de son livre.

— Ce n'est rien, dit-elle avec un sourire apaisant.

Debbie a le regard paniqué mais elle hoche la tête et se rassoit.

James étouffe un rire, Greta grince des dents. D'un point de vue sociologique, toute cette pagaille est intéressante. James me flanque un coup de coude, une demande silencieuse de se joindre à lui. Greta me donne un coup de pied.

— Bzzzzzz, fait James plus fort.

Une brise traverse la cour. De petits vortex de déchets tourbillonnent dans les coins. Un bout de papier s'échappe, s'envole jusqu'à nous et frôle la nuque de Debbie.

Elle hurle, bondit sur ses pieds. Elle s'enfuit vers le bâtiment du lycée. Sa panique se déploie derrière elle comme la queue d'une comète. Justin s'élance à sa suite. Il est allergique aux piqûres de guêpes. La moitié des filles et une bonne poignée de gars se lèvent d'un coup. Ils cherchent l'insecte invisible et me lancent des regards interrogateurs. Je reste immobile, les bras croisés sur le torse, à contempler l'herbe.

James se lève, les mains comme un ninja, prêt à botter les fesses de l'abeille. Greta se met à le battre, ce qui fait croire aux autres qu'elle le défend contre l'insecte. L'effet de meute prend le pas et tout le monde est debout à agiter les mains.

Mme Finch et moi sommes les seuls encore assis. Elle ferme le livre et me regarde. Je veux détourner les yeux, mais elle ressemble tant à Charlotte. Je suis prisonnier.

Je m'empourpre en comprenant qu'elle me croit responsable de tout ça. Je suis le seul à ne pas réagir à l'attaque des abeilles invisibles.

Greta frappe James en plein torse et il me tombe dessus. Je suis emporté par une cascade de membres. Lorsque je me redresse, Mme Finch ne me regarde plus. Elle indique à ceux qui n'ont pas été pris dans la vague de panique de la suivre à l'intérieur.

James se libère de Greta et brandit discrètement le poing. Ce n'est qu'une petite victoire, mais il a l'air ravi. Dommage que Mme Finch semble plus amusée que furieuse.

Quand on retourne dans la salle, elle dit :

— Eh bien, ce n'est pas ce que j'avais prévu, mais vous devez savoir ce que c'est, en tant que scientifiques. Au moins j'ai appris quelque chose. Qu'en est-il de vous ?

Le sourire de James se change en grimace. Elle n'est pas fâchée. Pas même un peu. Elle a retourné la situation. En moi, quelque chose qui ressemble à de l'admiration pointe le bout du nez.

1.8

À l'exception des singeries de James en anglais, le reste de la semaine a été une succession de labos de physique et d'équations à plusieurs inconnues. Ça fait du bien d'être de retour en cours, où je sais à quoi m'attendre.

À la maison, ce n'est pas pareil. La binôme de ma sœur est là presque tous les après-midi. La plupart du temps elles restent enfermées dans la chambre de Becca, mais savoir que Charlotte est là suffit à me court-circuiter le cerveau.

Quand Greta et James ont commencé à sortir ensemble, il y a eu une période très agaçante où Greta ne se ressemblait plus du tout. Quand James nous rejoignait pour déjeuner, elle arrêtait de manger et se mettait à enrouler ses cheveux autour de son doigt comme Becca. Elle rougissait chaque fois que James disait quelque chose. Je me suis beaucoup occupé de la conversation, à l'époque.

Je ne comprenais pas ce qui se passait, alors j'ai fait des recherches. En fait, d'autres scientifiques se sont posé la même question : pourquoi on se conduit comme des idiots quand on est amoureux ?

La réponse, c'est la chimie, celle du cerveau. Des scientifiques ont découvert trois phases au cours d'une relation : le désir (une explosion d'hormones), l'attirance et l'attachement. Greta et James sont désormais dans la phase d'attachement, ce qui veut dire qu'elle arrive à nouveau à manger et ne parle plus de lui de façon obsessionnelle. Mais durant la phase d'attirance, ses neurotransmetteurs étaient complètement chamboulés.

J'aime me dire que mon cerveau est plus avancé que celui de la plupart des êtres humains, toutefois quand je pense à Charlotte, ce qui arrive plus souvent que je ne le voudrais, je le sens partir à la dérive en plein bain chimique.

Je suis dans la cuisine en train de faire des équations du second degré avec les céréales alphabet. Maman les achète parce que quand j'avais cinq ans j'ai dit que j'aimais ça. A priori, le devoir du jour de Becca et Charlotte est une expérience pour déterminer à quel niveau de décibel on peut fendiller le plâtre. Le plafond de la cuisine vibre comme s'il y avait un tremblement de terre.

— Qu'est-ce que c'est ? demande maman.

Je lève les yeux de mes céréales.

— Ça, dis-je en montrant le plafond du doigt, c'est Charlotte.

— L'amie de Becca ?

Elle prononce le mot « amie » comme si c'était la première fois.

Je hausse les épaules et je retourne à mes céréales. La venue de Charlotte un dimanche ressemble à une visite amicale, pas une histoire de devoir. Elle est arrivée avec un bloc à dessin et une poignée de fusains mais pas de livres de cours. Je ne sais pas ce qui me perturbe le plus, que Becca ait une amie ou que cette amie soit la fille au tatouage à laquelle je n'arrête pas de penser.

Maman lâche les dossiers qu'elle porte. Des feuilles s'envolent. Elle est directrice d'école primaire, alors elle a un paquet de paperasse à remplir.

Elle rabat ses cheveux blonds en arrière en remontant ses lunettes sur sa tête.

— Tu veux bien aller leur dire de baisser, s'il te plaît ? demande-t-elle.

Elle essaie de remettre les feuilles dans le bon ordre et marmonne que les voisins vont se plaindre du tapage et qu'il faut acheter une nouvelle tondeuse à papa. La vieille est en train de gémir sous la fenêtre du bureau de maman.

— Ne me demande pas ça, s'il te plaît.

Je vais mettre le bol dans l'évier et je me tourne vers elle. J'ai hérité ma taille de son côté de la famille. L'année dernière, je l'ai enfin dépassée. Elle plaisante toujours en disant qu'elle mesure « seulement » 1 m 88. Je fais 1 m 95. Elle reste bien plus imposante que papa qui ne culmine qu'à 1 m 80.

— Charlie, s'il te plaît. Je croule sous le boulot. Où est le problème ?

— Rien, je réponds en me dirigeant vers l'escalier.

Je ne lui dis pas que le « problème », c'est que mon cerveau analyse chaque aspect de mes brèves interactions avec Charlotte. Que ses yeux ont la couleur d'une belle journée au bord de la mer, quand on a l'impression d'avoir l'horizon au bout des doigts.

Et surtout pas combien tout ça me dérange.

En haut, la musique est encore plus forte. Je cogne à la porte et je crie :

— Maman veut que tu baisses !

J'espère battre en retraite dans ma chambre, mais…

— Quoi ? demanda Becca en ouvrant la porte.

Ses cheveux bruns s'échappent de sa queue-de-cheval et elle a les joues rouges.

— Charlotte m'apprend une chorégraphie marrante. Je ne t'ai pas entendu.

Derrière elle, Charlotte danse au rythme de la basse. Ses hanches minces dessinent un cercle lent, sensuel. Elle chante en même temps que la musique, avec une facilité qui me frappe, on dirait un oiseau en plein vol.

Comme je reste immobile, Becca demande :

— Tu veux qu'on t'apprenne ?

— Oh que non !

La chanson se termine à ce moment-là, alors ma voix résonne plus fort que je ne l'aurais voulu.

— Maman veut juste que tu baisses la musique.

— Oh, d'accord, dit Becca.

J'essaie de m'en empêcher, mais avant que la porte se referme, je tends le cou pour apercevoir une dernière fois Charlotte se déhancher.

1.9

00 h 38 min 17 s. J'ai envie de dormir, mais mon cerveau d'habitude si obéissant refuse de se taire. Je n'arrête pas de m'imaginer en train d'entrer dans la chambre de Becca et de prendre Charlotte dans mes bras, dans un pas de danse très élaboré et terriblement viril.

2 h 09 min 52 s. Quand Charlotte sourit, on voit qu'il lui manque un petit bout de dent à une de ses incisives du bas. Je me demande comment c'est arrivé. Ça rend son sourire encore plus beau. Il a une histoire à raconter.

Le manque de sommeil me rend idiot.

3 h 14 min 15 s. C'est l'heure Pi ! Pizzzza. Est-ce qu'il en reste ? Je me demande si Charlotte aime ça. Ce serait une pizza aux ingrédients originaux, genre à la figue. Mais la pizza à la figue ce serait pas bon.

4 h 57 min 04 s. Maisquejesuiscrevécestpaspossible.

6 h 00 min 00 s. Je passe de l'état de demi-sommeil à celui pseudo-réveillé du zombie.

6 h 20 min 15 s. J'ai dû m'endormir sous la douche. Je suis trop lent. Je contemple mes cheveux en bataille. Les coiffer me demanderait trop d'énergie.

6 h 29 min 53 s. Je suis appuyé contre le comptoir pendant que maman attend que son café soit prêt. Elle me regarde mais sans poser de question. Quand la machine s'arrête, elle se sert, puis moi. Elle le boit noir. J'essaie et je m'étrangle.

— C'est horrible !

Elle rit.

— Tu vas t'y faire, dit-elle en ajoutant beaucoup de crème dans le mien.

J'essaie une nouvelle fois et je grimace.

— Non mais sérieusement, comment t'arrives à boire ça ?

Maman hausse les épaules et termine sa tasse.

— Des fois, on fait ce qu'il faut pour avancer.

Elle remplit à nouveau sa tasse et me tend la cafetière. Je secoue la tête et prends une dernière gorgée. Beurk.

6 h 32 min 22 s. Si James se plaint d'être en retard ce matin, je lui en fous une.

6 h 41 min 01 s.

— Tu as une tronche de déterré, déclare Greta quand je redémarre après qu'elle soit montée.

James étrangle un rire à l'arrière.

Je suis trop fatigué pour m'en soucier.

Greta bidouille la radio et tombe sur une chanson familière. La soudaine vision des hanches de Charlotte m'entraîne dans un univers chaotique, celui des hormones. Je souffle comme si un gorille m'avait frappé en plein ventre et je cherche à changer la fréquence.

— Bas les pattes, Chuck, j'aime bien celle-là.

Greta repousse ma main. J'essaie de la feinter, mais elle est comme du plomb contrant mes rayons gamma.

Je ne fais clairement pas attention à la route. Du coup je finis dans un jardin.

Pour ma défense, il y a un virage juste devant la maison de la vieille Dunwitty. Virage que je n'ai pas pris.

— Chuck ! hurle Greta, à moitié sur mes genoux à essayer de saisir le volant.

Ma voiture est montée sur le trottoir, a défoncé une barrière décorative et écrasé quelques fleurs orange avant de laisser des traces sur le gazon.

J'écrase la pédale du frein. Le véhicule fait un tête-à-queue sur le compost, en projette partout dans la roseraie et arrache quelques buissons. Lorsque j'arrive enfin à arrêter la voiture, elle est au milieu du jardin de Mme Dunwitty. Il y a un bout de rosier sur le capot.

— Tout le monde va bien ?

Je me retourne vers Greta, puis James.

Il a les yeux écarquillés mais les lèvres pincées. Greta a les mains un peu tremblantes, mais elle esquisse un petit sourire de soulagement jusqu'à ce qu'elle remarque le carnage.

— Oh, Chuck, souffle-t-elle. Regarde ce que tu as fait.

Mon ventre est un tableau de nœuds marins. J'ai massacré la roseraie de Mme Dunwitty. Celle qui lui a valu le prix du « Plus beau jardin » sept années consécutives. C'est la seule chose au monde qu'elle aime. Elle l'aime plus que moi le MIT.

Greta me secoue l'épaule.

— Vas-y ! Va dire à Mme Dunwitty que tu es désolé !

— Mais on va être en retard, dis-je en montrant l'heure sur le tableau de bord.

6 h 42. Les traits digitaux entre le six et le quatre ne s'affichent plus alors on dirait des hiéroglyphes.

— Je viendrai après les cours.

— Elle aura appelé les flics. Tu auras encore plus de problèmes. Fais-le maintenant.

Je cherche de l'aide auprès de James.

Il a la mâchoire tellement serrée qu'on dirait de la pierre. Au lieu de me soutenir, il fait un signe de tête à Greta qui redouble d'efforts pour me sortir de ma propre voiture.

— Très bien. Mais quand cette vieille chauve-souris m'aura changé en compost, je reviens vous hanter tous les deux.

J'entends les dernières notes de la chanson de Charlotte au moment où je claque la portière.

La porte d'entrée de Mme Dunwitty est peinte en rose délavé. La seule raison qui lui en donne le droit (le rose à l'extérieur, c'est interdit par l'association du quartier), c'est qu'elle est là depuis plus longtemps que n'importe qui. Et elle est bien plus méchante.

Papa est de la même génération que son fils qui, une fois, a préféré aller au cinéma avec une fille plutôt que de ramasser les feuilles mortes. Elle le lui a fait faire à la main. Une par une. Papa dit qu'elle s'est assise sur le porche pour surveiller sa punition, lui signalant chaque oubli.

J'hésite près de la sonnette. Je jette un coup d'œil en arrière. James me fusille du regard. Un faux mouvement et il viendra sonner lui-même. Je prends une grande inspiration et j'appuie sur le bouton.

J'entends jouer le verrou. En un clin d'œil, Mme Dunwitty ouvre grand la porte et me dévisage de son regard d'aigle et sa trop grande bouche. Elle est maigre comme un clou et fait trente centimètres de moins que moi alors j'essaie de rester devant elle pour l'empêcher de voir le massacre. En vain. Elle aperçoit la zone de guerre qu'est son jardin. Elle se met à hurler.

— Qu'est-ce qui s'est passé ?

Elle respire vite et se tient la poitrine, sa peau tannée devient grise.

Oh, merde. Elle ne va pas me tuer : c'est moi qui suis en train de la tuer.

— Charlie ?

Sa voix tremble.

— Hum… je bredouille.

Mon cerveau me dit de mentir. De très bien mentir.

Dis-lui que tu étais en route pour le lycée et que tu as vu que des vandales ont massacré son jardin.

Charles Mortimer Hanson : bon samaritain.

— Vous voyez, ce qui s'est passé c'est…

— Toi ! s'exclame-t-elle en me poignardant de son doigt osseux. C'est toi qui as fait ça, hein, petit merdeux ?

Trop tard. Je cligne des yeux de surprise. Mes parents travaillent avec des petits, alors leur vocabulaire est très policé. Personne ne m'a jamais parlé comme ça.

Elle me passe devant.

— Mon beau jardin. Mes roses !

La peau de ses bras pendouille lorsqu'elle les agite et crie :

— Ma statue ! Bon Dieu, Charlie, quel genre de crétin renverse un ange ?

Je remarque alors une petite sculpture d'ange qui a été bousculée par mon pare-choc. L'une de ses ailes est tordue. Je parie que Dieu n'aime pas trop qu'on arrache les ailes de ses anges. Je suis mort *et* damné, super.

— Oui, voyez, je suis vraiment désolé. Je conduisais et, hum, j'avais la tête ailleurs et j'ai perdu le contrôle.

Ma voix s'éteint.

Mme Dunwitty a le visage tout chiffonné, comme si elle voyait quelque chose qui m'échappait. Elle marmonne pour elle-même. Ce que j'entends ressemble à : « … pas lui plaire du tout. C'est l'excuse qu'il cherchait. »

Je crois qu'elle parle de son fils. Je sais qu'il passe la voir de temps en temps, mais je ne vois pas pourquoi il s'inquiéterait de son jardin. Je suis sûr qu'elle saura le remettre en forme. Le jardinage, c'est sa vie.

Quand elle me regarde à nouveau, je réprime mon envie de partir en courant.

— Je ne vais pas y arriver toute seule.

Son ton cinglant me fait rentrer les épaules.

— Tu vas me remettre ça en état. À partir de cet après-midi.

Elle hoche la tête avant de me claquer la porte au nez.

* * *

Quand on arrive au lycée, James est encore en train de râler en faisant les questions et les réponses.

— Je sais pas pourquoi on accepte ses conneries, dit-il.

— Parce qu'il a une voiture, se répond James.

— On ne connaît personne d'autre avec une voiture ? murmure anxieusement James 1.0.

Et ça continue. Greta rigole, ce qui interrompt son discours psychotique. Il rougit et passe la main sur la petite barbe qui lui mange les joues.

— Quoi ? C'est une bonne question.

— C'est vrai.

Les sourcils froncés, elle me dévisage.

— J'ai dit que j'étais désolé, je marmonne en me garant à la première place libre.

Greta rit à nouveau, mais cette fois c'est comme si c'était pour couvrir l'envie de me mettre son poing dans la figure.

— Pas vraiment, non, dit-elle.

— Il croit qu'il n'en a pas besoin, intervient James. Le dieu des nombres ne devrait dire pardon à personne.

Il incline la tête d'un air moqueur.

Le dieu des nombres n'aurait pas eu d'accident, parce qu'il n'aurait pas bloqué sur l'image des hanches d'une fille et ne se demanderait pas quelle serait la sensation de sa peau sous ses doigts. Je frotte mes yeux brûlants, chassant mon épuisement.

Que James aille se faire foutre. C'était un accident. Personne n'écrase volontairement le jardin primé d'une octogénaire au vocabulaire ordurier. Agacé, je cingle :

— Boucle-la, James. T'arrives même pas à énerver une prof de littérature.

— Si, ça fonctionne !

James se penche entre les sièges.

— Tu ne pourrais pas faire mieux.

— Si.

— Non.

— S…

La portière claque à en faire trembler la voiture.

— C'est moi le dieu des nombres et j'exige des excuses ! hurle Greta.

Le soleil matinal rend ses cheveux roux pâles. Elle traverse le parking d'un pas furieux en nous faisant un doigt d'honneur.

James jure dans sa barbe, attrape son sac et la suit.

— James !

Il ne se retourne pas.

2.0

— M. Hanson ?

Le son est étouffé, comme si j'étais sous l'eau.

— M. Hanson, pouvez-vous ranger ces acides par ordre décroissant ?

Je cligne des yeux et secoue vigoureusement la tête pour me réveiller.

— Euh, douze ?

— M. Hanson, dans quelle classe vous croyez-vous ?

Je regarde le professeur avec des petits yeux.

— Euh… la vôtre ?

Tout le monde rigole et je leur souris comme si je savais pourquoi.

— Vous êtes collé au déjeuner, jeune homme, déclare le professeur.

Je secoue à nouveau la tête.

— … euh, monsieur Browning, Mme Keele m'a déjà collé sur l'heure du déjeuner.

— Qu'est-ce qui ne va pas chez vous aujourd'hui ?

Le manque de sommeil déclenché par la danse hypnotique de la sœur de la prof de littérature.

Je hausse les épaules au lieu de répondre.

— Demain. Déjeuner. Ici.

Il indique mon bureau avant de retourner au sien.

Deux colles ? Mais qu'est-ce qui m'arrive ? Tout ça, c'est la faute de Charlotte. J'ai le cerveau grillé. Qu'est-ce que c'est chiant, la sérotonine. Peut-être que si j'aide James Mme Finch démissionnera et déménagera très, très loin d'ici avec sa sœur. Mais à cette pensée, mon traître de cerveau se rebelle.

Je suis épuisé.

Avant le déjeuner, Greta me rattrape dans le couloir alors que je suis en route pour rejoindre Mme Keele.

— Hé, l'épave.

— Hein ?

Je la regarde en me frottant les yeux, mon plateau de déjeuner en équilibre sur une main.

— J'ai appris que tu étais collé.

J'acquiesce.

— Écoute, Gret'. Pour ce matin. Je n'ai pas bien dormi la nuit dernière et…

— Attends, dit-elle en sortant son téléphone de sa poche. Il faut que j'enregistre ça.

— Quoi ?

— T'es pas sur le point de présenter tes excuses ? C'est tellement rare. J'aimerais en garder une trace.

Je m'empourpre et ma mâchoire se bloque. Je n'arrive pas du tout à la desserrer et à parler.

Greta le remarque et range son téléphone.

— La prochaine fois, peut-être.

— Je me suis déjà excusé. Tu te souviens du poulpe ?

En bio, la première année, j'ai percé la poche d'encre d'un poulpe qu'on disséquait et éclaboussé Greta en plein visage. J'essaie de ne pas rire à ce souvenir.

— J'ai dit que j'étais désolé, non ?

Greta hausse un sourcil.

— Non ?

J'en suis persuadé. Du moins après avoir rigolé comme un abruti. Greta a pincé les lèvres.

— Écoute, je ne fais pas souvent d'erreur, dis-je avec un sourire dans l'espoir qu'elle me le rende.

Avec un soupir agacé, elle lève les yeux au ciel et s'autorise enfin un petit sourire.

— Breeeeef. Je sais que c'était un accident, et je regrette d'avoir été désagréable, alors je t'ai apporté un truc.

Elle sort deux cannettes de Mountain Dew.

— C'est pour dire que je suis désolée de m'être énervée, déclare-t-elle en les mettant sur mon plateau.

Ce soda est un vrai défibrillateur liquide.

— Merci, Gret'.

Elle hoche la tête.

— Tu vois comme c'était facile ?

Je la regarde sans comprendre.

— Je me suis excusée, et pourtant l'univers n'a pas implosé.

— Oui. Désolé.

Elle fait mine d'être déséquilibrée.

— Wouah, t'as senti ? Non ? Moi, non plus, dit-elle d'un air blasé. Tu ferais mieux d'y aller, maintenant, si tu veux être « ponctuel ».

Elle dessine les guillemets autour du mot préféré de James.

Sur le chemin, j'avale les deux sodas et je me sens revigoré, quoiqu'un peu fébrile. Je survis au cours de physique avancé, puis de biologie moléculaire, mais le temps d'arriver en cours de littérature le rush de caféine retombe de façon épique.

J'ai la nausée, je sue, j'ai le genou qui saute et Greta m'a frappé par deux fois car je secouais le bureau.

Dès que Mme Finch arrive, tout s'accélère. C'est comme voir l'avenir. D'ici une dizaine d'années, c'est à ça que Charlotte va ressembler. Pas mal du tout.

Mon cerveau commence à se crier à lui-même de la fermer. Je m'en fiche de ce à quoi Charlotte va ressembler dans dix ans. Ça ne va pas m'ouvrir les portes du MIT. Ses lèvres pleines ne vont pas me donner la place d'assistant du docteur Bell. Ses longues jambes fines ne me gagneront pas le prix Nobel.

La nausée me balaye. J'appuie la tête sur le bureau. Je ferme les yeux et laisse les vagues me traverser, des vagues de la couleur des yeux de Charlotte.

— Ça va, Chuck ? murmure Greta.

— Quelque chose ne va pas, M. Hanson ? demande Mme Finch depuis l'estrade.

Je me redresse.

— Non. Ça va.

Mais tout tourne autour de moi, ce qui double mon envie de vomir. Je serre les poings et je les enfonce dans mes cuisses, dans l'espoir de détourner mon attention.

— Dans ce cas, bouclez-la et…

Oh, comme j'aurais voulu. À cet instant précis, je sens l'horrible brûlure du soda qui part à contre-sens dans mon œsophage. Il n'y a rien que je puisse faire. Il arrive. Il le sait. Je le sais.

Je bondis de mon siège et je remonte les rangs une main sur la bouche. *Pitié que je ne vomisse pas devant tout le monde.* Je suis presque au couloir. Au premier rang, Jenna pâlit en me voyant. La terreur dans son regard, reflet de la mienne, me distrait et je trébuche sur son sac. Je retire la main de ma bouche pour me préparer à la chute et c'est l'apocalypse. Du soda et de la saucisse frite s'envolent dans toutes les directions.

Tout le monde pousse des cris écœurés. Je roule sur le côté pour me relever. J'ai atterri tout près d'une paire de talons noirs à bout pointu. Du moins, noirs à l'origine. Mon regard remonte le long des jambes qui y sont liées et je m'arrête sur le regard grimaçant de Mme Finch.

— C'est une façon comme une autre d'échapper à un contrôle surprise, dit-elle.

Elle se penche et me tend la main. Le bras sur lequel je m'appuie glisse dans du vomi.

— M. Thomas. Emmenez donc M. Hanson aux toilettes.

Elle s'écarte de moi tandis que James essaie de trouver le meilleur moyen de me relever sans se tacher.

— On est enfin partis pour le faire, me souffle-t-il quand on passe la porte. Ensemble !

— C'était un accident, dis-je, mais ma voix est trop forte dans ma tête, alors je me tais.

— Pas moyen de rattraper le coup. Le cours est perturbé. Et tes fluides gastro-intestinaux ont recouvert Mme Finch. Je savais que tu ne me laisserais pas tomber.

James termine en levant le poing. Ça me secoue. Je sens mon ventre se tordre encore et, un instant, j'envisage de me lâcher sur James. Mais l'idée m'épuise. Je penche la tête et me laisse emmener.

2.1

Cet après-midi-là, la vieille Dunwitty me jette un coup d'œil et jure :

— Jésus Marie Joseph, Charles ! Comment veux-tu travailler si tu ne parviens même pas à tenir debout ?

Je hausse les épaules et je récupère mon équilibre en m'accrochant à la barrière du porche.

— Rentre chez toi, bon Dieu !

Alors c'est ce que je fais.

Je grimpe dans mon lit tout habillé. J'ai envie de disparaître et de dormir, mais cette étrange sensation de ne pas être seul me retient.

Je me hisse sur un coude et je cligne des yeux dans la pénombre. Il y a une silhouette sur le seuil. C'est Charlotte.

— Qu'est-ce que tu fais là ?

— Je viens te féliciter, dit-elle en slalomant entre des piles de bazar divers.

Elle déplace des journaux scientifiques et tire la chaise de mon bureau.

— Oh.

Sa présence me perturbe, l'odeur de sa peau et ce qu'elle vient de dire aussi.

— Pourquoi ?

Elle se met à rire. Ça me détend.

— Tu as annihilé ma sœur.

Elle me montre un message avec une photo des chaussures de Mme Finch.

— C'était ses préférées. Tu peux te faire vomir sur commande ?

— Je ne l'ai pas fait exprès.

— C'est quand même arrivé.

Charlotte enfonce le bout de sa chaussure dans la moquette entre nous.

Je me frotte la bouche du revers de la main au cas où j'aurais bavé.

— Elle savait dans quoi elle s'engageait quand elle a pris ce boulot. Tout le monde l'a prévenue que les élèves de Brighton étaient insupportables. Que vous ne l'écouteriez pas.

Avec un air ravi, elle appuie les bras sur ses genoux.

— J'ai passé le meilleur été en au moins six ans parce qu'elle était déterminée à créer un programme qui vous intéresserait et à devenir du coup une sorte d'héroïne locale. La prof de littérature qui a dompté les geeks, ou un truc du genre.

J'ai l'impression que deux forces opposées se disputent ma tête. Je lutte pour la ramener à sa forme normale.

— Qu'est-ce qu'elle en a à faire ?

Je me rallonge sur mon lit et je mets l'oreiller sur ma tête.

— Elle adore être la meilleure. Dans son dernier lycée, ils ont pleuré quand elle est partie.

Je soulève l'oreiller pour la voir.

— Vraiment ?

Charlotte imite des sanglots et attrape mon oreiller pour faire mine de s'essuyer les yeux. Ses doigts couverts de crayon gris y laissent de petites traces.

— Pourquoi elle est partie, alors ?

Elle me renvoie mon oreiller.

— Trop petite ville. Il y a de meilleures opportunités ici.

J'essaie de résister à l'odeur de Charlotte partout sur mon oreiller.

— Par exemple ?

— Eh bieeeen… Un meilleur salaire, de la diversité culturelle, une université à proximité… déclare-t-elle comme si elle avait enregistré la voix de Mme Finch.

— C'est là où tu veux aller ?

Charlotte fronce le nez.

— Non, après le lycée je prendrai une année sabbatique.

Le véritable signe que je suis un geek : mon cœur a raté un battement à la seule idée d'interrompre mes études. J'ai dû pâlir, parce que Charlotte a eu un petit rire.

— Tu vas encore être malade ?

Je secoue la tête. Elle met les pieds sur le côté de mon lit.

— Tu n'as jamais eu envie de mettre ta vie sur pause ? J'aimerais prendre le temps de vivre comme moi j'en ai envie, sans interruption.

— Qu'est-ce que tu voudrais faire ?

Elle hausse les épaules.

— Voir des trucs. Il y a plein d'endroits que je n'ai pas visités, comme le Grand Canyon.

— Il ne va pas s'envoler.

— Non.

Sa voix est sombre.

— En fait tu veux qu'on rende ta sœur dingue, pour qu'elle démissionne et que tu ailles voir un grand trou dans le sol ?

C'est donc ça qu'elle avait en tête quand elle m'avait jugé « peut-être utile ».

Elle secoue la tête et se mordille la lèvre inférieure.

— Non, pas au point qu'elle démissionne, mais il s'est passé des trucs et elle m'accorde de plus en plus d'attention.

— Quel genre de trucs ?

Charlotte hausse un sourcil.

— Des trucs personnels. Crois-moi, une distraction lui ferait du bien.

Je ne sais rien d'elle. Pourquoi lui faire confiance ?

— Trop de distractions, c'est pas bien, Charlotte.

Elle se penche en avant.

— Ça dépend.

Je ne pensais pas que c'était possible, mais je suis plus perturbé que jamais. L'univers de cette fille possède des règles totalement différentes. J'ai tant de questions. Je me surprends à demander :

— Pourquoi tu n'as pas dit à ta sœur que tu me connaissais ?

— Jusqu'ici, tu es la seule personne que j'ai rencontrée qui va à Brighton. En plus, tu me fais une certaine impression…

— Malsaine ?

Charlotte se met à rire. Ça calme mes pensées agitées.

— Quoi ?

— On m'a déjà dit ça. Des filles.

— Quand ? À l'école primaire, quand les garçons, c'était dégoûtant ? Tu devrais te regarder dans le miroir un de ces jours, grande perche. N'importe quelle fille serait chanceuse de sortir avec un type intelligent comme toi.

Elle se lève et passe les doigts sur les coutures usées de la chaise. Lorsqu'elle me regarde à nouveau, elle a retrouvé son masque de fer.

— Dors, Charlie, dit-elle sans émotion. Et merci.

Elle disparaît dans la pénombre du couloir.

Merci ? D'avoir pourri la paire de chaussures préférée de sa sœur ? Et Charlotte a-t-elle bien sous-entendu qu'elle me trouvait canon ? Enfin, peut-être pas à ce point. Mais elle a dit que je n'étais pas dégoutant. Et que je suis une grande perche. Je ne sais pas comment le prendre.

J'ai atteint mes limites. Interroger Charlotte me créerait tout un tas de soucis, qui me distrairaient de mon travail, et pas de façon agréable. Je ne peux pas risquer un autre craquage si près du but. Quand je ferme les yeux et que je l'imagine, je sens presque la lettre d'admission au MIT entre mes mains. Qui sont remplacées par des doigts tachés de fusain, pressés contre mon torse alors que j'attire Charlotte vers moi.

Il faut que je me reprenne.

2.2

Le lendemain, Mme Finch est déjà dans la salle quand j'arrive. Je tripote la sangle de mon sac pour éviter de la regarder alors que je rejoins mon bureau. À côté de ma chaise, il y a l'une des poubelles géantes de la cafétéria, celles qui sont à roulettes. Je m'empourpre immédiatement et je lâche mon sac à mes pieds. Greta et James ont l'air à deux doigts d'éclater de rire.

Je donne un coup dans l'épaule de James.

— Imbécile.

Il glousse, plié en deux.

— Hé, c'est pas moi !

Une main sur la poubelle, Mme Finch dit :

— Avec un salaire de prof, je ne peux pas me permettre de tout le temps racheter des chaussures.

Je jette un coup d'œil à ses pieds pour voir si elle porte des chaussons, comment est-ce qu'elle est arrivée jusque-là sans que je l'entende ? Elle pousse la poubelle grinçante entre nous.

Remontant les rangées de bureaux, elle nous dit de la boucler et commence la lecture du jour. Quand je suis assis, la poubelle géante me bouche la vue.

Une fois la lecture terminée, Mme Finch attrape un marqueur et écrit sur le tableau blanc derrière elle.

Les mathématiques pures sont, dans un sens, une poésie des idées logiques.

— Quelqu'un sait-il qui est l'auteur de cette citation ?

Elle referme son stylo et le tape sur sa paume droite. Personne n'a d'idée.

— Vraiment ? Après tout ce que j'ai entendu sur la supériorité intellectuelle des élèves de Brighton, j'aurais cru que quelqu'un serait capable de répondre.

Je suis sûr qu'elle me regarde.

— Alors j'imagine que la plupart d'entre vous ne savent pas comment les mathématiques et la littérature se rejoignent.

Toujours rien.

— Voici votre premier vrai devoir dans ce cours, annonce Mme Finch par-dessus un bruit de feuilles.

Je me penche sur le côté. Les autres se passent une pile de papiers. Les attendre me donne l'impression d'être figé sur place alors que le tsunami approche.

— Vous allez travailler en groupe et chercher un concept mathématique ou scientifique représenté dans la littérature.

Je regarde autour de moi et je ris presque à l'expression des autres. Choquée, horrifiée, douloureuse.

— Par exemple, vous pourriez étudier de quelle façon la métrique d'un certain type de poésie peut être trouvée dans le triangle de Pascal ou les similarités entre les mathématiques et les paradoxes littéraires, ou même la façon dont Lewis Carroll a écrit des formules d'algèbre dans ses plus grandes œuvres. Oh ! Et saviez-vous qu'Ada Lovelace, l'une des inventeures de la programmation informatique, était la fille d'un célèbre poète ?

Le sourire de Mme Finch est si large que ça lui plisse le coin des yeux. Elle s'imagine que ça va nous enthousiasmer. Clairement, elle n'est pas aussi intelligente qu'elle le croit.

— Hé, même Einstein, dit-elle en indiquant la citation, appréciait la littérature.

Même lui nous a abandonnés.

Mme Finch fait semblant de ne pas entendre les murmures incrédules autour d'elle et dessine deux cercles qui se croisent. Elle en intitule un Maths/Science et l'autre Littérature. Durant le reste du cours, on est censés remplir le diagramme Venn. Le côté Littérature reste vide, alors il devient évident que nous avons beaucoup à apprendre. Vu l'expression satisfaite de Mme Finch, elle considère que c'est une victoire. La preuve que nous avons plus besoin d'elle qu'elle de nous.

* * *

Quand j'arrive chez Dunwitty, elle est assise dans un rocking-chair, un grand verre de thé glacé à côté d'elle, en train de contempler la décharge qu'est son jardin. Avant, c'était une île de couleur en forme de rein au milieu d'un gazon parfaitement tondu. Il y avait des rosiers de toutes les tailles. Désormais, les branches pendent tristement des treillis détruits et les roses rouges ressemblent à des animaux écrasés.

Je m'arrête en bas des marches et je danse d'un pied sur l'autre. De la sueur glisse le long de ma colonne vertébrale. Je me racle la gorge.

— Je sais que tu es là. Je te vois.

— Oh. Bon… Qu'est-ce que je fais ?

Mme Dunwitty me dévisage d'un air diabolique.

— Répare tes conneries.

Elle prend une gorgée de thé, ce qui fait cogner les glaçons les uns contre les autres.

Quand elle se lève, son fauteuil racle le mur de la maison. Je n'en suis pas fier, mais ça m'a fait sursauter.

— Il fait beaucoup trop chaud pour moi.

Elle presse son verre contre sa joue. Elle s'est levée trop vite et se retient au chambranle. Quand elle a retrouvé son équilibre, elle rentre et me claque la porte rose au nez.

J'attendais des instructions plus détaillées. Comment je suis censé réparer tout ça ? Je parcours le jardin du regard et je remarque des outils dans une poubelle près du garage.

Avec un profond soupir, j'attrape une pelle et je me mets à retirer les branches de rosiers cassés pour les jeter, en essayant en vain d'éviter les épines. À mon avis, ce n'est pas une coïncidence si la vieille chouette ne m'a pas laissé de gants de jardinage.

Alors que le soleil se couche, Mme Dunwitty sort inspecter mon travail.

— Dis-moi, fiston, demande-t-elle, comment est-ce arrivé ?

Elle sort une rose abîmée de la poubelle et en frotte les pétales entre ses doigts secs.

J'ai les mains pleines d'ampoules et quand on regarde mes avant-bras, on dirait que je me suis battu avec le chat de Greta. Je ne suis pas d'humeur à expliquer ma vie pourrie à cette sorcière.

— Eh bien, en fait, la voiture avançait à la vitesse de…

— Tu te prends pour un petit malin.

— Non, je soupire en essuyant mes mains sales sur mon tee-shirt. C'est la faute de Greta.

— C'est elle qui conduisait ?

— Non, mais…

— Alors en quoi est-ce sa faute ?

Mme Dunwitty me regarde comme si j'étais un animal nuisible pour son jardin.

— Du cran !

Dunwitty m'a frappé dans le dos comme mon coach de foot poussin quand il m'a dit d'arrêter de pleurer et de frapper dans cette foutue balle. Je n'ai eu à jouer qu'une saison avant que mes parents décident que me « socialiser » n'était pas une si bonne idée.

— Même heure demain, déclare Mme Dunwitty en retournant vers son porche avec les restes d'une grosse rose orange. Oh, et embarque l'ange cassé. Je ne supporte pas de le voir dans cet état.

Je hisse le petit ange dans le coffre de ma voiture.

2.3

Les pas qui dévalent l'escalier ne peuvent appartenir qu'à Charlotte. Becca ne fait aucun bruit. Elle flotte.

Je passe les doigts dans mes cheveux encore humides après la douche, j'aimerais qu'ils aient l'air échevelés de façon cool. Il y avait un type à la coupe désordonnée dans l'un des films que Becca et Charlotte ont regardé pendant le week-end. Charlotte n'a pas arrêté de dire qu'elle adorerait enfouir les mains dans sa crinière. Je ne suis pas sûr d'arriver à lui ressembler, cela dit, mes cheveux à moi évoquent plus du duvet de caneton.

J'y renonce et je me penche sur mon cahier avec mon stylo. Si elle glissait ses doigts dans mes cheveux, je tomberais probablement dans les pommes et m'ouvrirait le crâne sur le plancher. À bas Hollywood.

— Te voilà, déclare Charlotte en sautant de la dernière marche.

— Moi ?

Son sourire est moqueur. Je sais que je suis seul dans la cuisine, mais je regarde quand même derrière moi au cas où.

— Oui, toi.

Elle se laisse tomber sur une chaise à mon côté.

— Becca dit que tu as un compas.

Je plisse les yeux.

— Tu sais, le truc pointu avec lequel on peut dessiner des cercles parfaits ?

Toujours soupçonneux, je hoche la tête. Charlotte imite mon expression.

— Ne prends pas l'air aussi suspicieux. Je voudrais juste te l'emprunter.

— Pour faire des maths ?

Elle fronce le nez et ses lèvres se plissent.

— Non, pour assassiner quelqu'un.

Je m'étrangle de rire, ce qui semble la ravir. J'ai les oreilles brûlantes. Elle rit à son tour et me flanque une tape à l'épaule.

— Je dessine un truc et mes cercles sont vraiment moches.

J'efface un trait sur la page en essayant de rester concentré sur les nombres, pas cette envie qui m'a envahi de passer les doigts dans les boucles de Charlotte et de rapprocher ses lèvres des miennes, de les entrouvrir avec la langue.

Merde. Les nombres.

Les nombres, c'est bien. Une érection devant Charlotte, pas du tout.

Charlotte se penche, son épaule est pressée contre la mienne, son parfum de vanille et de terre mouillée brouille les équations devant moi.

— Sur quoi tu travailles aussi dur, au point de ne pas me regarder ?

J'ai le souffle court. Je vais peut-être m'évanouir quand elle souffle : « La vache » dans mon cou.

— C'est quoi, ce truc ?

— Du calcul.

— Non, non, non. Je sais ce que c'est, le calcul. J'en fais. Ça, c'est… Je sais pas ce que c'est.

— Du calcul très avancé.

Charlotte étudie la formule sur laquelle je travaille. Je m'autorise à lever les yeux vers elle une fraction de seconde. Ses sourcils froncés dessinent des parenthèses sur son front.

— C'est beau, non ? demande-t-elle.

— Oui.

Elle me sourit, un lever de soleil.

— Tu comprends ?

— Que dalle.

Elle fronce le nez. Je suis obligé de me concentrer à nouveau sur la feuille devant moi.

— Mais pas besoin de comprendre pour *comprendre*. Tu vois ce que je veux dire ?

Je m'écarte d'elle en essuyant une paume en sueur sur ma cuisse.

— Non.

Charlotte lève un doigt pour me demander d'attendre avant de remonter l'escalier à toute vitesse. Je recopie un nouveau problème sur mon cahier. Je pourrais ne travailler que sur ordinateur, mais j'aime bien la sensation du papier sous ma paume alors que je réfléchis aux nombres et que je cherche les solutions. J'ai résolu un quart du problème quand elle ressurgit, un carnet de dessin à la main.

Elle l'ouvre et me le tend.

— Ça, tu le comprends ?

Sur la page, il y a des oranges, des rouges, des verts et des jaunes. Des taches de chaque couleur qui dessinent des formes emmêlées. Ça ne ressemble à rien du tout.

— Qu'est-ce qu'il y a à comprendre ?

Charlotte ne répond pas. Elle me montre juste l'image pour que je l'étudie. Plus je la regarde, plus je vois de choses. Soudain, ce ne sont plus seulement des couleurs, mais des feuilles d'automne dans les montagnes.

— Ce sont des feuilles d'arbre ?

Elle hausse un sourcil et penche la page pour l'examiner.

— Peut-être.

Mais quand elle me la montre à nouveau, ce ne sont plus des feuilles, mais des poissons dans une mare, comme les carpes koï dans le hall d'un hôtel où j'ai dormi un jour. Je cligne des yeux et c'est la roseraie de Mme Dunwitty à son apogée.

Et soudain je comprends.

Ce sont des millions de problèmes à la fois. Chaque façon de le résoudre m'apporte une nouvelle solution. C'est beau.

— Je peux ?

Je tends la main vers le carnet.

Elle se mordille la lèvre tandis qu'elle réfléchit. Après me l'avoir tendu, elle s'assoit et devient fébrile. Ses doigts tapotent le dessous de la table tandis que je tourne les pages. Sans réfléchir, je les entrelace entre les miens comme les couleurs de ses croquis. Ses mains se calment, mais elle se raidit complètement.

— Désolé, dis-je en la lâchant, sans me soucier de mon pouls inégal.

Mais à quoi je joue ? Je peux compter sur mes doigts le nombre de fois où j'ai parlé à cette fille et voilà que j'essaie de lui tenir la main dans ma cuisine !

Maintenant que je l'ai lâchée, elle se met à nouveau à s'agiter.

— Est-ce que je te rends nerveuse ?

Je parle du fait que je regarde ses dessins, mais elle sursaute comme si j'avais crié. Je me demande ce qu'elle croit que je voulais dire.

Elle prend une profonde inspiration qui la fait frémir tout entière.

— Je n'ai pas l'habitude de les montrer. C'est toujours plus facile de cacher les choses.

J'ai envie de savoir de quoi elle parle. Je voudrais la libérer de toutes ces choses qu'elle garde pour elle, faire peut-être de la place pour… quoi ? Pour moi ? C'est ridicule. Je devrais lui rendre son carnet et ne plus y penser.

Au lieu de ça, je pousse mon cahier vers elle.

— Comme ça, c'est plus juste.

Elle se met à rire et regarde la page sur laquelle je travaille.

— Qu'est-ce que c'est ?

Sa voix est douce. Elle désigne le problème sur lequel je travaillais plus tôt. J'aurais dû utiliser le symbole de l'infini, mais au lieu de ça j'ai dessiné son tatouage. Je ne m'en étais même pas rendu compte.

— On essaye de me résoudre, M. Hanson ? Tu crois que ça te donnera des points en plus ?

— Je…

Je n'ai rien à dire. Je regarde le symbole que j'ai dessiné, avec le mot « espoir » lié à son infinité. En mathématiques, il y a beaucoup d'idées que l'on sait vraies, même si on n'arrivera jamais à les résoudre. Trop. Ce sont ces paradoxes qui rendent les maths si belles.

Charlotte me fait le même effet. Comme un problème que je ne résoudrai jamais, parfait pour moi.

Elle appuie son épaule contre la mienne.

— Toi et moi, Charlie, on est tous les deux des artistes. On a seulement des techniques différentes.

Maintenant, c'est moi qui n'arrive pas à garder les doigts immobiles. Charlotte les regarde alors que je passe une main sur la spirale de son carnet tout en battant ma cuisse avec l'autre. Elle saisit doucement celle qui s'agite entre nous. Sans un mot de plus, elle commence à tourner les pages de mon cahier, parcourant les formules. Je me demande ce qu'elle y voit.

Et ce qu'elle voit en moi.

2.4

Le lendemain, Mme Finch est à l'heure. Elle est appuyée contre le tableau et attend la sonnerie, puis grimace lorsqu'elle nous agresse enfin les oreilles.

— Bouclez-la et écoutez.

Elle pose son café, ouvre son livre et commence la lecture. Quand elle a fini, elle allume le projecteur et les notes du jour apparaissent sur l'écran derrière elle.

Le paradoxe est…

Elle est sur le point de démarrer la leçon quand quelqu'un lève la main depuis le premier rang. Jenna Barker murmure de sa voix grêle :

— Est-ce qu'on doit prendre des notes pendant que vous lisez ?

— Pourquoi ça ?

Les petites mains de Jenna tremblent. Elle se tourne vers Misty, assise près d'elle. Elle rougit. Jenna a du mal à parler en public mais elle est vive comme l'éclair quand il s'agit d'établir un séquençage génétique.

Misty enchaîne avec son assurance habituelle :

— On en aura besoin pour l'interro, non ?

Mme Finch fronce les sourcils un instant avant de sourire.

— Oh non, c'est une lecture de plaisir. Il n'y aura pas de note.

Un ricanement m'échappe.

— Pas d'interro ?

Je n'ai jamais entendu un prof dire un truc aussi dingue. Il y a toujours une interro. Je remarque trop tard que tous les regards sont tournés vers moi.

— Quelque chose vous amuse, M. Hanson ?

Je baisse les yeux et je secoue la tête.

— Attendez, attendez ! s'exclame Greta en pleine panique, le visage vidé de toute couleur. On n'aura pas de devoir là-dessus ?

Elle indique ses prises de notes de toute la semaine dernière.

— Non, mais, attendez...

C'est comme écouter l'un des vieux disques vinyles de mon père. De temps en temps le lecteur reste coincé et saute, ce qui fait qu'un mot se répète à l'infini.

James observe le chaos et se tourne vers moi avec un grand sourire. Il marmonne :

— Ça ne va pas plaire à ma mère. Pas du tout.

C'est un de ces chuchotis censés se faire entendre. Et de là, les chouinements se sont enchaînés, et la plupart d'entre eux m'étaient adressés : « Dis quelque chose, Charlie ! »

Mme Finch nous regarde d'un air stupéfié. Nos protestations sont insensées, parce qu'il n'y aura jamais de devoir plus facile que « la boucler et écouter ».

Le brouhaha atteint son paroxysme. James a l'air victorieux. Toute la classe est unie et ils veulent que je les rejoigne, que je signe la déclaration de « La littérature c'est nul ». Si on y réfléchit, même Charlotte est dans ce camp.

Mais elle ne peut pas être ma seule raison de joindre ce combat. Je lutte pour défendre les maths et Brighton. Je suis Mathman, capable de résoudre les problèmes les plus complexes d'un seul saut parfaitement calculé.

Qu'est-ce que c'est naze.

Si je mène mes camarades au combat, Charlotte viendra-t-elle à nouveau dans ma chambre pour me féliciter ?

Je serre les dents pour chasser cette idée avant de me lever. Leurs plaintes réduites au silence, les autres se tournent vers moi comme un seul homme. Mme Finch me dévisage d'un air intéressé. Bizarrement, j'ai envie de lui demander pardon. Au lieu de ça, je me racle la gorge et je fourre les mains dans mes poches.

— Madame, pourquoi nous faire perdre notre temps avec ce roman s'il n'y a pas d'interro ?

Voilà. J'ai signé. Contents ?

Tout le monde hoche la tête et se met à nouveau à murmurer. Tous les regards sont sur Mme Finch. Elle sort le roman en question et s'appuie sur son bureau.

— Vous trouvez que lire une œuvre littéraire exceptionnelle est une perte de temps ?

Je me dandine d'un pied sur l'autre.

— Euh, oui, madame. Apparemment.

Mme Finch prend l'air écœuré.

Ça va m'exploser à la figure, je le sens. Nous attendons dans un silence absolu. J'ai les mains moites et les genoux qui tremblent.

Peut-être que ça n'a rien à voir avec ma libido. Peut-être que si je me suis levé aujourd'hui, c'est parce que la semaine dernière, dans la pénombre de ma chambre, Charlotte m'a regardé comme si aider à distraire sa sœur ferait de moi une sorte de héros. Et à cause de la sensation de ses doigts, frais et doux, dans ma main hier soir, à feuilleter les pages de nos âmes.

Mme Finch contemple le livre qu'elle tient, passe les doigts sur la couverture. Elle lève les yeux vers nous.

— Vous voulez vraiment une interrogation écrite sur ce roman ?

Il y a une vague d'acquiescements dans la salle.

— Si nous écoutons l'histoire, alors nous devrions être récompensés par une note juste et équivalente.

On dirait un personnage de dessin animé qui sort son vocabulaire le plus pompeux, mais je n'arrive pas à m'arrêter.

— Le premier jour, vous avez dit que vous saviez tout de nous, eh bien vous devriez savoir que si vous voulez nous motiver, vous devez nous noter.

James étrangle un rire.

Greta relâche son souffle, avec un petit bruit qui ressemble à *oooooh*.

Je croise les bras pour empêcher mes mains de trembler alors que je m'empourpre. Mme Finch plisse le front. Elle hoche la tête plusieurs fois. Un court instant, mon cœur bondit dans ma poitrine, je crois l'avoir convaincue.

— Non. Pas d'interrogation.

Sans un mot de plus, elle commence le cours du jour.

Je me rassois lentement. D'un côté, je suis soulagé parce que je n'ai pas écouté un mot du roman. D'un autre, Mme Finch a prouvé une nouvelle fois qu'elle détenait le pouvoir. Nous sommes à sa merci.

J'avais omis qu'après la Déclaration il y avait eu la *guerre* d'indépendance. J'avais oublié que signer n'était que le premier pas. Ce n'est pas comme si John Adams avait apposé son nom en grand et que le roi de Grande-Bretagne lui avait donné les clés des USA en disant : « Très bien, vous avez gagné. »

Nous devons mériter notre indépendance.

* * *

Par quelque mauvais tour du destin, mon casier est dans le couloir des sciences humaines, juste à côté du bureau de Mme Finch. Elle travaille en chantant. En chantant faux. J'en rirais bien, mais il y a quelque chose de trop sincère dans ces chansons fredonnées en privé.

Soudain, elle se tait et sort du bureau. Pendant qu'elle verrouille sa porte, elle balance son sac rouge sur son épaule. Au moment où elle se retourne pour partir, elle me repère en train de prier pour que mon casier m'avale.

— Bonjour, monsieur Hanson.

Je lâche mon livre de théories avancées de la physique (quatre kilos bien tassés) sur mon pied et laisse échapper un juron. Vite, utilisons la Force : *Vous n'avez rien entendu.*

Je ramasse mon livre, et quand je me redresse je remarque qu'elle me regarde comme si elle essayait de voir en moi.

— Alors, c'est vous, cette année, hein ?

— Moi ?

— Le roi du bahut. Le grand chef. Le boss de la classe. L'élu des Terminales.

Elle continue à lister des titres honorifiques. Je la regarde d'un air idiot. Elle s'interrompt et prend l'air surpris.

— Houlà. Vous n'êtes pas au courant, c'est ça ?

— Au courant ?

— Que vous avez été choisi.

Elle se rapproche de moi. Son parfum flotte tout autour, mais il manque quelque chose. Celui de Charlotte sent tellement meilleur.

— Ils veulent que vous…

Mme Finch me désigne de sa clé de voiture.

— … vous attaquiez à moi.

Je comprends soudain. Je m'en fous, de ce qu'« ils » veulent. Le lycée est une salle d'attente. Tout ce qui m'intéresse, c'est l'avenir. « Ils » peuvent aller voir ailleurs.

Mais Charlotte, elle, m'a choisi. Allez savoir pourquoi. C'est pour elle que je me suis levé.

Mme Finch me jauge une nouvelle fois du regard.

— Je suis contente que ce soit vous.

Je rougis comme un préado devant sa star préférée.

— Pourquoi ?

— Vous êtes un garçon intelligent. Je le vois bien. Je parie que vous rendrez la partie intéressante. Mais n'oubliez pas, dit-elle d'un ton solennel, « un grand pouvoir implique de grandes responsabilités ».

Je reste figé comme un abruti.

— Le grand Stan Lee. Spiderman ? Vous connaissez forcément.

Elle sourit et la lueur dans son regard met mon cœur sur pause. Un défi ?

Alors que je bredouille une réponse, elle traverse le couloir et pousse les doubles portes, laissant entrer la lumière de l'après-midi.

— À demain ! lance-t-elle avant de disparaître dans le soleil d'automne.

2.5

Aujourd'hui il y a une palette de nouvelles pierres pour reconstruire le muret autour des plantations de Dunwitty. Elles ne sont pas taillées de façon égales, alors elles n'arrêtent pas de tomber. Je passe mon temps à les remettre en place en marmonnant des trucs du genre : « Alors comme ça elle me cite Spiderman ? » et « Je te l'accrocherais au drapeau du lycée avec de la toile d'araignée, tu vas voir ». Que des trucs intelligents.

Je reconstruis le même bout de mur pour la troisième fois quand l'ombre de Mme Dunwitty me recouvre.

— Hé, Sisyphe !

Je lève les yeux vers elle, le soleil en contre-jour assombrit sa peau encore plus. Ses yeux sont de petits trous noirs.

— De quoi vous venez de me traiter ?

Dunwitty renverse la tête en arrière et rigole en tenant son chapeau.

— Tu n'es peut-être pas très intelligent, mais au moins tu me fais rire.

Elle m'ébouriffe les cheveux, ce qui me perturbe carrément.

— Je t'ai appelé Sisyphe.

Je la regarde sans comprendre et pose une pierre.

— C'est un mythe. Sisyphe est un roi de l'Antiquité. Il a été condamné par les dieux à pousser un rocher jusqu'en haut d'une colline, d'où le rocher dégringole, pour l'éternité.

— Pas cool.

— Je vois que tu n'as pas étudié ça à ton école de petits génies.

Je hausse les épaules et prends une nouvelle pierre. Je la pose et elle retombe sur moi. Je jette un coup d'œil à Dunwitty pour voir si elle a remarqué.

— Ça répond à beaucoup de mes questions, par exemple comment tu peux être aussi intelligent et bête à la fois ?

— Je suis pas bête, je marmonne.

Je remets la pierre en place. Pas qu'elle croie un mot de ce que je raconte.

— Prouve-le. Utilise tes super connaissances pour me concevoir un mur digne de ce nom.

Concevoir ? Je la dévisage un instant avant de regarder mon mur pathétique. Bien sûr qu'il s'écroule. Je ne fais que prendre des pierres au hasard et les empiler, mais si j'appliquais des règles de géométrie et de physique de base, que j'ajustais l'angle de la pile et que j'ajoutais du drainage pour réduire la pression interne…

Mon cerveau s'emballe pendant que je défais le bout de mur que j'ai déjà construit. Je cours à la voiture chercher du papier et un stylo pour dessiner un plan.

Au coucher du soleil, j'ai trié les pierres et creusé une tranchée. Je construis les fondations quand Mme Dunwitty vient vers moi à petits pas. Je la regarde du coin de l'œil en prenant une autre pierre. Les yeux plissés, elle tient le plan que j'ai dessiné à bout de bras tremblants. Ça a l'air de lui plaire. Je suis surpris par mon sentiment de fierté.

— Ça me paraît bien, fiston, dit-elle. Arrête donc pour ce soir.

Je me redresse et je m'essuie les mains sur mon short.

— Tu n'es pas un cas désespéré, déclare Mme Dunwitty en me rendant mon plan.

De sa part, c'est aussi inattendu que gagner à la loterie.

* * *

Quand j'arrive chez moi, j'entends qu'on chante dans le salon. C'est une voix d'homme, mais Charlotte l'accompagne. Je la découvre avec Becca en train de regarder une vieille comédie musicale en noir et blanc. Enfin, Charlotte la regarde, Becca lit dans le fauteuil inclinable.

Je monte me doucher, puis je me mets à mon dossier de candidature au MIT. La dernière chose que m'a dite Greta cet après-midi, c'est : « Termine-le. Le MIT t'attend. Un peu de couilles, Chuck ! » Et elle n'a pas tort. Il me reste cinquante-quatre jours avant la date limite des candidatures prioritaires.

Je passe dix minutes à bidouiller mes réponses courtes. J'ai sept versions de *Quel a été votre plus grand défi ?* Chacune d'elles pue le remplissage.

Je lis la question suivante.

Nous savons déjà que vous participez à beaucoup d'activités extra-scolaires. Mais que faites-vous pour le plaisir ?

De l'algèbre.

Ce qui n'est probablement pas la réponse qu'ils attendent. Ces questions sont censées démontrer la diversité de mes intérêts et ma capacité à arrondir les angles. Mais je n'ai pas d'angles. Je suis droit, comme une flèche.

Je trace une ligne sur un bout de papier. Je dessine une flèche à une extrémité. Ma droite va désormais continuer sans s'arrêter dans cette direction. J'ajoute une flèche à l'autre bout. Je n'ai plus aucune limite. Je suis infini.

Mon ventre gargouille. Je ne suis pas infini. J'ai faim. Agacé, je rabats l'écran de mon ordinateur portable et je me dirige vers la cuisine.

Je sors une boîte de céréales du placard en essayant, en vain, de ne pas accorder d'attention à la lumière dans le salon. Et puis Charlotte se met à rire et je suis foutu. Attiré par ce son comme un papillon de nuit par la lumière, je me dirige vers l'autre pièce.

Becca est allongée sur son fauteuil. Elle s'est endormie avec la bouche entrouverte. Je suis sûr qu'elle a passé la plus grande partie de la nuit à lire. Elle a l'air d'avoir presque terminé l'énorme roman sur ses genoux. Ses légers ronflements ressemblent au tonnerre d'un orage lointain.

Charlotte est recroquevillée à un bout du canapé. Son carnet à dessin et ses fusains sont sur la petite table à côté d'elle. Je tords le cou pour voir à quoi elle travaille. D'ici je n'arrive pas à en déterminer les formes, juste des lignes sombres et floues.

— Tu me fais flipper, dit Charlotte sans détourner les yeux de la télé. Tu rentres ou tu sors ?

Au son de sa voix, je sursaute et j'aplatis ma boîte de céréales. J'entends le bruit inimitable de son contenu qui s'écrase. Charlotte a un sourire en coin.

— Désolé, dis-je en me rapprochant. J'avais besoin de penser à autre chose qu'au MIT.

— Je croyais que tu adorais le MIT ?

— Oui, mais j'aime beaucoup moins écrire des lettres de candidature.

À l'écran, les personnages chantent une chanson qui n'a pas de sens. Un peu comme mes réponses. Je soupire.

— Mais il faut que je termine. Sinon Greta va continuer à me soûler.

— Alors tu le fais pour Greta ?

La tension dans ma poitrine s'évacue dans un soupir digne d'un pneu qui se dégonfle.

— Non. Pour moi.

Elle tapote la place à côté d'elle et change gracieusement de sujet.

— Tu as déjà vu *Chantons sous la pluie* ?

Je grimace. Elle m'imite.

— C'est un classique. Il va te plaire. Et comme ça, tu vas apprendre à danser.

Je me mets à rire.

— Oh, je danse, je danse.

— Alors je veux voir ça !

Elle rit et me propose de partager sa couverture, mais soudain, je transpire.

Je pose ma boîte de céréales écrasée sur la table près de son carnet et je regarde le dessin de plus près. C'est une fille sous la pluie, le visage levé. Elle a la bouche ouverte et les yeux fermés. Je ne sais pas si elle rit ou si elle crie. Peut-être les deux.

Avant de m'asseoir, je passe le doigt sur le trait tendu de sa mâchoire. Je ressens intimement son expression. Quelque chose entre le désir et la peur. C'est incroyable qu'il ait fallu un dessin, celui de Charlotte, pour me faire comprendre pourquoi j'évite mon dossier de candidature. J'ai peut-être envie d'aller au MIT, mais ça me terrifie aussi.

Sauf que je n'arrive pas à comprendre pourquoi.

Je m'installe à l'autre bout du canapé et Charlotte me raconte ce que j'ai raté. Le film raconte les conséquences à Hollywood du passage des films muets aux parlants. Cette scène capte mon attention, mais soudain, tout le monde se met à chanter et danser, ce qui m'embarrasse terriblement. Personne ne fait ça en vrai.

Charlotte chante en même temps que les acteurs. Dans la pénombre, sa voix est intense. Ça me donne envie de me réfugier dans la soie de sa chanson. D'où sort cette fille et qu'est-ce que je dois faire, maintenant qu'elle est là ? J'observe son profil dans la lueur de la télé.

— Tu vas louper ma scène préférée, si tu me regardes comme ça.

Elle ne détourne pas les yeux de l'écran mais le montre du doigt.

— Il ne faut pas que tu rates ça.

L'homme au chapeau de feutre (Don) embrasse la fille au chapeau violet bizarre (Kathy). Ils sont sous un parapluie. Kathy dit à Don de ne pas rester sous l'eau.

Charlotte se penche et m'attrape le genou. Elle a les doigts noircis par ses fusains. Elle récite la réplique de Don en même temps que lui.

— « Pour moi, le soleil brille ! »

Elle me presse le genou puis referme les mains contre sa poitrine, comme si elle essayait de se contrôler. Ses grands yeux illuminés par la télé, elle chante sous la pluie en chœur avec Don.

Ce type est trempé, il marche dans les flaques et va probablement perdre sa voix, le truc dont il a besoin pour tourner son nouveau film. Et pourquoi ?

— Ça n'a pas de sens, je marmonne alors que Don fait des claquettes.

— Il est amoureux. Ça le rend heureux. Qu'est-ce qui n'a pas de sens ?

— Mais pourquoi est-ce qu'il chante sous la pluie ? Il ne peut pas être heureux au sec ?

Charlotte secoue la tête.

— Ne confonds pas l'amour et la logique, Charlie. Ils n'ont aucun lien.

Don continue à danser, ses gestes emplis d'une joie violente, jusqu'à ce qu'il tombe sur un policier qui lui aussi se promène sous la pluie sans aucune raison apparente. Je me demande si lui aussi est amoureux. Je ne comprends toujours pas, mais je dois admettre que, lorsque Don s'éloigne en fredonnant, je me sens effectivement plus léger.

— Tu as déjà chanté sous la pluie, Charlie ? me demande Charlotte à la fin de la scène.

— Non.

— C'est une idée romantique, mais carrément surfaite. La réalité n'a vraiment rien à voir.

Elle s'enveloppe dans sa couverture.

— J'ai lu que Gene Kelly avait quarante de fièvre quand ils ont tourné cette scène. Il ne fait que jouer.

— C'est un film, Charlotte. Ce n'est pas censé être réel.

Je souris, mais elle a touché un point sensible. C'est ça, la raison pour laquelle je traîne à envoyer ma candidature. Et si le MIT n'était pas à la hauteur de mes rêves ?

— Déjà, continue Charlotte en me ramenant à la réalité, tu es mouillé, quand tu chantes sous la pluie. Genre trempé.

— Non sans blague ?

Elle me donne un coup de pied. Il atterrit dans ma paume et sans réfléchir, je la chatouille. Elle sursaute et ravale un rire.

— Tu es un homme mort, Hanson !

Elle replie le pied et fait la moue. Qu'est-ce que j'aimerais embrasser ces lèvres ! Rien qu'une fois…

Elle manœuvre de façon à s'asseoir sur le coussin qui nous sépare et agite les doigts vers moi en signe d'avertissement. Elle observe mon corps à la recherche d'une cible. Chaque partie de moi meurt d'envie d'être choisie.

Quand Becca bouge dans son sommeil, Charlotte se fige. Elle écarquille les yeux. Je serre les dents d'un air surpris qui fait glousser Charlotte, ce qui du coup me fait rire. Non, pour être franc, je m'esclaffe. Je ne sais pas si ça m'est jamais arrivé. C'est agréable.

Le vieux fauteuil couine de protestation lorsque Becca se redresse.

— Qu'est-ce que j'ai raté ?

Elle regarde la télé, alors j'imagine qu'elle parle du film, mais soudain je suis bien trop conscient que j'étais sur le point de faire une guerre de chatouilles avec sa meilleure amie. Sa seule amie.

Pas classe, Chuck, cingle ma Greta intérieure.

Je me lève et tire sur mon tee-shirt froissé.

— Je ferais mieux de me remettre à bosser.

Charlotte se rassoit et s'enroule à nouveau dans la couverture. Elle passe ses doigts tachés, ceux qui m'attiraient tant un instant plus tôt, dans ses cheveux noir d'encre.

J'ai mal.

— Merci pour le film, Charlotte, je lance en tournant les talons.

Il faut que je parte. Il me faut un problème de maths hyper dur pour me sortir cette fille de la tête.

— Pas de souci, Charlie.

* * *

À nouveau devant mon ordinateur, je sors la démonstration sur laquelle je travaille pour le journal en ligne des Jeunes Mathématiciens, celle qui, je l'espère, attirera l'attention du docteur Bell. D'habitude, manipuler les nombres me calme. Cette fois, je n'arrête pas d'imaginer Charlotte, seule dans la rue, à chanter sous la pluie.

Non. Je ne peux pas travailler sur la démonstration si je n'arrive pas à me concentrer. Je vais me planter quelque part.

Je sors mon brouillon et je remarque la droite que j'ai dessinée tout à l'heure. J'en découpe une section et j'assigne une valeur à chacun des points. Derrière la ligne, je dessine un axe XY et je cherche la valeur de la courbe. C'est un problème simple. J'en ai résolu des centaines. C'est comme respirer. Isoler l'inconnue. S'en tenir au plan. Résoudre l'équation.

C'est aussi facile que 3,14159265.

Je griffonne d'autres problèmes, plus difficiles à chaque fois, jusqu'à enfin arriver à une équation à la hauteur de mes compétences. Pourtant même résoudre ce monstre n'efface pas le regard de Charlotte posé sur moi.

J'appuie la mine du crayon sur le papier, si fort qu'elle se casse. Quand je ferme les yeux, tout ce que je vois, c'est sa nuque, une boucle noire sur le dessin de sa colonne vertébrale et son tatouage. Quelque chose dans mes entrailles me tire, physiquement, dans toutes sortes de directions, empressé de tracer le symbole indélébile de l'infini.

Les maths ne marchent pas. Comment est-ce possible ? Est-ce que c'est le début d'un autre craquage nerveux ? Si c'est le cas, alors pourquoi je me sens si calme, comme si j'avais atteint l'œil du cyclone, le cœur tranquille de la tempête ?

J'ouvre les yeux et je me focalise sur la première ligne droite que j'ai dessinée. Lorsque je me suis levé en classe pour prendre le parti de Charlotte, j'ai dévié du chemin de ma vie. De ma voie toute tracée. Je pourrais faire demi-tour et effacer ce moment, mais je n'en ai pas envie.

Tandis que je contemple la page de problèmes résolus, un plan s'ébauche dans ma tête. C'est là, sur la page devant moi, plusieurs fois. Un problème à résoudre ? Isolez l'inconnue.

Si Mme Finch refuse de nous noter sur ce roman idiot, alors nous aussi, nous refuserons de partager nos remarques. Toutes. Nous ne dirons plus un seul mot.

2.6

— Alors on le fait pour de vrai, Chuck ? demande Greta le lundi matin.

— C'est la volonté du peuple.

Je rattrape la lourde porte extérieure avant qu'elle me claque au nez.

— En tant que major de promo, c'est mon devoir de les guider.

— Dans tes rêves, siffle Greta en se glissant devant moi. Sans moi, tu serais le seul abruti de la classe à jouer à ce petit jeu.

James rigole. Je me gratte le nez avec mon majeur. Ça l'amuse encore plus.

— Tu as raison, on forme une équipe.

James passe ses bras épais autour de nos épaules.

— Comme les Avengers !

Greta et moi poussons un cri de protestation.

Dès le déjeuner, Greta s'assure que chaque élève du cours de littérature est résolu à suivre mon plan.

Pour que ça marche, il faut que tout le monde soit de la partie.

Le cours commence de façon habituelle. On est assis quand Mme Finch arrive en courant avec son café quelques secondes après la cloche. Elle pose son gobelet sur le bureau, prend son roman et nous dit de la boucler. Le truc, c'est que personne ne l'ouvre. Tout le monde garde le silence, les mains croisées sur le bureau, sans regarder Mme Finch du tout. La lecture commence, nous prenons des notes, mais personne ne pose de question.

Le silence est inquiétant. Et génial.

Mme Finch s'interrompt à un moment et contemple la classe, les sourcils froncés.

— Des questions ?

Silence.

— Booon, continue-t-elle. Bizarre, mais très bien.

La façon dont elle se mordille la lèvre trahit à quel point elle n'en pense pas un mot, en fait.

— Vous savez quoi, je donne des points en plus à la première personne qui me dit quelle est la différence entre un roman épique et une ode.

Rien. Ce qui, se rend-elle compte, signifie peut-être que nous n'écoutions pas quand elle en a parlé tout à l'heure. Alors elle réessaie :

— Trop dur ? Alors des points en plus à celui qui peut me dire qui a écrit les sonnets de Shakespeare.

Elle a l'air triomphant. Et pourtant, toujours pas de réponse. Je sais que ça les tue. Ça me tue aussi. Tous ces points gratuits gâchés !

— C'est Shakespeare, enfin. C'est Shakespeare qui a écrit les sonnets de Shakespeare !

Nous la regardons sans la voir.

Elle soupire.

— D'accord. Hum… alors profitez du reste de l'heure pour travailler sur votre exposé. Quelqu'un veut l'autorisation d'aller au CDI ?

Quelques élèves me regardent. Ils ont déjà renoncé à des points en plus, et avancer sur ce devoir idiot pendant l'heure de cours nous permettrait de gagner du temps pour faire les recherches qui nous intéressent vraiment. Je secoue la tête une fois et je contemple mes mains.

Quand je jette un coup d'œil à la classe, tout le monde tourne le dos à Mme Finch qui nous observe avec les sourcils froncés.

Et voilà, mesdames et messieurs, comment on isole une inconnue.

Si Mme Finch a vraiment besoin d'être la meilleure, alors notre désintérêt devrait tellement l'agacer qu'elle s'acharnera. Et pendant qu'elle s'excite, Charlotte devrait pouvoir souffler un peu et profiter de sa vie. Peut-être qu'elle occupera un peu de ce temps avec moi, dans ma chambre, dans le noir…

* * *

Il a commencé à pleuvoir pendant le cours de littérature, alors mes heures d'esclavage sont remises au lendemain. Quand j'arrive, la voiture de Charlotte est garée à sa place habituelle le long du trottoir. À l'intérieur, sa voix mélodieuse remplit l'espace. Ça fait battre mon pouls plus fort.

Elle est devant le micro-ondes, dans lequel se trouve un sachet de pop-corn, et chante une chanson à la fois rapide et triste.

Je pose mes clés sur le comptoir. Elle se retourne sans avoir le moins du monde l'air embarrassé. Elle me fait un grand sourire chaleureux et prend une cuillère en bois dans le pot près du four. Elle s'en sert comme d'un micro et passe au refrain familier de *Chantons sous la pluie.*

Elle s'arrête tout près de moi. La dernière note s'éteint, j'ai les sens en ébullition.

Elle rit, je perçois son souffle léger sur mon visage.

— Tu veux que j'en chante une en particulier, Charlie ?

Elle me fait un grand sourire. Quelque chose en moi voudrait qu'elle recule pour que mon cœur ralentisse un peu, mais j'ai aussi envie qu'elle se rapproche encore plus.

— N… non.

— Jo a passé une mauvaise journée, dit-elle, le sourire plus lumineux qu'une supernova.

Joe ?

— Ton petit ami ?

La tête penchée sur le côté, elle s'éloigne de moi.

— Mon… ? Jo, c'est ma sœur.

Elle s'appuie contre le comptoir.

— Apparemment, ses élèves n'ont pas été gentils avec elle.

— On n'a pas été méchants, je réponds en rougissant. J'ai résolu ton problème avec de l'algèbre.

Charlotte fronce le nez.

— Je m'en fiche, de comment tu as fait. Elle est folle furieuse.

Je voudrais la comprendre. Vraiment.

— Et c'est une bonne chose ?

Charlotte bat la mesure dans la paume de sa main avec son microphone-cuillère.

— Je dîne toute seule ce soir parce qu'elle travaillera tard.

Becca est descendue et a entendu.

— Tu peux dîner avec nous. Hein, Charlie ?

Charlotte interrompt son geste et hausse un sourcil en me regardant. Mon cœur reprend sa chamade.

Mon père arrive du garage et secoue son manteau mouillé. Becca demande :

— Charlotte ? Dîner ? Oui ?

Il hoche la tête.

— Manger. OK.

Ses boucles brunes lui tombent devant les yeux et sa moustache ressemble à un chien trempé qui se promènerait sous son nez. Mon père aime dire qu'il avait une moustache bien avant que les hipsters décident que c'était cool. « Cool » étant très relatif. Il remarque qu'il met de l'eau partout et se réfugie dans l'entrée.

— J'aurais besoin que tu utilises ton super cerveau pour m'expliquer cette histoire de chat allemand, déclare Charlotte.

— De quoi ?

— Schrödinger, traduit Becca.

Je gémis.

— Oh non, pas ça ! Il n'y en a que pour cette théorie, en ce moment.

Charlotte glousse.

— Excuse-moi, est-ce que tu viens de dire qu'on en fait trop à propos d'un scientifique allemand que personne ne connaît ?

Je croise les bras en essayant de rester sur mes positions, même si son regard rend difficile le simple fait de rester debout. Ma voix tremble, d'à peine un ångström.

— Ce crétin de chat me fatigue, c'est tout. Est-il mort ? Vivant ?

Charlotte agite un doigt en l'air.

— Telle est la question. Alors ?

— Il n'est rien du tout, en fait. C'est une expérience pour illustrer le concept des états quantiques. Tant qu'on n'a pas regardé dans la boîte, le chat est dans un état superposé de mort et vivant. Mais une fois qu'on a regardé, on force cet abruti à choisir un état. On appelle ça l'effondrement de la fonction d'onde.

— Et du coup ?

— Je m'en fiche. C'est un chat.

— Imaginons que ce n'est pas un chat, dit Charlotte, la voix animée par un courant électrique. Imaginons que c'est autre chose.

— Comme quoi ?

— Je ne sais pas... Moi.

Merde.

— Alors si je meurs, mais que personne n'est là pour le voir, est-ce que je suis en vie jusqu'à ce que quelqu'un s'en rende compte ?

J'échange un regard avec Becca. *Hein ?* Elle hausse les épaules et on dirait qu'elle va parler lorsque Charlotte déclare :

— Ou alors, si je suis en vie mais que personne ne le remarque, est-ce que ça veut dire que je suis déjà morte ?

— D'où ça sort, ça ?

Le sourire de Charlotte est mystérieux mais ne se reflète pas dans ses yeux.

— Disons que c'est de la curiosité scientifique.

Becca s'appuie au comptoir à côté d'elle, son épaule contre celle de Charlotte.

— J'ai entendu parler d'une autre interprétation : il y a division au lieu d'effondrement. Alors le chat est en vie dans un univers et mort dans l'autre. Pas vrai, Charlie ?

J'acquiesce en observant la tête de Charlotte à cette nouvelle possibilité.

— Dans ce cas-là, l'observateur est mêlé à l'état du chat. Alors pour ceux qui sont hors de la boîte, le chat est soit mort, soit vivant quand ils regardent, mais c'est un peu le chat qui décide.

Becca lève les yeux au ciel. Mon interprétation est très simpliste. Je m'en fiche, parce que Charlotte sourit, cet arrondi fermé de ses lèvres qui n'appartient qu'à moi. Je l'ai rendue heureuse et, en échange, d'agréables neurotransmetteurs envahissent mon cerveau.

— Eh bien, dit-elle, c'est sympa pour le chat, non ?

2.7

Le cours de littérature est tellement calme qu'on entend le petit raclement asthmatique de Min quand il respire, alors qu'il est assis trois rangs plus loin.

Au début, quand les questions de Mme Finch restaient sans réponse, je me sentais mal. Mais presque une semaine plus tard, je me suis habitué à cet étrange sentiment de ne pas me donner à fond. De plus, j'ai remarqué que Mme Finch pose moins de questions.

J'admets volontiers que ce n'est pas très audacieux, comme plan, mais parfois il n'y a rien de mieux que la simplicité. Du moins je l'espère. Je ne crois pas avoir l'âme d'un véritable agitateur.

Quand j'arrive en classe ce jour-là, Mme Finch est à son bureau, en train de contempler un gobelet. Je dissimule un sourire. Elle a l'air complètement ailleurs.

La cloche sonne à nouveau ; elle ne s'embête pas à nous dire de la boucler avant de se mettre à lire. À mi-lecture, elle se laisse happer par l'histoire et s'enthousiasme à nouveau. Mais lorsqu'elle termine et lève les yeux vers nous, elle perd aussitôt sa bonne humeur.

J'ai un pincement au cœur. Je ne m'attarde pas dessus. Je suis dévoué à Charlotte (et l'algèbre), mais j'aimerais en savoir plus. Pourquoi Mme Finch étouffe-t-elle sa petite sœur ? Quelle est la cause de cette conséquence ? L'action derrière la réaction ?

Un petit sentiment d'anxiété ronronne dans mon ventre comme ce foutu chat de Schrödinger. Il me manque une partie de ce problème et je dois la découvrir.

Mme Finch ferme le livre et prend une gorgée de café.

— Vous n'en avez rien à faire, dit-elle, mais aujourd'hui nous allons parler de cercles.

Mme Finch projette un poème sur le tableau, un poème tellement plein de poésie que j'envisage sérieusement de lui vomir encore dessus. Le genre plein de *moy*, de *soye* et de quelques *cestoit*.

Dans ce poème, le type part en voyage et doit dire au revoir à sa sœur. Les démonstrations d'affection, ce n'est pas son truc, et il veut qu'elle se rappelle qu'ils sont comme un compas (le truc pointu pour dessiner des cercles parfaits).

— J'adore cette idée que les âmes sœurs restent connectées quelle que soit la distance qui les sépare, dit Mme Finch. Dans le cercle partagé que crée notre vie, nous sommes en sécurité.

Comme elle parle face au tableau, nous ne sommes même pas sûrs qu'elle s'adresse à nous. Personne ne saurait quoi dire même si nous nous autorisions à lui adresser la parole.

Je ne veux pas réfléchir à qui j'aimerais attirer dans mon cercle. Ou peut-être que si, mais chaque fois que je pense à elle, tout le reste disparaît, ce qui m'effraie plus encore que de finir mon dossier de candidature.

2.8

— Tu as droit à un cadeau, aujourd'hui, annonce la vieille Dunwitty quand je sors de la voiture.

Elle est appuyée sur la balustrade de son porche et un sourire moqueur éclaire son visage buriné, son dentier blanc scintille.

Ça ne me dit rien qui vaille.

Dunwitty me retrouve près de la roseraie. À cause de la pluie, je ne suis pas revenu depuis que j'ai fini le muret la semaine dernière. Il tient bien malgré la terre détrempée.

— Aujourd'hui, tu vas ajouter de la vie au terreau.

Je la regarde comme si elle parlait wookie.

— Suis-moi.

Elle prend une canne derrière son rocking-chair et se dirige vers l'arrière de la maison. C'est nouveau, cette canne. Je ne l'avais encore jamais vue l'utiliser. J'ai un peu peur qu'elle serve à me battre.

— Apporte la brouette et une pelle, me lance-t-elle.

D'autres trous à creuser ? Au moins j'aurai de quoi me défendre.

Je la suis à l'arrière où elle désigne une pile de... eh bien, d'ordures. C'est son compost. D'ici je peux dire qu'elle a mangé des bananes et des œufs pour le petit-déjeuner.

Dunwitty sourit.

— De l'or noir, dit-elle en prenant une poignée de cette horreur. Mélange bien tout ça et remplis la brouette de la bonne terre qui est tout au fond. Tu l'ajouteras à celle du jardin.

— Vous inventez des trucs crades à me faire faire pour me torturer plus longtemps, hein ? Le printemps dernier, maman a planté des fleurs, ça lui a pris moins d'une heure.

— Et comment se portent ces fleurs ?

Mal. Je grimace et enfonce ma pelle dans la pile de compost.

Dunwitty lâche un petit rire.

— C'est bien ce que je pensais. C'est le cercle de la vie. Grâce à toute cette matière en décomposition, mes roses seront plus grandes et plus fortes. Respecte le cercle.

Elle fredonne en boitillant vers le porche.

— Ras le bol des cercles, je marmonne.

Je me sens immédiatement coupable. J'adore les cercles. Ils sont fantastiques. Ce n'est pas leur faute si je dois mélanger le nouveau beurk avec le vieux beurk et découper des bouts de plus gros beurk de la pointe de la pelle. Une fois que c'est fait, je roule la brouette jusqu'à la roseraie et je me fige.

On pourrait croire que, dans un quartier aussi grand que le mien, je pourrais jouer l'esclave d'une octogénaire mal embouchée sans que personne le sache. Le théorème en serait : si le quartier est immense, alors le risque d'être vu est limité.

Toutefois, d'expérience, je dirais qu'il serait plus juste d'énoncer : « si le quartier est immense, et que tout le monde se mêle de vos affaires, parce qu'on vit dans le Sud et que c'est dans nos gènes »…

Ça ne devrait pas me surprendre de voir Charlotte promener un chien monstrueux devant la maison de la vieille Dunwitty, mais le choc me fige au lieu de m'inciter à me cacher.

— Charlie ?

Elle tire doucement sur la laisse. L'énorme chien s'arrête.

— Hé, salut.

Le cerbère s'interpose entre nous et me regarde comme si j'étais un steak. Il émet un puissant grondement.

— Gentil toutou, je murmure.

Il gronde plus fort. Charlotte se met à rire, ce qui me perturbe encore plus.

— Assise, Luna, ordonne-t-elle.

La chienne s'assoit mais ne me quitte pas des yeux.

— Je ne te voyais pas du tout comme un bon Samaritain.

— Tu as raison. Je suis puni.

— De quoi ?

— De ma distraction.

— Ooooh ? Tu m'intrigues. Qu'est-ce que tu veux dire par là, oh grand génie ?

La voix de Dunwitty, mauvaise comme le croassement d'un corbeau, s'envole depuis le porche.

— Ne te laisse pas distraire par un joli minois ! Tu as du travail.

Son rugissement fait reculer Charlotte et la chienne de quelques pas.

— Un instant ! je cingle à Dunwitty, ce qui nous prend tous les deux de court.

Nous nous regardons au-dessus de la roseraie mal en point lorsque Charlotte dit :

— Je peux donner un coup de main. Ça ira plus vite.

Dunwitty change de cible et foudroie Charlotte du regard. Elle ne recule pas plus, ce qui est tout à son honneur.

— Trouve-lui une pelle, lance la vieille chouette avant de se rasseoir dans son rocking-chair. Voyons ce qu'elle peut faire.

Je m'exécute. Quand Charlotte me prend la pelle des mains, je souffle :

— Tu n'es pas obligée.

Elle sourit.

— Mais c'est dans mes cordes, alors je m'y mets.

Charlotte fait signe au cerbère de s'asseoir. Il s'exécute. Elle murmure : « Pas bouger », le gratouille derrière les oreilles et dépose un baiser sur sa tête féroce. Une vague de jalousie m'écrase.

— Allons-y, déclare-t-elle avec son sourire en coin.

Je surveille la chienne qui ne bouge pas. Bien sûr, si Charlotte m'en donnait l'ordre, je ferais probablement pareil. Surtout si j'espérais avoir un autre baiser.

Je secoue la tête et je retourne à la brouette de beurk. Charlotte et moi étalons le compost. La terre est trempée de pluie, elle est dure à retourner.

Nous grognons, suons et glissons dans la boue.

J'entends la pelle de Charlotte s'enfoncer dans la gadoue derrière moi, puis un cri : « Wouah ! » Quand je me retourne, elle est sur les fesses.

J'essaie de garder mon sang-froid, mais je n'arrive pas à retenir mon rire.

— Merci de ta sollicitude, connard, marmonne Charlotte en essayant de se lever.

Elle ne fait que glisser à nouveau.

Je ris encore plus fort, les paupières fermées. Raison pour laquelle je ne la vois pas prendre une poignée de boue et me la jeter.

Boum !

Je baisse les yeux, perturbé par la terre mouillée qui me coule sur le torse, essayant de comprendre ce qui vient de se passer.

1) Charlotte a sacrément de force parce que ça fait super mal.

2) Personne ne m'a jeté de boue depuis mes quatre ans.

3) Elle va le pay…

Boum.

Je m'étais baissé pour faire ma propre boule quand elle m'en a lancé une autre.

— C'est la guerre ! je crie.

Je lui jette un gros paquet de boue. Charlotte l'évite en roulant sur le côté, mais son bras glisse et elle s'étale par terre.

— Aaaaargh !

Elle se remet debout maladroitement et balance de la terre à l'aveugle. Je la reçois en plein dans les noix.

Le souffle coupé, je m'écroule dans la boue. Charlotte se couvre la bouche de ses mains sales.

— Oh, je suis désolée. C'était un accident !

Elle s'agenouille pour être à ma hauteur.

— C'est rien, je gémis en refoulant des larmes.

Heureusement, elle ne m'a pas complètement castré, j'arrive encore à parler.

Elle se laisse tomber dans la boue en gloussant.

— Pas sympa, Charlotte, de rire de ma souffrance. Tu dois payer !

Je me mets à lui jeter de la terre aussi vite que possible.

En représailles, elle m'en frotte dans les cheveux comme si c'était un shampoing. Elle rigole tellement qu'elle en pleure, on dirait des rivières de boue qui coulent dans son cou et se vident sur le col de son tee-shirt.

— Qu'est-ce que vous fichez ?

Nous nous figeons et regardons l'ombre qui se penche sur nous. La vieille chouette. Appuyée sur sa canne, elle a le regard plus sombre qu'un trou noir. Le chien-loup gémit, tremblant d'envie de réconforter Charlotte ou de me démembrer.

Charlotte se tait et contemple la boue sur ses vêtements comme s'il s'agissait de la Joconde.

Je me lève et lui donne la main. Son pied gauche glisse, mais j'arrive à la rattraper. Je la rapproche de moi pour ne pas perdre l'équilibre. Nous sommes face boueuse à face boueuse. Je suis pris entre la double menace d'une Dunwitty furax et d'un clebs surprotecteur, mais je n'arrive pas à la lâcher.

Mme Dunwitty se racle la gorge.

— Je t'ai posé une question, fiston. Qu'est-ce que tu fiches ?

Charlotte s'écarte et parle gentiment à sa chienne pour la calmer. Je hausse les épaules et ramasse nos pelles.

— Je travaille ?

— Tu me prends pour une abrutie ?

— Euh, non ?

Elle se tourne vers Charlotte.

— Ma petite, je sais que tu veux aider, mais ça ne va pas être possible. Au moins on aura essayé.

Charlotte rougit si fort que je le vois à travers la boue.

Dunwitty lui prend sa pelle.

— J'aimerais que mon jardin soit remis en forme avant ma mort. Et personne ne vit éternellement.

Les lèvres pincées, elle sourit à Charlotte.

— Tu peux y aller.

Charlotte me regarde, mais je suis aussi stupéfait qu'elle. Elle est prise d'un fou rire.

— À la prochaine, Charlie, dit-elle en me frappant le bras.

Son poing fait un bruit de succion, de la boue sur de la boue. Elle siffle son monstre et m'abandonne avec un dernier sourire.

Je la regarde s'éloigner. La tension familière de l'anxiété me tapisse la gorge. Qu'est-ce que je vais faire avec cette fille ? Je suis au milieu d'un jardin détruit, couvert de boue, le cœur battant si vite que toutes mes pensées logiques en mordent la poussière.

— Au travail, ordonne Mme Dunwitty.

Avant de partir avec sa canne, elle regarde mon visage sale.

— Ça va, fiston ?

J'ai les yeux gonflés. Je ne peux pas retomber dans cette peur qui m'a paralysé il y a deux ans. Et là… c'est bien plus. C'est Charlotte Finch.

— Elle te retourne, cette fille.

— Ce n'est pas vrai.

Mais je mens et nous le savons tous les deux. Je regarde la brouette de compost et je cligne de mes yeux de géant dans l'espoir de ne pas me mettre à pleurer à chaudes larmes devant Dunwitty. Oh, elle ne me laisserait pas l'oublier.

Je n'ai jamais eu le temps d'avoir une petite amie. Ce n'est pas que je ne pense pas aux filles. J'y pense beaucoup. Mais un truc que j'ai appris, c'est que la théorie est très différente de la pratique.

Je suis un théoricien, donc je vais rester puceau toute ma vie.

Merde.

— Tu as peur ? demande Dunwitty, le ton moqueur mais le visage sérieux.

— De quoi ?

Elle perd son sourire. Je me rends compte qu'elle va me sortir une vérité de vieille femme sage.

— Tu sais pourquoi j'adore les jardins ?

Je secoue la tête.

— Ils changent tout le temps.

Pour le sien, c'était même drastique. En quoi ça me concerne, je n'en ai aucune idée.

— N'acquiesce pas comme si tu comprenais.

— Mais ce n'est qu'un jardin.

— Tu n'as jamais entendu parler des métaphores ?

Elle retire son chapeau et me chasse avec.

— Remets-toi au boulot.

J'ouvre la bouche pour répondre, mais en bon poisson-lune, je finis par la refermer.

Et cette métaphore, elle te plaît, vieille chouette ?

2.9

Il faut que je me douche deux fois. La première fois, je n'arrive pas à me laver complètement les cheveux. En me séchant, je retrouve de la boue dans mes oreilles. La douche 2.0 est bien plus efficace.

Enfin propre, j'essuie la buée sur le miroir de la salle de bains et je vérifie deux fois mon reflet avant d'ouvrir la porte, la serviette autour des hanches.

— Oh.

C'est à peine un bruit, une inspiration plus qu'un mot, mais il me résonne aux oreilles comme un gong.

Une main sur la bouche, Charlotte s'arrête sur la dernière marche de l'escalier. Elle hausse un sourcil tandis que son regard me parcourt.

Je m'agrippe à ma serviette d'une main, je la remonte et la maintiens bien en place, puis je mets le bras en travers de mon torse d'un air dégagé.

— Désolée. Enfin, fais comme si j'étais pas là, dit Charlotte avec précipitation, les mots s'entrechoquant pour sortir.

— Non. Je veux dire, pourquoi je ferais semblant que, euh…

Je me tais et je regarde mes pieds. Je suis bête. J'aurais dû deviner qu'elle serait ici. Elle passe la plupart de son temps chez nous.

Papa et maman l'adorent. Ils sont ravis qu'elle transforme Becca en adolescente comme les autres. J'ai l'impression qu'ils aimeraient que cette normalité déteigne sur moi, mais Charlotte est différente en ma compagnie. On jongle avec des citrons au supermarché, on se tient la main dans la cuisine et on débat de la logique des vieux films… puis elle débarque chez la vieille Dunwitty et me jette de la terre en plein dans les noix ? Non mais comment savoir réagir avec elle ? On dirait un test. Je le réussirais facilement si seulement je comprenais ce qu'elle veut.

Charlotte rit et déclare :

— J'ai dû me laver les cheveux quatre fois. J'avais même de la boue entre les dents.

Je lève les yeux. Elle sourit, mais son regard est fuyant, comme si elle cherchait un endroit sûr où le poser. Il s'arrête sur ses pieds à elle.

— Oh, dis, continue-t-elle sans attendre ma réponse. Becca et moi, on fait une pizza pour le dîner. On vient d'acheter les ingrédients. Tu veux nous aider ?

Je la regarde un instant, mais je suis tellement écarlate que je baisse à nouveau les yeux.

— Je ne peux pas. J'ai des trucs dont je dois m'occuper.

Je fais un pas de côté vers la porte de ma chambre.

— Oui, dit-elle. Bien sûr.

Je lui jette un coup d'œil par en dessous. Elle a ce petit sourire en coin, les lèvres fermées et relevées sur la gauche. Je meurs d'envie de franchir la distance qui nous sépare, un pas, et de l'embrasser. Cette idée me frappe si violemment que je commence à m'inquiéter du fait que seule une serviette cache mon intérêt grandissant pour Charlotte Finch.

Ne t'occupe pas de moi, Charlotte, je bande tranquillement dans le couloir.

Quand elle retourne dans l'escalier, je me replie dans ma chambre et je ferme la porte. Je m'appuie contre le battant et me cogne doucement la tête dessus. Je me noie. Le problème, c'est que je ne sais pas si je veux sortir la tête de l'eau.

* * *

Quand j'arrive, Greta est déjà là. J'entends le rire profond de James et quand je regarde entre les lampadaires, ils sont dans la cuisine en train de se lancer des bouts de pain et d'essayer de les rattraper avec la bouche. Greta se jette en avant pour en avoir un et ils crient tous les deux de joie.

Je n'ai pas envie de les interrompre. Je sais que ça ne devrait pas me gêner parce qu'on est tous amis, je suis invité et… Je ne sais pas. Mais James regarde Greta comme si sa démonstration athlétique de rattrapage de pain était le truc le plus cool que personne ait jamais fait et ce soir, je n'ai pas envie d'être le troisième vertex. Sans moi, il n'y a pas de triangle, ils formeraient quelque chose de complètement différent. Des points adjacents.

De retour à la maison, je leur envoie une excuse bidon par SMS.

J'arrive juste à temps pour la pizza.

Charlotte me tend une assiette avec une grande part, le fromage est encore fumant. Becca et elle sont attablées. Papa et maman sont assis sur les tabourets autour du comptoir de la cuisine. Charlotte tapote la chaise à son côté. On commence à manger dans un silence agréable.

Je mords dans ma pizza et la recrache immédiatement.

— Chauuuuud !

J'ai le palais cautérisé.

— Ça va, mon chéri ? demande maman.

Elle me tend une serviette comme si c'était d'une grande aide contre la chair grillée. J'ai peur que parler détache la peau abîmée alors je lève le pouce avant de refuser la serviette de la main.

Charlotte me présente son verre d'eau.

— Ça ira mieux après.

Nos doigts se touchent sur le verre. Des points adjacents.

La chaleur entre nous est plus intense que le fromage qui m'a incendié la bouche. Cher dieu des nombres, venez-moi en aide. À cet instant, j'aimerais brûler vif.

3.0

Greta et moi travaillons en binôme au labo, elle me dit :

— Il faut qu'on parle.

La tête dans le placard, je me fige. Si je me crève l'œil avec une éprouvette, est-ce qu'il faudrait quand même « parler » ?

J'attrape nos fournitures et les dépose sur la paillasse entre nous.

— Oui, il faut absolument parler de l'utilisation de la loi de Hooke sur cet élastique en caoutchouc.

J'étire l'un des élastiques avant de le lâcher. Il traverse la classe et atterrit dans les cheveux de Misty. Elle ne s'en rend pas compte.

Greta me regarde, l'air de se demander pourquoi je suis si bête, avant d'attirer l'équipement à elle. Elle prépare l'expérience avec grâce et rapidité. Puis elle croise les bras et cingle :

— Content ? Maintenant, écoute.

— Comment tu fais ?

J'indique l'installation élaborée devant moi.

Greta hausse les épaules.

— Au sujet d'hier soir…

— Oui, désolé de vous avoir lâchés, mais je revenais de chez Dunwitty et j'étais trop crevé pour sortir. Je me suis dit que vous comprendriez.

— Je t'ai vu. À la fenêtre. Je t'ai vu repartir.

Je serre un élastique si fort autour de mon doigt que le bout en devient violet.

— Je ne voulais pas vous déranger.

— C'est ridicule. Tu en as conscience ?

— Bien sûr.

Je récupère mon doigt. Greta attrape un élastique et me vise avec.

— Je ne plaisante pas. Il y a beaucoup moins de chance que je tue James s'il y a un témoin. Tu lui rendrais service.

— Ouais, ouais.

— Tu ne me crois pas ?

Elle étire un peu plus l'élastique. Je lève les mains en signe de reddition.

— Si, si !

Nous nous remettons au travail. J'apprécie ce que m'a dit Greta. Ce n'est pas comme si James et elle m'imposaient leur relation. Ils sont discrets.

Mais trois, c'est deux plus un.

Je voudrais lui parler de Charlotte. Lui expliquer que pour la première fois de ma vie je les envie, James et elle. Du moins je crois. Je ne sais pas. Je sais que j'ai envie d'embrasser Charlotte.

Ça, j'en suis sûr.

* * *

Quand j'arrive chez Mme Dunwitty, j'ai les nerfs en pelote. Comme d'habitude, elle m'attend sur son porche. Quand je sors de la voiture, elle me fait signe de la suivre à l'arrière.

— Tu dois t'y mettre vite si tu ne veux pas te faire tremper, déclare-t-elle.

Nous arrivons à un petit bâtiment fait de vitres.

— Qu'est-ce que c'est ?

— Ma serre. Mon Darryl l'a construite il y a des années.

Elle ouvre la porte et nous entrons.

— C'est là que je garde mes bébés.

La chaleur de la serre me frappe comme un coup de poing. Le rôle de la sorcière faisant cuire des enfants irait comme un gant à Dunwitty.

Elle prend un plateau plein de jeunes pousses.

— Des roses de Lune des Moissons. Ma création.

Vu son air lumineux, je devrais être impressionné. Mais pour moi toutes les roses sont pareilles.

Dunwitty fait la moue et pousse le plateau vers moi.

— Plante-les, et pas de bêtises.

Agenouillé dans la terre que j'ai retournée hier, j'attrape une rose et je grimace quand de minuscules épines me rentrent dans les doigts. Je contemple un instant celle que je tiens et je la fourre dans le trou que j'ai creusé.

— Bon sang, Charlie, une dinde se débrouillerait mieux que toi.

Je marmonne pour moi-même :

— J'aimerais t'y voir, vieille carcasse.

Elle est peut-être très âgée, mais son ouïe est carrément parfaite. Trois mètres plus loin, elle rétorque :

— Ma vieille carcasse a planté des roses impeccables avant que tu les écrabouilles.

J'aurais dû dire « antique ». Antique carcasse, c'est une belle allitération. Ou bien une assonance ? Merde. Mme Finch est une mauvaise influence.

Je lève les yeux au ciel et j'essaie de repousser la terre sur la rose pleine d'épines. Elle me griffe à nouveau jusqu'au sang. Agacé, j'attaque la plante du démon avec une pelle.

— Et tu recommences ! crie Dunwitty. Tu fais des bêtises !

Exaspéré, je rugis :

— Montrez-moi, alors ! Apprenez-moi, Obi Wan Kenobi !

Mme Dunwitty m'arrache la pelle des mains et l'agite sous mon nez.

— Très bien, mauvaise tête. Au travail.

Agenouillée près de moi, elle ressort la rose du trou avec soin. Elle époussette la terre sur les racines de ses doigts habiles.

— Ça, c'est la vie de la plante. Son âme.

Elle vérifie que je suis.

— Elles ont le pouvoir de la régénérer année après année. C'est là l'origine de tout le reste.

Elle prépare le trou avec du compost et y place doucement la rose. Elle recouvre les racines avec de la terre et encore un peu de compost noir. La tige est toute grêle, mais une grande fleur éclose y est accrochée, d'un orange profond, aux pétales doux comme de la soie. Mme Dunwitty respire son odeur et soupire.

— Il n'y a rien de pareil. Ça me rappelle ma mère dans son jardin. La fin de l'été, les lucioles et les grandes lunes orange dans le ciel. Pour moi, c'est ce qu'elle sent.

Elle se rassoit sur les talons et grimace comme si elle avait mal. Ça n'a pas l'air marrant, de vieillir.

— C'est drôle, dit-elle. Le parfum d'une rose est une formule chimique, mais chacun lui trouve une odeur différente.

Elle retire ses gants de jardin, étire ses longs doigts pour toucher la fleur.

— C'est une rose, sans nul doute, mais ce que je sens est tellement plus fort. Les sensations sont de puissants outils.

J'en suis bouche bée. Je connais les plantes, les racines et leur cycle de vie grâce aux cours de bio, mais ça, c'est différent. Vivant. De la poésie. Dunwitty est une poète.

— Ferme la bouche, fiston. Tu vas avaler une mouche.

Elle se lève, ses jointures craquent.

— Et sinon, tu comptes planter le reste un jour ?

Je la regarde retourner à son rocking-chair à petits pas. Elle ferme les yeux. J'imagine qu'elle se remémore l'odeur de sa jeunesse et la grande lune orange.

3.1

Il se met à pleuvoir au moment où je me gare. Je cours jusqu'au vestibule et je secoue ma veste humide. Charlotte est appuyée au comptoir, elle parcourt une brochure sur le MIT que j'ai laissée traîner. Après avoir regardé le film avec elle, l'inspiration m'a frappé et j'ai fini mes réponses courtes (plus que quarante-sept jours). J'attends les derniers relevés de notes et les ultimes recommandations avant de tout revérifier et d'envoyer ma candidature. Greta dit qu'elle est fière de moi, mais chaque fois que j'y pense j'ai envie de vomir ou de me pisser dessus ou les deux.

Je me force à ne plus y penser.

— Salut, lance Charlotte.

Elle sourit et referme la brochure.

— Il faut qu'on parle.

Je gémis en jetant mes clés sur le comptoir.

— Euh… Ce n'est pas mon truc, les discussions.

Son demi-sourire fait battre le sang dans mes tempes.

— Peu importe, dit-elle en m'entraînant vers la table. Il faut qu'on parle.

Charlotte s'assoit, face à moi, les chevilles croisées et les poings sur ses cuisses. Ça me rappelle Mme Web, ma prof de CE2. Ce n'était jamais bon signe, quand elle prenait cette position.

Je m'affale sur la chaise en bois à côté d'elle et je me retiens de mettre la tête sur la table.

— OK. Parle.

— J'apprécie ce que tu fais pour rendre ma sœur dingue.

— Je t'en prie.

— Mais…

Je ne peux plus retenir ma tête. Elle s'écroule sur la table.

— Je me demandais si tu pouvais faire autre chose.

— Ça fonctionne, pourtant.

Je me redresse.

— Elle est malheureuse en cours.

Charlotte se mord la lèvre et regarde par la fenêtre.

— Jo joue la mère de substitution avec moi depuis que la nôtre est morte il y a quatorze ans.

Elle étouffe mes condoléances d'un geste.

— Je n'ai pas de souvenirs d'elle.

Charlotte met sa main sur la mienne.

— Je te le dis juste pour que tu comprennes le contexte. Jo ne va pas renoncer parce que vous ne réagissez pas. J'ai essayé.

Tandis qu'elle parle, je regarde mes doigts secs sous les siens. Ses ongles sont couverts d'un vernis orangé, comme les roses de Mme Dunwitty. Je l'imagine en train de tracer des cercles sur ma nuque juste avant que je l'embrasse. De toute évidence, je ne l'écoute plus.

Charlotte retire sa main et claque des doigts devant mon visage pour me réveiller. Je m'empourpre.

— Désolé.

Pourquoi est-ce que je demande toujours pardon à cette fille ? Greta piquerait une crise si elle voyait ça.

— Moi aussi, dit Charlotte, déçue.

Elle s'écarte de la table et se lève, les poings sur les hanches. J'ai dû rater un truc pendant que j'avais la tête ailleurs.

Je me mets face à elle, je prends même le risque de mettre la main sur son épaule.

— Écoute, Charlotte, je veux bien t'aider. Je suis sincère.

Elle s'écarte de moi.

— Mais ?

Je ne veux pas la blesser, mais il faut qu'elle comprenne que je fais de mon mieux.

— Tu ne me connais pas. Tu ignores que je me sens constamment sur le point de craquer et que la seule chose qui me calme, c'est de me focaliser sur un horizon fixe. Mon avenir planifié avec soin, c'est ce qui m'empêche de sombrer. Un avenir auquel je travaille depuis bien avant notre rencontre.

Un souffle s'échappe des lèvres de Charlotte.

— Mon avenir, c'est ça.

Je prends la brochure.

— Poser comme un débile sur la couverture ?

Un hybride de cri et de gémissement gargouille dans ma gorge.

— Pourquoi tu as besoin de mon aide ?

La respiration inégale, Charlotte détourne les yeux.

— J'ai besoin de plus de temps…

— Pour faire quoi ?

Charlotte me crache presque sa réponse à la figure.

— Pour comprendre des trucs.

— Je pige rien à ce que tu essaies de me dire…

De l'agacement me remonte dans le dos. Je n'essaie même pas de baisser le ton.

— On a tous des trucs à comprendre !

Mon exclamation nous prend tous les deux par surprise. On est à quelques centimètres l'un de l'autre, trop près. Nous reculons chacun d'un pas.

— Tu as raison, tranche-t-elle.

Elle tourne les talons en se frottant les yeux.

La porte d'entrée claque au moment où l'adrénaline me balaie de tremblements si violents que j'en ai la chair de poule. Maintenant qu'elle est partie, j'ai l'impression que mon avenir, c'est cette fille que je viens de faire fuir.

Avec un soupir, je la suis.

Charlotte est assise sur la plus haute marche de notre porche, les jambes tendues sous la pluie. Des rigoles d'eau courent sur sa peau et s'accumulent dans ses tennis.

— Je n'aurais pas dû crier, dis-je en refermant la porte derrière moi.

Elle me regarde d'un air morne, sans répondre. Je réessaie.

— Ça va aller ?

Elle regarde la grisaille et s'étrangle sur un rire amer.

Je ne sais pas si c'était une réponse. Est-ce que je dois la laisser seule ? Lui proposer de la ramener chez elle ? Rester là à réciter pi jusqu'à la 34e décimale ?

— Assieds-toi avec moi, tu veux ? demande-t-elle sans détourner les yeux de la pluie.

Je m'installe à son côté, en essayant de prendre une pose de yoga bizarre, les jambes sous moi afin de ne pas me mouiller. Mais c'est inutile. Je finis par perdre l'équilibre et basculer sur Charlotte. Je plante les pieds sur la marche du dessous et je regarde la pluie éclabousser mon pantalon, de petites taches sombres qui s'étalent.

Charlotte pousse un gémissement.

— Oh, Charlie, souffle-t-elle. Je suis désolée aussi. Je sais que je te demande quelque chose de dingue. Oublie ça. Oublie même que tu me connais.

Elle met les mains sur mes bras et me secoue en suppliant :

— Oublie-moi, mais ne m'oblige pas à rentrer. C'est horrible.

Elle appuie la tête sur mon épaule et lève les yeux vers moi, d'un air exagéré de chien battu.

— Tu sais que Jo refuse d'acheter des trucs sucrés ? Elle nous impose cet horrible régime aux fibres. Que des antioxydants, tout le temps. Comment je suis censée survivre à ça, Charlie ?

Elle essaie d'être drôle. Peut-être. Mais ça a l'air tellement triste que je la dévisage.

Elle laisse tomber ses mains sur ses genoux.

— Reste dîner, si tu veux.

Elle esquisse un petit sourire.

— Juste tous les deux ?

Elle me flanque un petit coup d'épaule.

— Non, je réponds un peu trop vite.

Le silence s'éternise. La pluie embrasse le sol.

— Pourquoi tu ne t'entends pas avec Mme Finch ?

— Parce que ça ne va pas bien dans ma tête.

Je crois qu'elle plaisante, alors je réponds :

— Ah l'adolescence…

Mais son rire sonne faux. Il me fait frissonner. Ou peut-être que j'ai froid, c'est tout. Mon pantalon est trempé et l'humidité voyage sur le tissu jusqu'à mon aine.

— Charlotte, est-ce qu'il y a quelque chose que je ne sais pas ?

— Malgré ton QI, je suis sûre que oui.

— Ce n'est pas ce que je veux dire.

Elle regarde la pluie. Mes oreilles me brûlent. Pourquoi est-ce qu'elle ne dit pas les choses plus clairement ? Les filles défient toute logique. Ou peut-être que je suis incapable de comprendre leur logique particulière. Je ne sais pas. Ce que je sais, c'est que je ne peux pas rester assis plus longtemps, à sentir son bras contre le mien et imaginer que c'est sa tête sur mon épaule. Je m'arrache à elle en me relevant d'un coup.

Charlotte m'attrape le mollet.

— Je suis désolée. Encore une fois. Ne t'occupe pas de cette fille qui reste bêtement sous la pluie.

Nous rions, mais sans joie. Je saute d'un pied sur l'autre. Je regrette de ne pas être allé chercher Becca. Je crois que je n'ai fait qu'empirer l'humeur de Charlotte.

Elle tire sur la jambe de mon pantalon.

— Tu vas où ?

Merde. Euh, oùçaoùçaoùça ? Quelque part où elle refuserait d'aller.

— À la librairie qui vend des comics.

— Tu m'emmènes ?

C'est une simple question. Elle veut que je l'emmène. Non ? Question simple = réponse simple. Sauf que je suis incapable de m'exprimer simplement.

— Avec plaisir.

* * *

Charlotte est peut-être cool et belle, mais dès qu'elle arrive à Comic Place elle dévoile sa véritable identité. C'est une geek.

Elle adore toutes les bandes dessinées et tous les comics qu'elle touche. Je suis encore surpris par ce que nous partageons, ce qui nous émeut tous les deux. Nous parcourons les rayons et elle dévore les couleurs, les actions et les formes qui s'animent sur les pages.

— Regarde les traits de crayon dans celui-là, déclare-t-elle me fourrant un autre *Avengers* sous le nez. Regarde l'expression de Hulk !

— Bah, c'est pas facile d'être le docteur Banner, dis-je en levant les yeux de mon album.

Elle arrête de tourner les pages et me regarde avec les sourcils froncés.

— Il cache un monstre en lui. Il ne sait jamais quand il va exploser et détruire tout un quartier.

Elle contemple à nouveau le dessin.

— Je comprends tout à fait.

Je sors un *Quatre Fantastiques* du rayon et je montre La Chose en couverture.

— Mais ce serait encore pire d'être Ben. Les gens ne voient qu'un monstre.

L'air sérieux, les yeux plissés, elle le détaille en se mordant la lèvre.

— Je comprends sa douleur, dis-je.

— Pourquoi ?

— Bah, regarde-moi.

Je me fige sous son regard. J'avale ma salive.

— Je suis un geek, non ?

— Si tu le dis.

— Non, c'est ce que tout le monde dit.

Elle esquisse un demi-sourire.

— Alors quoi, t'es un geek à l'extérieur, mais un grand sportif à l'intérieur ?

— Absolument, je réponds en étirant les syllabes.

Nous rions.

— Ce que je veux dire, c'est que c'est dur d'être autre chose qu'un monstre, quand c'est tout ce que les gens attendent de toi. En plus, on ne peut pas tous être magnifiques comme…

— Lui, déclare Charlotte en sortant Thor de son rayon.

Elle me met toute sa blondeur musclée dans la figure.

Je me mets à rire.

— Je le déteste !

Charlotte remet Thor à sa place et prend le comic avec La Chose.

— Je voudrais ces deux-là, dit-elle en tendant au caissier un *Avengers* et mon *Quatre Fantastiques.*

Au moment où on part, elle me touche le bras.

— Merci.

— De quoi ?

— De me donner l'impression d'être plus qu'un monstre.

Sur le chemin du retour, je la détaille. Mais elle est magnifique sous tous les angles.

3.2

Il continue à pleuvoir. Pas de la petite pluie, non, celle qui vous réveille tôt le matin à coups de tonnerre et de vent qui fait claquer les volets. Le lundi, quand on arrive en cours, Mme Finch est assise près des fenêtres au fond de la classe. Le tableau annonce que le sujet du jour sera les nouvelles, ce qui va être douloureux, mais au moins ce sera court.

Un éclair déchire le ciel et la fait sursauter. Oubliant que nous ne lui parlons pas, elle demande :

— Est-ce qu'il fait souvent ce temps-là, ici ?

Les élèves la dévisagent, nous prenons soin de ne même pas nier ou hocher la tête.

Elle soupire, s'emplit les poumons du silence.

— C'est vrai…

Un autre éclair attire son attention.

— Quelqu'un connaît le poète Robert Frost ?

Elle continue sans attendre de réponse.

— Normalement, vous devez l'avoir déjà étudié. Mais comme vous n'avez rien de gosses normaux, vous n'avez peut-être aucune idée de qui je parle.

Elle met la main sur la vitre.

— « Quelque chose ici n'aime point les murs. »

Elle se retourne, les lèvres pincées, et nous jauge.

— C'est tiré de *En réparant le mur*, explique-t-elle avec exaspération. Dans ce poème, deux voisins se retrouvent tous les ans pour entretenir le mur qui sépare leurs propriétés.

Nous prenons l'air désintéressé, mais de la sueur me coule sur le front. On parle trop de murs et de barrières. Je n'arrive pas à croire qu'on en est au point où je préférerais qu'elle passe au sujet suivant et nous parle de nouvelles.

Mme Finch remonte les rangs.

— Ce qui différencie les maths et les sciences de la littérature, c'est que nous n'avons pas toujours une seule réponse. Alors je ne vous demande pas ce que vous démontrez, dit-elle en se tournant vers nous, mais ce que vous cachez en vous. Chacun d'entre vous aura une réponse différente.

Cette fois, c'est impossible de rester indifférent. Nous cherchons tous une réponse à sa question. Mme Finch me regarde. Elle a créé une brèche.

Et elle le sait.

* * *

Dès la sortie du cours, Greta m'attrape le bras audessus du coude. Elle me tire au-delà de mon casier, qui est bien trop près du bureau de Finch, et jusque dans un autre couloir, avant de me lâcher.

— Il se passe quelque chose.

— Quoi ?

Je ravale l'anxiété qui me noue la gorge. Je ne lui ai toujours pas parlé de Charlotte et chaque jour qui passe rend plus difficile de garder le secret, et tout autant de trouver les mots pour me confier.

— Finch agit de façon bizarre.

Oui. Effectivement.

James s'appuie au casier à côté de moi.

— Naaan. Elle est juste fatiguée.

Il hausse ses larges épaules.

— Ça la déprime de ne pas nous changer la vie.

L'ironie manque de me tuer, parce que Mme Finch *bouleverse* ma vie.

Depuis qu'elle a déménagé ici avec sa petite sœur. Résultat, ladite petite sœur (et ses longues jambes) a presque élu domicile chez moi, ce qui rend impossible de passer une journée sans que quelque chose d'autre m'intrigue chez elle, et que je me sente obligé de l'étudier plus en profondeur. J'aime vraiment trop résoudre les problèmes.

Mais Greta secoue la tête.

— Non. Il y a autre chose. Je ne suis pas la seule à le penser. J'en discutais en…

— M. Hanson, nous interrompt le docteur Whiting, notre proviseur.

Sa voix forte surmonte le chaos des couloirs bondés.

— Justement le jeune homme que je cherchais. Je peux vous dire un mot ?

Il indique la direction de son bureau et se met en route sans m'attendre.

Greta et James échangent un regard, mais avant qu'ils puissent dire quoi que ce soit, le docteur Whiting se retourne.

— En fait, venez avec nous, mademoiselle McCaulley.

Il salue James de la tête et reprend sa route.

La peau sombre de James a pris une profonde teinte acajou, mais il lève les yeux au ciel avec un grand sourire.

— À plus, les nuls.

Greta fait mine de le frapper avant d'attraper l'une des bretelles de mon sac à dos et de m'entraîner à sa suite.

— Asseyez-vous, dit le docteur Whiting en indiquant des fauteuils rouges devant son énorme bureau.

Il passe la main sur sa cravate et la redresse. Je m'assoie sur le rebord de mon siège sans défaire mon sac à dos.

— Je vous ai convoqués afin de discuter avec vous d'un sujet important.

Il nous adresse ce qu'il croit être un sourire rassurant, mais comme ses canines ressortent, on dirait qu'il nous grogne dessus.

— En tant que meilleurs élèves de Brighton, vous êtes des exemples à suivre aux yeux de vos camarades.

Je retiens un ricanement, parce qu'il se trompe totalement. En réalité, ils cherchent nos points faibles pour nous surpasser, des failles telles que Charlotte Finch.

Les mains derrière la tête, le docteur Whiting s'appuie contre le dossier de sa chaise ; ses coudes rappellent les symboles « plus grand » et « plus petit ».

— Toute l'équipe est consciente de la réputation de Brighton concernant les matières non scientifiques, et surtout nos cours de lettres.

Il marque une pause pour bien enfoncer le clou, aussi détendu qu'un puma endormi prêt à nous réduire en charpie au moment le plus inattendu.

Greta et moi échangeons un regard. Elle est si pâle que ses taches de rousseur ont disparu.

— Malheureusement, cette réputation commence à se répandre dans la communauté scientifique. Je refuse d'être ridiculisé. J'attends de vous que vous soyez les leaders que mérite Brighton. Des leaders que je peux soutenir avec fierté lorsque les universités m'appellent à leur sujet.

Il laisse retomber ses bras et retourne un cadre posé sur son bureau.

— Monsieur Hanson, voilà qui pourrait vous intéresser.

C'est la photo d'un jeune homme, à la cérémonie de remise des diplômes. Impossible de manquer les bannières du MIT en second plan.

— Voici mon fils, Devon. Il a fini ses études il y a quelques années. Et voyons…

Il se tourne vers les étagères derrière lui et indique une autre photo.

— Ma fille Annabelle y est en ce moment. En fait, c'est l'une des assistantes en recherche du docteur Bell. Vous êtes un de ses plus grands admirateurs, si je me souviens bien ?

Je suis écarlate, j'ai la gorge sèche. Si j'essayais de répondre, je m'étoufferais.

— Vous devez être fier, dit Greta.

Il la regarde droit dans les yeux.

— Aussi fier qu'un ancien élève de Stanford puisse l'être.

Oh putain. Il nous menace en sous-entendu. Le premier choix d'université de Greta est Stanford. Et le MIT est mon but ultime depuis que j'ai dix ans. Le rouge qui me brûle les oreilles s'étend à tout le reste de mon corps et m'enflamme tellement que je dois résister à l'envie de hurler et de m'enfuir.

Mais Greta garde son sang-froid. Elle sourit et hoche la tête.

— Ne vous inquiétez pas, docteur. Charlie et moi sommes dévoués à nos études. L'autre jour, nous remarquions justement que la littérature est bien plus agréable cette année, parce que Mme Finch fait de son mieux pour la relier aux maths et à la science.

Elle me donne un coup de genou.

— Pas vrai, Charlie ?

— Euh.

Je tousse pour éclaircir ma gorge incendiée.

— Oui. C'est cool, les livres.

Greta pousse un gémissement imperceptible.

Le docteur Whiting se lève en souriant et, les bras grands ouverts, fait le tour de son bureau. Nous nous levons à notre tour et il nous prend tous les deux par l'épaule.

— C'est ce que j'espérais entendre. Vous devriez aussi savoir qu'il y a d'autres raisons pour lesquelles je souhaite que l'année de Mme Finch se passe bien. Des raisons de la plus haute importance.

Un bras autour de chacun de nous, il nous reconduit à la porte de son bureau. Après nous avoir une dernière fois pressé l'épaule, il nous pousse doucement dehors avec ce seul ordre :

— Je suis ravi que nous nous soyons compris.

* * *

Greta est folle furieuse. Elle déroule des insultes comme si elle détricotait le pull préféré de l'univers. James est en mode panique.

— Comment est-il au courant ? Qui nous a balancés ?

Il a aplati ses boucles crépues avec ses grandes paumes. Maintenant, il a la tête toute oblongue, comme un œuf.

— Il sait que dalle, déclare Greta.

Sa voix est un grondement sauvage.

— Comment ose-t-il, ce…

Elle lâche une nouvelle série d'insultes longue de deux kilomètres.

Je suis d'accord avec elle. Le docteur Whiting ne sait pas que nous persécutons Mme Finch. Probablement parce qu'on le fait de façon passive. Avant, les Terminales montraient leur haine de la littérature de façon un peu plus directe. Et le docteur Whiting ne faisait pas grand-chose pour les en empêcher.

Brighton recrute dans tout l'État. Les bâtiments sont immaculés, les professeurs au sommet de leur art (du moins en maths et en sciences) et les élèves chouchoutés comme des stars. Normalement ils nous passent nos défauts les plus déplaisants. Tant que nous restons les esprits scientifiques les plus brillants, les donateurs sont très généreux envers Brighton. Je ne sais pas pourquoi c'est différent cette année, mais il se passe quelque chose.

— Qu'est-ce qu'on va faire ?

James balance la tête d'un côté à l'autre du siège.

— C'est moi qui vous ai embarqués là-dedans, mais je n'imaginais pas que Whiting…

Il s'aplatit à nouveau les cheveux.

— Qu'est-ce qu'on fait ?

Greta me regarde. Je me remémore une histoire que son père adore nous raconter, au sujet de son arrière-arrière-grand-père qui était combattant de rue en Irlande. Il a mis de côté le moindre centime gagné pendant ses matchs et a acheté deux billets pour l'Amérique. Puis il est allé voir la fille qu'il aimait et l'a demandée en mariage. J'ai même vu une photo de lui, le bras autour de l'aïeule de Greta.

Greta lui ressemble, petite et toute en formes, la peau pâle, parsemée de taches de rousseur, les cheveux de la couleur d'un feu de joie. Mais son regard plus brûlant que les flammes de sa crinière lui vient de son impétueux arrière-arrière-arrière-grand-père.

— Personne ne menace Greta Lynn McCaulley, dit-elle entre ses dents. On continue.

— Mais…

— On. Con. Ti. Nue.

3.3

À mon retour, Charlotte est roulée en boule sur le canapé du salon, avec une seule lampe allumée. Le grondement du tonnerre a commencé à se mêler au bruit régulier de la pluie, comme si Smaug se réveillait.

— Tu ne rentres jamais chez toi ? je demande en m'affalant dans le fauteuil à côté du canapé.

Elle referme son livre. Shakespeare me regarde depuis la couverture. Oui, je sais de qui il s'agit. Non, je n'ai jamais rien lu de lui.

— Quelqu'un t'a fait avaler ton caleçon de travers ? dit-elle en se redressant.

Je m'étrangle sur cette image mentale.

— Aaah, Charlotte, non mais aaaaah !

Un sourire naît sur ses lèvres.

— Sérieusement, pourquoi tu passes ta vie ici ?

Elle serre le livre contre elle et gratte la reliure.

— Je me sens bien ici. Ça te pose un problème ?

Je hausse les épaules.

— Tu te disputes avec ta sœur ? Il y a un truc qui ne va pas chez elle et ça m'étonnerait que ça soit seulement parce qu'un groupe de matheux l'ignore. Elle est malade ?

Charlotte se redresse un peu plus.

— Non.

— D'accord, alors quoi ?

— Je ne veux pas parler de Jo.

— Eh bien, moi non plus, mais mon proviseur si. Il a ressenti le besoin de me convoquer dans son bureau et de me menacer à son sujet.

Charlotte se renfonce dans le coussin. Elle se recroqueville sur elle-même comme de la fumée dans du vide.

— Raconte. Pourquoi tu n'es jamais chez toi, Charlotte ?

— Chez moi où ?

Le tonnerre couvre sa voix.

— Chez ma sœur ? Mon père ?

Elle se lève sans lâcher son livre.

— Où, Charlie ?

Elle a les joues rouges, je suis forcé de détourner les yeux. Son souffle est rauque et des frissons la parcourent.

Je me lève aussi, mais j'ai peur de me rapprocher d'elle. Peur qu'elle s'éloigne de moi, comme un électron repoussé par un autre. Ce serait étrange, car Charlotte et moi semblons si différents. Comment pourrions-nous être composés des mêmes éléments ? Je baisse la voix, une autre tentative pour l'empêcher de s'enfuir.

— Je ne comprends pas.

— Moi non plus. Je ne peux donc pas t'expliquer. Tout ce que je sais, c'est que quand je suis ici…

Elle indique l'espace qui nous sépare, sa main danse comme une flamme sur le point d'être soufflée.

— … je me sens chez moi.

Surpris de cet aveu, je recule d'un pas. C'est ce que je croyais vouloir, mais ça me fait peur, aussi. Charlotte détourne les yeux et les essuie du revers de la main.

Quand une jolie fille vous dit qu'elle se sent chez elle auprès de vous, vous devriez la prendre dans vos bras et l'embrasser. Pas sauter en arrière comme si elle avait une maladie contagieuse. J'essaie de combler le fossé qui s'ouvre entre nous.

— Je suis comme… ton refuge ?

— Je ne sais pas, Charlie. Tu me laisserais entrer ?

Son regard est un paradoxe. Il me gèle le cœur, me brûle ailleurs. Quand je suis avec elle, c'est comme si j'étais constamment tiraillé. C'est inévitable. J'éclate.

— Moi ?

Ma voix craque.

— C'est toi la fille mystérieuse, qui m'interroge sur des chats hypothétiques et refuse d'expliquer ce qui se passe avec ta sœur. Tu étales toutes tes emmerdes à mes pieds, mais tu n'en expliques aucune. Qu'est-ce que je suis censé faire ?

Il y a un instant infime où je perçois autre chose que la fureur dans son regard, de la peur, de la confusion, de la faim, peut-être de l'espoir. Mais c'est à nouveau bien dissimulé sous la surface.

Elle me crache :

— Devine, petit génie ! avant de tourner les talons.

Mais jc m'interpose.

— J'essaie, mais toi aussi, tu dois t'ouvrir à moi.

— Ne me dis pas ce que j'ai à faire, Charlie.

Sa voix tremble, la colère et la tristesse se déchirent en elle.

— Il y a déjà beaucoup trop de gens qui me disent ce que je dois faire.

— Ce n'est pas ça. Je te demande juste de m'aider à comprendre.

— Et si je ne peux pas ?

— Alors pourquoi je devrais m'en mêler ?

Je me le demande autant qu'à elle.

Charlotte inspire brutalement, comme si j'avais plongé une seringue d'adrénaline dans sa poitrine.

— Je croyais qu'on était amis, dit-elle, le souffle coupé.

— Si nous étions amis, tu me ferais assez confiance pour me dire la vérité.

Son regard vacille. Je crois avoir réussi. Je l'ai décodée. Mais alors elle secoue la tête et croise les bras, un signe explicite que le sujet est clos.

Je veux qu'elle s'ouvre à moi. Pourquoi refuse-t-elle ? Je suis… fatigué.

— C'est trop pour moi.

Chaque atome de mon corps sait combien j'ai tort, mais je me détourne d'elle.

3.4

Le jour suivant, il ne se passe rien du tout au lycée. Je ne peux pas en supporter beaucoup plus. Pendant le cours de littérature, je n'arrête pas d'imaginer le docteur Whiting en train de siffler dans le couloir, mais je n'arrive jamais à le voir passer devant la petite fenêtre de la porte, alors je ne peux pas en être certain.

Quand j'arrive chez Mme Dunwitty, elle m'appelle depuis le porche et me fait signe de m'asseoir dans l'autre rocking-chair.

— Pose ton cul tout maigre, Justin.

Je veux lui demander de qui elle parle, mais je préfère me taire et lui obéir. C'est le dernier jour où j'aurai à la supporter. Je me serais bien défilé des semaines plus tôt, mais elle n'aurait aucun remords à tout rapporter à mon père.

On se balance en silence depuis plusieurs minutes quand elle me sort :

— Un outil peut te mener loin, dit-elle en faisant tourner son chapeau au rebord fripé entre ses mains.

Je hausse les sourcils et elle termine :

— Mais posséder l'outil ne veut pas dire savoir s'en servir correctement. Compris, fiston ?

Non, vieille chouette, je ne pige rien de ce que tu racontes. Mais je hoche la tête et je marmonne :

— Oui, m'dame.

Mme Dunwitty n'a rien d'une idiote.

— Ne me mens pas, Justin.

— Je m'appelle Charlie.

Je n'arrive pas à le dire fort, alors ça ressemble à une question. Dunwitty lève ses grands yeux au ciel.

— Mais tu es « juste un » crétin.

— Oh, bon. D'accord…

Je baisse les yeux vers mes doigts refermés sur les accoudoirs. La peinture blanche est écaillée.

— Aujourd'hui, *Justin*…

Elle marque généreusement l'emphase sur mon nouveau surnom.

— … tu vas nettoyer et ranger les outils de jardinage. L'hiver arrive.

— Facile, dis-je en me levant. Je m'y mets tout de suite.

— Je t'en prie, déclare-t-elle d'un ton qui indique que j'ai fait une grave erreur.

Je marque une pause et je jette un regard en arrière. Elle a l'air attentif, mais sérieusement, en quoi c'est dur de flanquer des outils dans une cabane ? Je hausse les épaules et fais le tour de la maison. Quand je reviens dix minutes plus tard, elle est toujours en train de se balancer.

En essuyant mes mains boueuses sur mon tee-shirt sale, je déclare :

— C'est fait.

Elle se lève, prend sa canne et me suis à l'arrière. Elle est plus lente que d'habitude, je dois l'attendre plusieurs fois. Ça doit être l'humidité qui lui rouille les articulations. Ma grand-mère s'en plaignait souvent.

Mme Dunwitty indique la porte de la cabane, que j'ouvre. Tout ça pour qu'un manche de râteau me tombe sur le front.

— Aïe ! Merde !

— Oui. Un travail de merde. Recommence, déclare Mme Dunwitty en s'éloignant.

Je me frotte le front. Elle ne me libérera pas avant que je fasse ça comme il faut. Elle va me garder prisonnier à nettoyer des outils jusqu'au printemps.

— Attendez ! Vous n'allez pas me dire comment vous voulez que je les range ?

— Correctement, dit-elle sans s'arrêter.

— Mais…

Elle marque une pause.

— Je ne sais pas comment. Vous voulez bien me montrer ? je demande, vaincu.

Elle se retourne avec un grand sourire.

— Oui, Charles. Je veux bien.

Cela terminé, nous regagnons l'avant de la maison.

— Une dernière chose. Veux-tu bien mettre le nouvel ange dans la roseraie, s'il te plaît ?

Je rirais bien, mais je me suis mordu la joue. Mme Dunwitty a dit « s'il te plaît ». C'est la fin du monde. Mon expression l'amuse. Elle secoue la tête en remontant sur le porche.

— Il est dans le garage. Ne le casse pas.

Je trouve le nouvel ange où elle l'a indiqué, mais il est deux fois plus gros que l'ancien et pèse probablement autant que moi. Je ne sais pas comment le déplacer. Je ne peux même pas le hisser dans la brouette tout seul. J'ai besoin d'aide. La vieille chouette me met à l'épreuve. Le sourire qui effleure les lèvres de l'ange suggère qu'il est bien d'accord.

Je ressors pour reconnaître que je ne peux pas le bouger tout seul et je vois Mme Dunwitty en train de gratouiller les oreilles pointues d'un cerbère bien connu. Elle lève les yeux vers moi, son visage ridé affichant un air malin.

— Un problème ?

— J'ai besoin d'aide.

Je jette un coup d'œil à Charlotte, dont les joues sont rouges de l'effort d'avoir promené sa chienne.

— L'ange est trop lourd.

— Ne me regarde pas comme ça, dit Mme Dunwitty avec un rire. C'est à ça que tu sers. Je suis bien trop vieille pour porter des anges.

Charlotte repousse une boucle derrière son oreille. Ses yeux me gardent prisonnier.

— Je peux t'aider, si tu veux.

— Quelle chance ! On dirait que tu as trouvé du renfort.

Mme Dunwitty mène Luna à son porche pour lui donner de l'eau.

Comme coulés dans du béton, Charlotte et moi restons immobiles. Le renfort est bien sexy aujourd'hui, dans un short qui révèle ses longues jambes. Elle me surprend à la reluquer et retient un sourire. Je lui fais signe de me suivre dans le garage.

— Charlie, dit-elle dès que nous sommes isolés.

Je ne veux pas me disputer avec elle. Pas maintenant. Alors que Mme Dunwitty peut intervenir et balancer d'autres métaphores sur le jardinage, la vie et tout le reste.

— Déplaçons ce truc.

J'approche la brouette de l'ange.

Charlotte ravale ce qu'elle allait dire.

Elle hoche la tête et suit mes indications tandis que nous soulevons le nouvel ange et le déposons soigneusement dans la brouette. C'était si facile que je me demande si je n'aurais pas pu le faire tout seul, finalement.

Je l'emporte jusqu'à la roseraie où je lui ai réservé une place.

— Je crois que je peux me débrouiller, dis-je à Charlotte qui s'avance.

Je plie les genoux, j'inspire profondément et je l'agrippe aussi fort que possible. En soufflant tout mon air, j'arrive à le soulever d'un coup. J'ouvre les yeux et je pousse un cri. Charlotte est tout près, de l'autre côté de l'ange, les bras tendus comme si elle allait proposer son aide. Elle rit. Entre ça, la surprise et le poids de l'ange, ma prise se relâche.

— Houlà !

Charlotte intervient. Ses mains touchent les miennes sous les ailes de l'ange et nous les refermons l'une sur l'autre pour former un filet.

Pour protéger ma fierté masculine, je dis : « C'est bon », et j'essaie de le porter tout seul, mais Charlotte a une force impressionnante et refuse de me lâcher.

— Laisse-moi t'aider. C'est si difficile que ça ?

Je soupire. Son expression, douce et engageante, efface le reste de mon agacement. Si l'ange n'avait pas pesé si lourd, je me serais peut-être raccroché plus longtemps à ma colère, mais le béton dur commence à s'enfoncer dans ma chair. Sans un mot, je hoche la tête et nous rentrons en crabe dans la roseraie. Avec soin, nous mettons l'ange en place et reculons pour admirer le travail.

— Tu vois qu'on fait une bonne équipe, dit Charlotte en s'essuyant les mains sur sa chemise.

Je ricane.

— Oui. En tout cas on fait quelque chose.

Elle a un sourire en coin et une boucle rebelle danse sur sa tempe.

Mme Dunwitty et la chienne nous rejoignent dans la roseraie. Elle a belle allure, avec le nouvel ange en son centre. Ce qui me rappelle que l'ancien se balade toujours dans mon coffre. *Se débarrasser de l'ange cassé.*

J'ai les mains calleuses, mal aux doigts et j'ai pourri toutes mes fringues de sport mais, bizarrement, je me sens aussi plus fort. Sans doute les endorphines ; en tout cas je me sens bien, mieux, alors j'adresse un petit sourire à Mme Dunwitty.

Elle secoue la tête lentement.

— Pas d'épanchements. Tu as fini. La prochaine fois, ne dévie pas de la route.

Je perds mon sourire.

— Rêvez pas, mamie. Je veux plus revoir ce jardin, même en peinture.

— Voilà qui te ressemble plus, dit-elle avec un rire. Maintenant, ramène cette jeune fille chez elle, s'il te plaît.

J'acquiesce.

— À vos ordres.

Ça fait deux « s'il te plaît » en une journée.

Luna saute à l'arrière de ma voiture et se met à baver sur la place de James.

— Bon toutou, lui dis-je en refermant la portière.

Sur le chemin du retour, Charlotte et moi restons silencieux.

— Tourne ici, dit-elle. C'est la troisième maison sur la gauche. Jo n'est pas encore rentrée, alors tu peux te garer dans l'allée.

— Plutôt que de ralentir et de te jeter au passage ?

— Par exemple.

Avant d'ouvrir la portière, Charlotte me touche le bras.

— Merci, Charlie.

Elle a l'air de vouloir en dire plus, puis se mord la lèvre. Elle me relâche, mais il reste le chaud souvenir de ce contact.

— C'est moi qui devrais te remercier. J'aurais été écrasé sous un ange, si tu n'avais pas été là.

Elle sourit.

— Je voulais dire, d'avoir essayé de m'aider pour Jo.

Elle regarde par la vitre.

— Et de me supporter.

— Charlotte…

— Ça t'embête tant que ça, que je sois autant chez toi ?

Sans me regarder, elle frotte la main contre le vinyle de la portière.

La réponse est oui. Ça m'embête. Tout chez elle, de son sourire à ses chaussures gribouillées, m'embête. Elle me donne envie de dévier de ma ligne droite, ne serait-ce que pour regarder par-dessus son épaule de temps en temps et voir à quoi ressemble le monde vu au travers de ses dessins.

Je lui frôle la main du bout des doigts. Entre nous, il y a un courant électrique plus vif que l'eau des torrents.

— Reste, Charlotte.

Elle me récompense d'un sourire qui plisse le coin de ses yeux. Bon sang ce que j'ai envie d'y déposer un baiser… mais je me retiens. Charlotte a besoin de mon aide. Pas de mes élans hormonaux exubérants. Elle a besoin d'un ami.

— Ce n'est pas que je veuille te cacher quoi que ce soit, dit-elle avec un sourire plus doux, mais tout le monde a toujours tout su sur moi, et ils croient que ça leur donne le droit de prendre des décisions à ma place. Maintenant je veux faire mes choix, ce qui signifie repousser tout le monde jusqu'à savoir ce que je veux.

La panique dilate ses pupilles.

— Et je ne sais pas. Je ne sais pas ce que je veux.

Elle retire sa main tremblante de sous mes doigts.

Je serre le volant deux fois plus fort. J'ai mal aux jointures.

— Je ferai tout ce que tu veux pour t'aider, Charlotte. C'est promis.

3.5

Après m'être douché, je vais chez James pour travailler. Depuis que je passe mes après-midi à jardiner, je prends du retard dans certains cours. Greta et James me font faire du rattrapage. En plus, Greta dit qu'on doit terminer le plan de notre exposé pour Mme Finch. On doit les faire valider ce vendredi.

James a fait un gâteau. Il m'entraîne dans la cuisine, fait un pas de côté et ouvre grand les bras, genre *ta-da !*, pour présenter l'horreur. Melody et Ella posent à côté pendant que Greta les prend en photo avec son téléphone. Elle rit tellement qu'elle en a les larmes aux yeux.

— Ce n'est pas merveilleux ?

Elle glousse presque.

Appuyé contre le frigo, James la regarde.

— C'est un gâteau à la carotte.

Il m'adresse un clin d'œil, ça me perturbe et j'espère qu'il ne recommencera plus jamais.

— Melody m'a aidé, déclare-t-il en chatouillant sa petite sœur près de lui.

— Eh bah, Mel'. C'est magnifique.

Elle m'adresse son plus beau sourire.

— C'est Jamie qui a fait le glaçage.

Elle pince les lèvres et fronce le nez.

— Moi je l'aurais fait plus joli.

— Je n'en doute pas un instant, déclare Greta.

Elle baisse son téléphone et contemple le gâteau avec un intérêt renouvelé.

— C'est mon gâteau préféré.

— Je sais, déclare James avec un sourire satisfait.

Greta est sur le point de se jeter dans ses bras de gorille pour l'embrasser, mais me lance un coup d'œil et s'arrête. Changeant de direction, elle attrape des fourchettes et nous les montre en éventail.

— Vous croyez qu'il est aussi immangeable qu'il en a l'air ?

James se redresse de son mieux pour cacher sa déception. Il avait envie d'un baiser, mais s'est pris une fourchette. Il poignarde un bout de gâteau de la taille d'un poing.

— Il n'y a qu'une façon de le savoir.

Mes amis se comportent comme des abrutis devant moi. Je devrais les soulager. Dire un truc du genre : *Oh mais vas-y, embrasse-le, ce grand benêt !*

Je devrais aussi fermer ma porte la prochaine fois que Charlotte et Becca regardent leurs vieux films idiots.

James découpe des parts pour ses sœurs. Elles vont dans le salon avec pour finir de jouer à La Plus Jolie Princesse. Je suis très bon à ce jeu. C'est toujours moi qui gagne le diadème.

Greta mord dans le gâteau déformé et gémit de bonheur. James et elle lui tombent dessus comme une meute de loups sur leur proie. Moi aussi j'aime le gâteau à la carotte et je n'ai pas mangé avant de venir, mais j'ai perdu l'appétit. Je devrais peut-être aller jouer avec les petites.

— Bon, écoutez, je lâche, déterminé à ne pas laisser cette ambiance bizarre m'arrêter. On a un problème avec Finch. Mon plan a échoué. Ça me fait mal de l'admettre, mais j'ai besoin d'aide pour en établir un autre.

Greta prend une nouvelle bouchée.

— On mange le gâteau et on trouve une solution.

Je me tourne vers James.

— Je n'ai pas faim.

— Comme tu veux, déclare Greta, la bouche pleine. D'après moi, pour savoir ce qui ne fonctionne pas, il faut qu'on découvre ce que cache Mme Finch. Whiting sait de quoi il s'agit. C'est probablement une faiblesse à exploiter.

C'est Charlotte. Je ne sais pas pourquoi, mais j'en suis sûr. Comme l'identité d'Euler : je ne sais pas la résoudre, mais je sais qu'elle est vraie.

— Ouvrons les yeux et les oreilles, mais en attendant il nous faut un plan.

Aux deux tiers du gâteau, on a rejeté une demi-douzaine d'idées. Entre deux immenses cuillères de glaçage, James finit par proposer quelque chose de correct.

— Des fois, quand ma mère interroge quelqu'un pendant un procès, elle joue la carte de la douche écossaise. Elle passe d'amicale et compréhensive à hostile et intimidante en un clin d'œil. Au bout d'un moment, le type est tellement paumé qu'il avoue accidentellement qu'il a éborgné le vigile avec l'aiguille à tricoter de sa grand-mère.

— Fantastique, déclare Greta. Ta mère est mon héroïne.

— Alors, tu veux dire qu'on doit faire comme si on était intéressés ?

— Oui, surtout par la poésie, parce que je crois que je commence à aimer ça.

James lève les yeux au ciel et me pousse.

— Ce que je veux dire, c'est qu'on la récompense de ses efforts pour nous littériser, et juste quand elle se sent à l'aise, on sabote le tout.

C'est une idée géniale. Si on s'intéresse à son cours, Mme Finch va passer plus de temps à préparer ses leçons. Comme au début, quand on a commencé à faire la sourde oreille. Elle a continué pendant un temps, mais elle a fini par renoncer. Charlotte a dit que quand elle prépare ses leçons elle lui prête moins d'attention. En saupoudrant le tout de réactions négatives, on envoie le message clair que personne n'aime vraiment sa poésie idiote. On joue tous à un jeu.

— Conditionnement opérant, hein ? Ça pourrait marcher.

Greta se lève et frappe le comptoir du plat de la main.

— Comment on démarre ?

James grimace.

— Le plan de notre devoir à lui rendre doit être excellent.

— Pigé. En mode lèche-bottes académique, dit Greta.

Elle démarre son ordinateur et ouvre le fichier de nos prises de notes.

— Faisable. Mais qu'en est-il du sabotage ?

— J'ai peut-être une idée, je glisse.

Je saute de mon tabouret et sors mon téléphone.

— En chimie, Ingrid travaille sur un nouvel adhésif par contact.

— Ingrid ?

Greta se redresse, ses doigts se figent au-dessus du clavier.

— Et tu as son numéro de téléphone ?

Je m'arrête au milieu de mon répertoire. Il y a un peu trop d'espoir dans sa voix, comme Becca quand elle veut que je la conduise à la bibliothèque.

— Peut-être. Et alors ?

— Ingrid et toi… intervient James, la main levée pour que je tape dedans.

— On travaille en binôme au labo ? Oui.

James se met à chantonner :

— Ça chauffe au labo, oh, oh, oh !

Il tente de danser sur sa chanson improvisée, mais on dirait un coq qui tourne sur lui-même.

— Pour l'amour de nos yeux et de nos oreilles, stop.

Greta jette sa serviette à James qui ralentit sans arrêter pour autant. Se tournant vers moi, elle dit :

— Tu devrais lui demander de sortir avec toi, enfin si elle te plaît, hein. On pourrait se faire une soirée à quatre ?

Super. Mes parents adoptifs mineurs essaient de me trouver une copine.

3.6

À la façon dont on me regarde quand je rentre dans la classe, je comprends que la plupart de mes camarades ont appris qu'on changeait notre fusil d'épaule. Je ne sais pas comment Greta fait circuler l'info aussi vite, mais je suis content qu'elle soit de mon côté.

Mme Finch me suit de près, avec son incontournable gobelet géant qui déborde de café. Je lui adresse un minuscule sourire.

— Bonjour, madame. Je voulais vous dire que j'ai beaucoup aimé planifier notre exposé.

Elle hausse les sourcils.

— C'était très instructif. Je n'imaginais pas que la poésie était si mathématique. C'était presque intéressant.

Je fais semblant de rire à ma blague. Greta me regarde comme si je sortais tout nu d'un lac d'eau glacée.

Mme Finch se remet en avalant une grande gorgée de son café avant de le poser à sa place habituelle.

— Oui, très bien, monsieur Hanson, pourquoi votre groupe ne présenterait-il pas son projet en premier ?

Je lâche mon sac et lui adresse une révérence.

— Ce serait un honneur.

James étrangle un ricanement tandis que Greta gémit et sort notre devoir de son sac. Nous rejoignons l'estrade et déclamons notre discours sur « La nature infinie de la poésie ». C'est Greta qui a choisi le sujet. Je n'aurais jamais pris quoi que ce soit sur la poésie.

Pendant notre présentation, je surveille le visage de Finch du coin de l'œil. De profondes rides d'inquiétude lui remontent depuis l'arête du nez. Charlotte a les mêmes, mais pas si marquées.

Une fois qu'on a terminé, je lui tends notre rapport écrit tandis que Greta et James retournent à leur siège. Elle le prend lentement, comme si c'était un piège. Elle y jette un rapide coup d'œil, le retourne, fronce le nez et lève vers moi un regard intrigué.

— Merci, monsieur Hanson. Je suis d'accord avec vous. C'est…

Elle pose le rapport sans le consulter.

— … très intéressant.

Elle va pour prendre une gorgée de son café, mais quand elle essaie de soulever son gobelet, il ne bouge pas.

Ce qui est magnifique, avec la colle d'Ingrid, c'est qu'elle est incolore, inodore et n'adhère qu'en présence d'humidité. Tôt ce matin, nous en avons recouvert le bureau de Mme Finch. Une fois sèche, elle est indétectable. Et quand Mme Finch a placé son gobelet trop plein dessus…

Bam ! Collé.

Le mieux dans tout ça, c'est qu'Ingrid n'a pas encore trouvé le moyen de dissoudre sa glue.

C'était certes risqué de tabler sur les éclaboussures de café, mais d'après l'observation quotidienne du comportement de Mme Finch, la probabilité de réussite était haute.

Son regard passe de son café collé à moi qui fais de mon mieux pour avoir l'air surpris.

— Oh ! Pas de bol. Comment vous allez boire tout ce bon café, maintenant ?

Elle crispe la mâchoire.

Je sors une pipette de dix millimètres de ma poche.

— Ça peut peut-être vous aider ?

Avant qu'elle réponde, je retourne m'asseoir. Tout le monde s'est figé et attend la réaction de Mme Finch.

Elle regarde la pipette, le gobelet, puis les élèves. Les muscles de sa mâchoire tiquent quand elle force un sourire.

— Quelle générosité, monsieur Hanson, dit-elle en aspirant sa gorgée de café par la pipette. Aaah, exactement ce qu'il me fallait.

J'essaie de savourer ma victoire, mais elle me paraît volée.

3.7

Il s'est écoulé un mois de lèche-cul et lâche-bombe. Mme Finch se comporte comme si la plupart des blagues étaient d'étranges coïncidences, comme quand elle est entrée dans son bureau, attenant à la salle de classe, et qu'elle l'a trouvé rempli de ballons.

— Ce n'est même pas mon anniversaire ! Que c'est gentil.

Elle ne se retient pas de répliquer non plus. Notre grande présentation est pour lundi, le lendemain d'Halloween.

— La date limite d'envoi de ta candidature au MIT, me rappelle Greta. Elle est passée depuis plus d'un mois. Appuie sur le petit bouton, Chuck.

Mme Finch a été assez généreuse pour donner le feu vert à notre sujet, même si la présentation n'était que le léger voile qui cachait la première attaque. Greta prétend que ce n'est pas de la gentillesse, mais que notre projet est vraiment bon. À mon avis elle a goûté aux champignons que Jeremy Peters utilise pour ses « recherches ».

Sur le chemin du retour le vendredi avant Halloween, James déclare :

— Ce soir, c'est soirée pyjama !

Je regarde Greta qui exprime la même stupéfaction que moi.

— Ça me tente vraiment, J., dis-je, mais mon nounours est au sale.

— Mais non, abruti, répond-il depuis le siège arrière, les bras croisés. Greta disait qu'il nous fallait un endroit où finir notre exposé pour Finch. À moins qu'on veuille affronter une douzaine de préadolescentes, c'est pas possible chez moi.

— Chez moi non plus ! crions Greta et moi en même temps.

— Non, les garçons, pas chez moi, continue-t-elle. Mes parents reçoivent… il va y avoir des psys plein la maison.

— Terrifiant, déclare James en frissonnant.

Elle hoche la tête.

— Il existe une loi universelle. Toi, plus toi…

Elle nous indique l'un après l'autre.

— … plus une maison pleine de psychologues avinés égalent un cataclysme.

Je commence à avoir les mains moites, alors je serre le volant plus fort.

— Chez Charlie, alors, dit James en levant le poing de la victoire.

— Non.

Greta me foudroie à nouveau de son sourcil haussé.

— Hum, en fait, Becca a une amie…

— Sérieux ? interrompt Greta.

— Euh, oui.

Penché entre les deux sièges, James échange un sourire avec Greta.

— Est-ce qu'elle a la rage ? Tu as peur qu'elle nous morde ?

— Est-ce que la police la recherche parce qu'elle conserve des orbites humaines dans son congel' ? enchaîne Greta en riant.

— Est-ce qu'elle a été envoyée dans le futur pour nous prévenir de l'invasion imminente de notre nation par des wallabys ?

— Est-ce qu'elle tire des lasers avec les yeux comme Machin dans ce comic dont vous parlez tout le temps ?

— Cyclope ! crions James et moi en chœur.

J'interviens avant qu'il lance sa théorie suivante.

— Non, mais elle met de la musique à fond et chante dans des cuillères en bois, et elle est hyper…

— … perturbante ?

Je sens le regard vert et calme de Greta sur moi.

— Oui. Enfin… c'est dur de se concentrer avec tout ce bruit. Retrouvons-nous ailleurs.

Greta et James hochent la tête en silence. Je pars du principe qu'ils réfléchissent à un endroit où travailler ; moi, j'essaie de convaincre mon système nerveux que ce n'est pas la peine de s'emballer.

Greta se tourne vers moi jusqu'à ce que sa ceinture de sécurité la bloque.

— Nan. Chez toi.

Elle hausse à nouveau un sourcil, ça veut dire « toi, tu caches quelque chose et crois-moi je vais découvrir quoi ».

* * *

La voiture de Charlotte est garée à sa place habituelle. J'espérais qu'elle soit ailleurs ce soir. L'espoir, c'est débile.

Quand les pizzas arrivent, j'en libère une de la pile chaude, ainsi que quelques boissons. Je suis en route pour ma chambre quand ma mère s'exclame :

— Hé ! Qui a volé ma végétarienne ?

Beurk. Je la rapporte à la cuisine.

— Tu peux la reprendre. James est allergique aux légumes.

Puisque je suis sur place, j'empile un paquet de chips, trois bananes et des Oreo sur la pizza aux pepperonis que j'ai piquée. Comme ça tout le monde sera content.

— Est-ce que James et Greta emménagent ? demande maman en désignant ma montagne de nourriture.

— Oui. Greta est enceinte et leurs parents les ont jetés dehors.

Maman écarquille un instant ses yeux noisette avant de me donner une tape.

— Ce n'est pas drôle, Charles Hanson.

Mais elle prend une assiette en riant doucement.

— Laisse de quoi manger aux filles ou elles vont tambouriner à ta porte à l'heure du dîner.

Je repose les bananes. Ce soir, je ne veux pas que Charlotte s'approche.

Je me dis que si j'arrive à faire monter Greta et James dans ma chambre, vite, et à les empêcher d'en sortir, je parviendrai peut-être à survivre à cette soirée. Il est hors de question que Greta et James découvrent l'existence de Charlotte et me posent toutes sortes de questions auxquelles je n'ai pas de réponse.

Je suis à mi-chemin dans l'escalier quand j'entends quelqu'un descendre. Je jette un coup d'œil de l'autre côté de ma tour de nourriture. Mon cerveau a un hoquet quand je vois Charlotte. Je trébuche et j'atterris brutalement, étalé sur six marches. La nourriture s'envole. La seule chose que je rattrape, c'est un soda qui s'est détaché du plastique. Le reste dégringole l'escalier, chaque à-coup les transformant en bombes-cannettes.

— Ça va ?

Près de mon coude, Charlotte m'aide à me relever.

— Ça va, je réponds en me frottant le genou qui rougit déjà.

Est-ce que c'est du sang, sur la moquette ? Non. C'est de la sauce tomate. Il y a de la pizza partout sur les marches.

— Tu es sûr que ça va ?

Les sourcils froncés, Charlotte me tient toujours le coude.

— Oui, oui, je te jure.

— Alors je peux rire, maintenant ?

Elle pince les lèvres et lutte pour retenir un sourire.

— Rire ?

Elle hoche la tête, un gloussement étouffé lui échappe.

Je soupire.

— S'il le faut.

— Oh, merci !

Charlotte explose de rire. Elle en a les larmes aux yeux, les genoux pliés, et elle balance à toute vitesse : « pizza volante », « ta tête ! » et « ohmondieu-c'étaitàhurlerderire ».

L'écho de l'escalier démultiplie sa joie. C'est un son auquel je me ferais bien.

— Ha, ha, ha, dis-je en me moquant de moi-même tandis qu'elle ravale d'autres gloussements. Il va nous falloir plus de pizza.

Elle se calme et elle regarde autour d'elle.

— C'est complètement récupérable. Il y a la règle des cinq secondes.

— Sauf que ça fait une heure que tu rigoles.

On rit tous les deux pendant qu'elle m'aide à ramasser les parts de pizza et à les remettre en place pour cacher qu'elles ont été un jour des projectiles.

— Pour tes amis ? demande Charlotte en remettant les chips sur la boîte en carton.

Je hoche la tête et je regarde les boissons que j'ai laissées tomber jusqu'en bas. J'ai envie d'inviter Charlotte à nous rejoindre, comme si elle était n'importe quelle fille, pas la sœur de notre prof de lettres, pas le secret que je cache à mes amis.

Mais elle n'est pas n'importe qui, alors je réponds seulement :

— Bon, bah merci.

— Rappelle-toi, une marche après l'autre.

Elle me presse le bras avant de me laisser passer.

3.8

Dès qu'ils sont sortis de la Volvo de Mme McCaulley, j'entraîne James et Greta dans ma chambre.

— Hé, Chuck ! grogne Greta. Je n'ai même pas pu dire bonsoir à ta mère.

— La pizza refroidit.

J'indique la boîte au milieu de la pièce, priant pour que personne ne remarque la forme elliptique des parts.

James se laisse tomber devant. Il est sur le point de prendre une bouchée quand il s'arrête.

— Qu'est-ce que...

De la moquette ? J'avais cru tout bien avoir retiré.

James examine la pizza et sourit jusqu'aux oreilles.

— Ouais trop bien, déclare-t-il en ouvrant la croûte en deux, elle est fourrée !

Je lâche un rire étranglé que j'étouffe avec un énorme morceau de pizza.

On finit rapidement notre projet. Mme Finch veut qu'on démontre comment les concepts mathématiques peuvent être utilisés en littérature. Nous exposons la façon dont les mots peuvent être combinés à l'infini pour écrire des poèmes. Comme les aimants que mon père a offerts à ma mère pour la Saint-Valentin il y a quelques années. Avec les cinquante mots de la boîte, on pourrait faire 2 118 760 poèmes de cinq mots. Ce qui n'est pas infini, mais quand même considérable.

Comme on crée constamment des mots, on peut théoriser que le langage est infini. Si l'équation exponentielle est puissance infinie, elle est égale à un nombre possible de poèmes qui continue pour l'éternité. Ce n'est pas de la physique quantique, mais ce n'est pas le pire des sujets non plus.

Dès que Greta range son ordinateur, je me lève et j'enjambe la pile de déchets.

— Bon bah voilà. On se voit lundi matin.

Je mets la main sur la poignée mais personne n'a bougé.

James prend une poignée de chips. Greta ouvre un autre soda et demande :

— Pourquoi t'es si pressé ?

— Euh, je suis pas pressé, je croyais qu'on avait fini.

James se met à genoux et brandit le paquet de chips comme une prière.

— Ne me force pas à rentrer, je t'en prie ! C'est une explosion d'œstrogènes, là-bas.

Il s'avance sur les genoux en agitant ses mains jointes.

— Ne m'envoyez pas en première ligne, général !

Greta rigole et lui jette un cookie. Il rebondit sur ses boucles.

— Mais qu'est-ce que t'es bête ! glousse-t-elle. Non mais sérieusement, Chuck. Je ne m'en vais pas non plus. À cette heure-ci les psys en sont à je ne sais combien de bouteilles. Ils m'analyseraient à m'en rendre catatonique.

— Oui, bien sûr. *Mi casa es su casa.*

Dans ma tête, je hurle : *Que personne ne quitte cette chambre !*

Je bidouille sur l'ordinateur pendant que Greta et James continuent à jouer à ma-famille-est-plus-bizarre-que-la-tienne. Très vite, j'entends les basses de la musique de Charlotte venant de la chambre de ma sœur. James et Greta aussi.

— Becca écoute de la musique ?

Avant Charlotte, elle ne faisait jamais de bruit.

— Mais non, idiot.

Greta lui tape dans l'épaule.

— C'est sa nouvelle copine.

Il met le doigt sur son front.

— Ah oui, Cyclope !

Il rigole.

— Alors, elle est comment ?

Je hausse les épaules et me penche plus près de l'écran.

— Allez, quoi, elle est belle ? Ou bizarre, comme Becca ? Sans méchanceté.

Je hausse les épaules.

— Je ne sais pas. C'est la copine de Becca.

— Alors elle est bizarre, dit-il à Greta qui essaie d'étouffer son rire.

J'ai l'estomac qui se retourne. J'enfonce les poings dans mes cuisses pour me distraire de l'envie suffocante de me retourner et de défendre Charlotte.

— Elle te plaît, Chuck ?

Je bouge la souris, je dessine avec la flèche le signe de l'infini.

— Mais oui. Notre petit Chuck a le béguin !

Greta saute sur ses pieds et retourne ma chaise.

— C'est génial. Tu devrais lui demander de sortir avec toi. On se ferait un resto tous les quatre !

— Euh, non.

Je fais à nouveau tourner la chaise vers l'ordinateur. Mais oui, sortir avec la sœur de la prof la moins aimée de Brighton, quelle bonne idée ! Greta adorerait qu'on dîne tous les quatre…

James pose sa part de pizza et se lève à son tour.

— C., mon gars, faut que t'aies un peu de courage. Elle est forcément mieux qu'Ingrid et sa personnalité d'amibe. Même si la copine de Greta est bizarre, c'est une fille, non ? Invite-la.

D'un coup de pied, il retourne mon siège vers lui.

— Même si c'est un mec, hein ! On t'aimera dans tous les cas.

Ils se tiennent par la taille et me regardent encore façon parents adoptifs.

Ça commence à être soûlant.

J'essaie de revenir à l'ordinateur, mais James bloque mon élan de ses mains immenses. J'ai les oreilles en alerte rouge, prêtes à s'enflammer.

— Écoutez, arrêtez de vouloir me caser.

Je le repousse.

— Je ne peux pas lui demander de sortir avec moi.

— Pourquoi ?

— C'est compliqué.

— Parce que c'est l'amie de Becca ? demande Greta.

Oui, c'est l'une des nombreuses raisons, et la plus simple, alors je m'y raccroche comme à une bouée de sauvetage.

— Oui. Exactement. Becca n'a encore jamais eu de véritable amie. Je ne peux pas lui gâcher ça.

Greta hoche la tête et James se renfrogne.

— Il a raison, lui dit-elle.

— Merde.

James retombe par terre et prend une autre part de pizza.

Greta me tapote l'épaule avant de traverser ma chambre. Je saute de ma chaise.

— Tu vas où ?

Ma voix ressemble à une corde de guitare trop tendue.

Greta fait une moue bizarre.

— Aux toilettes…

— Pourquoi ?

Elle écarquille grand les yeux.

— Euh, trois sodas, voilà pourquoi.

Appuyé contre la porte, je lui bloque le passage. Elle sautille d'un pied sur l'autre.

— Puis-je y aller, Votre Altesse ?

J'inspire rapidement et me décale. Je la regarde traverser le couloir de la mort. Comme si on était au théâtre, la porte de Becca s'ouvre alors que celle des toilettes se ferme.

— Ça devient une habitude, de se retrouver ici !

Le rire de Charlotte est un chant d'oiseau. Je sens ma poitrine se réchauffer.

James se lève, trébuche sur la boîte de la pizza et renverse du soda sur son pantalon, tout ça pour voir l'amie de Becca.

— Salut, dit-il avec un geste du menton.

Charlotte fait de même.

— Salut.

Elle lui sourit, lumineuse et sincère, et lui tend la main.

— Je suis Charlotte, une amie de Becca, ajoute-t-elle en indiquant la porte ouverte.

James lui serre la main et la reluque d'un air qui me donne envie de lui mettre mon pied là où je pense. Au lieu de ça, je me racle la gorge.

— Oui, oui, super, dis-je en m'interposant.

Je regarde Charlotte.

— Qu'est-ce que tu fais par-là ?

Charlotte se penche d'un air mystérieux et murmure :

— Il faut que j'aille faire pipi.

Elle parle lentement, la tête un peu plus penchée à chaque mot.

J'ai cette envie familière de lui redresser le menton, afin que ses lèvres soient tout près des miennes. J'en ai les mains qui tremblent.

Quelqu'un tousse.

Pour l'amour de Pythagore, je n'ai vraiment pas de chance.

— Greta, voici Charlotte, déclare James derrière moi.

Greta la détaille comme si elle avait un microscope.

— Ta tête me dit quelque chose. On s'est déjà rencontrées ?

— Pas officiellement. Mais je ressemble à ma sœur.

Greta écarquille les yeux.

— Je ne veux pas être impolie, mais…

Charlotte indique les toilettes.

— Pardon, dit Greta en dégageant le passage.

Elle est rouge comme une tomate. Je grimace.

3.9

Quand ils s'imaginent une explosion, la plupart des gens visualisent la version d'Hollywood pleine d'effets spéciaux, de bruit, de feu et de membres qui volent dans tous les sens. En réalité, les plus dévastatrices sont silencieuses. Les radiations d'une supernova la rendent plus lumineuse que toutes les étoiles de la galaxie, sans un bruit. La colère de Greta est comme ça.

Une fois que la porte des toilettes se referme, Greta reste immobile quelques secondes. Sa poitrine se soulève et s'abaisse calmement. À chaque inspiration, elle est un peu moins rouge.

— Gret' ?

Elle se retourne comme au ralenti.

— L'amie de ta sœur n'est pas Cyclope. C'est une Finch.

— Oui.

— Elle a un tatouage.

— Oui.

— Et tu ne m'as pas dit que tu la connaissais ?

— Non.

— Est-ce qu'elle va nous aider ? demande James.

— À combattre sa sœur ? je réponds sans lâcher Greta des yeux. Oui.

La question qu'elle pose ensuite n'en est pas vraiment une.

— Elle te plaît.

— Non ?

— Menteur.

Je prends une grande inspiration.

— Tu lui plais aussi.

— Tu crois ?

— Je ne le dirais pas sinon, déclare Greta, les bras croisés.

Elle semble en proie à une lutte interne. Je suis surpris quand j'entends son rire. Il sonne creux.

— T'es vraiment un cas, Chuck.

Elle va chercher son sac.

— On se voit lundi.

Elle embrasse James sur la joue avant de tourner les talons. En haut des marches, elle lance :

— N'oublie pas d'appuyer sur « envoyer », Chuck.

Puis elle disparaît dans l'escalier. J'entends la porte d'entrée s'ouvrir et je me raidis, m'attendant à ce qu'elle claque, mais elle se referme avec un courant d'air silencieux, comme un souffle qu'on relâche.

James s'élance après elle, mais revient quelques minutes plus tard.

— Elle m'a abandonné, dit-il, les épaules basses.

— Je vais te ramener.

Je n'arrive pas à le regarder plus longtemps. J'observe ses grands pieds empêtrés dans la boîte de pizza.

— Non, pas moyen que je retourne dans cette foire à l'œstrogène.

Il prend une profonde inspiration et s'assoit sur mon lit.

— Tu aurais dû nous le dire. Tu aurais pu me le dire.

— Je sais, mais cette fille, elle brouille mon cerveau.

James esquisse un sourire.

— Oui, on appelle ça la testostérone, espèce d'obsédé.

Je lève les yeux au ciel et je m'assoie en face de lui. Pour dire vrai, j'ai bien dépassé le stade de la testostérone. Je suis désormais sur le territoire de l'adrénaline, la dopamine et la sérotonine. C'est bien pire.

— Et maintenant ?

La question manque de me dévorer.

— Choppe ton manteau.

— Pourquoi ?

— On sort, déclare James.

Il regarde autour de lui et attrape son sweatshirt.

— Où ça ?

Il s'arrête alors qu'il est en train de l'enfiler.

— Bonne question, grogne-t-il.

Il ressort la tête.

— Où vont les jeunes de nos jours et pourquoi on n'est pas au courant ?

— Au centre commercial ?

— On n'a plus douze ans.

— Ah, parce que t'es le roi des branchés ?

— Non, C., ça c'est toi.

James termine de se battre avec son sweat et agrippe son sac à dos. Il le regarde et son visage s'illumine.

— Je sais !

Il va frapper à la porte de Becca.

— Qu'est-ce que tu fous ?

J'essaie de le repousser, mais c'est comme si une barque tentait de détourner un bateau de croisière.

— J'ai une idée géniale. Ça va te rendre heureux, ce qui rendra Greta heureuse. Et si Greta est heureuse, alors elle me rendra heureux aussi.

— Beurk.

— T'as les idées mal pla…

La tête de Becca surgit par la porte.

— Mesdames.

Charlotte est allongée sur le dos, les yeux au plafond elle dirige la musique avec deux fusains. Elle roule sur le ventre et rejoint Becca.

— Ça vous intéresse, d'aller contempler les étoiles ?

Les filles se consultent du regard. Becca sourit. Charlotte ouvre plus grand la porte.

— OK.

— Je connais un endroit super dans le parc.

James décoche aux filles un sourire si lumineux qu'on pourrait le voir depuis l'espace, puis il dégringole les marches jusqu'à la cuisine.

Charlotte s'appuie contre le chambranle.

— Ça t'embête, qu'on vienne ?

— Oui. Je veux dire, non. Ce sera super.

— C. ! beugle James d'en bas. Un peu d'aide, tu veux ?

— James ! crie mon père depuis la chambre parentale. Un peu de silence, tu veux ?

— Désolé ! hurle James.

Puis on l'entend faire semblant de chuchoter :

— Vous ne m'entendrez plus dire un mot !

Je souris aux filles comme un idiot. Je me sens rougir, alors je file jusqu'à la cuisine. Quand je rejoins James, il est en train de fouiller dans le placard.

— T'as encore faim ?

— Non, mais j'ai soif !

Il brandit le bourbon de mon père, resté là, intact, pendant deux ans ou presque. Il ne tient pas bien l'alcool ; il finit pompette après trois gorgées, alors ma mère planque la bouteille.

— Euh, non, dis-je en essayant de la récupérer.

— Euh, si, rétorque James. Je vais te filer un coup de main.

— Mauvaise idée.

— Non, c'est une idée géniale.

Il met la bouteille dans son sac à dos.

— Un petit creux tardif ?

Je me retourne tandis que James lâche son sac et le rabat vers le fond du placard.

— Papa. Hé ! Euh, on…

— Voulait emporter ça avec nous dans le parc, pour regarder les étoiles, si ça vous embête pas ?

James montre des chips et un paquet de biscuits.

— Ça me donne faim, de contempler les étoiles.

— Attends un peu, dit mon père, l'air sévère.

Il porte un vieux tee-shirt des bébés Muppets, alors c'est dur de le prendre vraiment au sérieux.

— Ce sont mes biscuits ?

Je regarde le paquet.

— Pas ceux-là, J. Ils sont sans gluten. On dirait des palets de hockey au goût de carton.

— Hé ! proteste papa en attrapant ses précieux gâteaux. C'est tout ce que j'ai.

James sourit.

— Désolé, monsieur H.

Papa retourne dans sa chambre avec son paquet.

— On a failli se faire chopper. C'est pas une bonne idée.

— Tu as raison.

J'expire un bon coup.

— … C'est une idée géniale ! Allons au parc.

Il sort par la porte de derrière sans douter un instant que je vais le suivre.

Je le suis.

* * *

— C'est une très mauvaise idée ! je murmure à James.

Nous traversons les buissons pour rejoindre le parc, les filles pas loin derrière. James lâche une branche trop tôt et elle me frappe en plein visage. Le sentier parcourt tout le quartier, mais cette partie suit une crique et s'arrête dans un vallon à moins de deux kilomètres de chez moi.

Je le regarde enlever le bouchon et avaler une gorgée. Il grimace comme s'il avait léché une couche sale. En toussant, il me passe la bouteille.

— Bois.

Je fais tourner le liquide brun. Sous la lune, on dirait de l'ambre fondu.

— Ça va te faire du bien, dit James tout bas. Je te garantis que ça va te donner assez de courage pour lui demander de sortir avec toi.

Je renifle la bouteille ouverte. Ça me brûle les narines.

— C'est du poison, ce truc.

Charlotte arrive derrière moi.

— Je crois que c'est l'idée.

Elle prend le bourbon et le porte à ses lèvres. Elle avale une gorgée. Elle essaie de la jouer cool, mais les larmes lui montent aux yeux et les coins de sa bouche se déforment en une grimace.

— Oh, beurk. C'est vraiment horrible, dit-elle, la voix éraillée.

Je prends une gorgée. On dirait que j'ai ingéré du feu. Je recrache en imitant de mon mieux un arroseur automatique.

James recule en riant.

— Ça va, Charlie ? demande Becca.

— N'en bois pas, Bec'. C'est du poison.

— Je fais ce que je veux.

— C'est vrai.

Je prends une autre gorgée. Je me force à garder les flammes en moi.

Le temps d'arriver au vallon, on a tous bu de grandes rasades. J'ai chaud, j'ai l'impression que le bout de mes doigts est électrique. Et mes dents recouvertes de coton.

James s'éloigne pour arroser un arbre. Je m'écroule dans l'herbe près de la crique. Fraîche contre ma peau brûlante, la rosée imbibe mes vêtements. Je pose la bouteille à côté de moi. J'entends le murmure de l'eau, la brise dans la cime des arbres, le chant des cigales.

Becca jette des cailloux dans la crique. Ils font *ploc, ploc, ka-ploc.*

Charlotte s'étire à côté de moi. Un seul brin d'herbe, peut-être, sépare nos doigts.

Quand je regarde danser les branches au-dessus de moi, je suis envahi par un sentiment de satisfaction. Puis par la nausée. Je ferme les paupières.

— Tu sais, je croyais qu'il fallait avoir les yeux ouverts pour regarder les étoiles.

— Je les vois parfaitement.

Ma voix résonne comme des cymbales dans ma tête.

Le rire de Charlotte me balaye.

— Tu n'as pas l'air très… bien. Ça va ?

Je secoue la tête. Ça fait un doux bruit de grattement dans l'herbe. Dans ma tête, c'est plus un tremblement de terre.

— T'es facile à satisfaire, hein ?

— Quoiii…

J'ouvre bêtement les yeux et je tourne la tête vers elle. Ça déclenche chez moi un élan de panique qui s'enroule autour de mon ventre et le serre. Je retiens mon souffle.

— Ferme les yeux, dit-elle.

Elle attire ma tête sur ses genoux.

J'essaie de m'asseoir, mais j'ai la tête à la fois trop légère et trop lourde. Comment est-ce possible ?

Ses doigts frais trouvent mes tempes.

— Vomis pas.

— D'accord, dis-je en me rallongeant. Pas de vomi. Promis.

— Bien, parce que ce sont les chaussures de Jo et elle serait furieuse que tu lui pourrisses une autre paire.

Je lui jette un coup d'œil. Elle a les joues roses et des rayons de lune s'emmêlent dans ses cheveux comme un halo.

— Tu es tellement…

Belle, drôle, talentueuse, intelligente, sexy… Ma langue est un poids mort dans ma bouche.

— Ouais, ouais. Toi, tu es tellement bourré.

Je réussis à lever le pouce. Charlotte passe les doigts dans mes cheveux, les écarte de mon front.

— Tu es quelqu'un de bien, Charlie.

— Est-ce que tu te sers de moi ?

Charlotte pâlit légèrement mais elle esquisse un sourire.

— Un peu.

— Ce n'est pas grave. J'ai laissé Carmen copier sur moi en chimie organique l'année dernière. Mais elle n'était pas aussi jolie que toi. Greta dit qu'on devrait se faire une sortie à quatre.

— Ah oui ?

— Oui.

— Et toi, qu'est-ce que tu en dis ?

— Qu'est-ce que j'en dis de quoi ?

Charlotte rit.

— Je vais oublier cette invitation.

Elle me masse la tête, alors je n'arrive à penser à rien.

— Où est Greta ?

Un instant, je n'arrive même pas à savoir de qui elle parle. Quand ça me revient, je réussis à murmurer :

— Furieuse.

Les doigts de Charlotte s'immobilisent.

— Contre qui ?

— Moi. Toujours moi. Je suis le meilleur ami le plus décevant de la Terre. Une fois, elle m'a un peu sauvé la vie, ou du moins mon avenir. Je lui dois beaucoup, mais cette année c'est différent. Il y a des choses que je ne lui ai pas dites.

— Sur moi ?

Je hoche la tête.

— Et c'est nul, parce qu'elle est intelligente, pas seulement en cours. Elle sait comment les gens fonctionnent. Elle m'aide à avancer, tu sais. Sans elle, je vais peut-être finir par marcher sur une mine.

— Si elle est fâchée alors tu dois lui parler, dit-elle.

Elle recommence à me caresser les cheveux, derrière les oreilles, le long du cou. C'est tellement agréable.

— Lui demander pardon avec sincérité, ça ne ferait pas de mal.

— On devrait vraiment se faire une sortie tous les quatre, dis-je au moment où Becca crie à Charlotte de venir voir quelque chose.

Elle se penche, ses lèvres sont juste au-dessus de mon front.

— Redemande-moi quand on aura décuvé.

Elle laisse ma tête reposer sur l'herbe. Je m'endors aussitôt.

4.0

James me frappe l'épaule.

— Hé, on doit y aller. J'entends quelqu'un.

Il essaie de me mettre debout. Soit il marmonne, soit j'ai les oreilles pleines de coton.

Quand je me lève, les arbres autour dansent de façon marrante.

— Oh, là, là. Les arbres qui se trémoussent, c'est pas bon signe.

Charlotte me soutient d'un côté, James de l'autre. On est tous les trois collés les uns aux autres pour garder l'équilibre quand une silhouette apparaît.

— Qu'est-ce qui se passe ici ?

Choppés.

Greta s'arrête quelques mètres devant nous et met les mains sur les hanches. Becca sursaute et se cache derrière James.

— C'est Greta ! Eh ! C'est Greta ! crie-t-il.

Il se précipite vers elle. Charlotte me rattrape avant que je bascule tête la première.

— Je ne savais pas si tu avais eu mon texto, mais si ! Et tu es là !

Greta contemple la bouteille presque vide qu'il brandit. Il la lui tend.

— Je t'en ai gardé.

Elle fait une grimace qui se change en sourire en coin.

— Euh, je vais me passer du rince-bouche alcoolisé, mais c'est gentil.

Quand elle me voit appuyé contre Charlotte, elle se rembrunit.

— Ça va, Chuck ?

Je ne réponds pas. J'ai le cerveau dans un manteau de fourrure.

— Mais oui, répond James en passant un bras autour de Greta. Je me suis bien débrouillé, hein ?

— Bien ?

— Ils sont mignons.

— Ils sont torchés.

— On vous entend, chantonne Charlotte.

Greta la fusille du regard.

Je me concentre pour que mes pieds ne se dérobent pas sous moi. Je dois avoir hérité du métabolisme naze de papa. James a l'air de mieux s'en sortir. Il arrive à la fois à parler et à marcher.

— On n'est pas torchés, déclare-t-il en démontrant ce talent extraordinaire.

C'est le moment où mes jambes me lâchent et Charlotte n'arrive pas à me retenir. Je tombe sur les fesses et je l'entraîne avec moi. Greta nous observe, croise les bras et foudroie James du regard.

— Il est fatigué, c'est tout.

Je gémis. Becca aide Charlotte à se lever, moi, je me roule sur le ventre. L'herbe fraîche est exquise sur ma peau. Oui, « exquise ».

Je prie en silence : *s'il vous plaît, dieu de la bêtise des nuits arrosées, laissez-moi m'en sortir avec un minimum de dignité.* Je crois que j'ai proposé à Charlotte de sortir avec moi. Malheureusement, je ne me rappelle pas sa réponse. Et maintenant Greta est là, à faire sa tête de méchante. Et je comprends pourquoi elle est fâchée contre moi, mais pourquoi elle regarde Charlotte comme ça ? *Aussi, cher dieu, si je pouvais ne vomir sur personne ? Merci.*

— Ooooh.

Greta arrive à grands pas et me met debout. Elle m'éloigne de Charlotte.

— Allons-y. Je suis revenue pour parler à Charlie, mais je vois que ça devra attendre.

— Tu peux parler, G., on écoute, déclare James en s'emparant de mon autre bras.

Greta me dévisage, puis regarde Becca et Charlotte appuyées l'une contre l'autre.

— Non. Allons-y.

Greta et James m'entraînent vers la maison, Becca et Charlotte sur nos talons. Je jette un coup d'œil en arrière et je croise le regard de Charlotte. J'espère qu'elle voit combien je suis désolé que mes parents adoptifs et mineurs soient cinglés, mais je dois juste avoir l'air complètement beurré.

* * *

Je suis réveillé par un bruit de marteau. Ma tête… oh ma tête ! Je m'enfouis un peu plus sous mes draps pour échapper aux coups.

Sauf qu'ils ne sont pas que dans ma tête.

Bam ! Bam ! Bam !

— Vous avez intérêt à être décents, les garçons. Je rentre.

Je sors le nez. Greta avait promis de revenir le matin à la première heure. En fait, elle a dit :

— Je ne peux pas te parler alors que tu as l'air à deux doigts de vomir. Va te coucher, espèce d'ivrogne.

La porte s'ouvre en grand, elle se retrouve bloquée par James qui est étalé par terre. Ça a dû faire mal, mais il se contente de gémir et de se retourner.

Greta débarque et claque la porte. Le martèlement explose à nouveau dans ma tête et j'ai envie de battre en retraite, mais je suis repéré.

— Lève-toi ! crie Greta.

Peut-être qu'elle ne crie pas, mais on dirait que si. Elle m'arrache l'oreiller et se met à battre James.

— Toi aussi, la Belle au bois dormant.

Elle le frappe à nouveau. Il ronflote et rattrape l'oreiller au passage. Il le serre contre lui et replonge dans son sommeil comateux.

Greta lève les yeux au ciel et se tourne vers moi.

— Tu as décuvé ?

Quand je m'assoie, la chambre bouge comme un gyroscope. J'ai la gorge à vif.

— Peut-être. Franchement, j'en sais rien.

— J'ai à peine réussi à te ramener la nuit dernière. Tu as beaucoup bu ?

Je plisse les yeux contre la lumière pâle.

— Je ne sais pas.

— Mais à quoi tu pensais ?

— Tu n'étais pas là. On s'en sort pas sans toi.

Greta s'affaisse sur ma chaise de bureau, comme si les vents furieux qui la portaient s'étaient tus.

— Bon sang, Chuck. Comment tu vas faire l'année prochaine ?

— Me jeter à corps perdu dans les études ?

Le sourire de Greta est sombre.

— Tant que ces études ne se résument pas au C_2H_5OH.

— L'alcool. Très drôle.

Avec le pied, Greta fait rouler James sur le côté. Elle le regarde dormir d'un air tellement triste.

— Je suis désolé, Gret', dis-je en déglutissant difficilement. J'aurais dû te parler de Charlotte. C'était idiot. Je suis idiot. Mais, elle est comme…

Comme quoi ? La réponse à tout ? Avant de la rencontrer, je croyais mon futur gravé dans le marbre. Maintenant, tout est flou.

Greta se mâchonne un ongle. Il y a des ombres sous ses yeux. Même ses boucles ont l'air fatigué.

— Tu es ma meilleure amie, dis-je. J'aurais dû t'en parler.

Elle hoche la tête.

— Tu n'es pas le seul à garder des secrets.

Elle regarde James avec les sourcils froncés. Je crois qu'elle va à nouveau se mâchonner l'ongle, mais au lieu de ça elle le lèche un bon coup et le fourre dans l'oreille de son petit ami.

— Arrarag !

James s'assoit et se frappe l'oreille. Une fois en position verticale, il se prend la tête entre les mains.

— Ohqu'est-cequej'aimalaucrânejevaismourir, marmonne-t-il avant de se laisser retomber par terre.

Greta a un petit rire.

— Parfait. J'espère que tu auras mal toute la semaine, espèce de pochetron.

Elle lui donne un petit coup.

— Ne te rendors pas. J'ai un aveu à faire.

James gémit, mais il lui accorde son attention.

Greta inspire et se redresse.

— Nous savons tous que Chuck et Finch Junior sont potes et que Chuck est un gros naze de ne pas l'avoir dit.

James et moi poussons un grognement. Hocher la tête ferait trop mal.

— Bien, avant que je continue, Chuck doit être franc.

— Promis.

— Qu'est-ce que tu sais de Charlotte Finch ?

— Pas grand-chose.

Je gratouille une tache d'herbe sur mon pantalon.

— Elle aime les vieux films où les gens se mettent à chanter sans prévenir, mais elle apprécie aussi les comics.

James lève le pouce.

— Cool.

— Elle dessine tout le temps dans un carnet. Elle a un mouvement de hanches fabuleux quand elle danse. Elle sent comme un jardin de biscuits…

J'ai soudain très chaud aux joues, je me tais.

— Ooooh, m'encourage Greta. C'est bien gentil, tout ça, mais quoi d'autre ?

Je pourrais dire plein d'autres choses, mais elles tombent toutes dans la catégorie des trucs « bien gentils » et si je continue comme ça, Greta a l'air décidé à me mettre son poing dans la figure.

— Je ne sais pas, G. Qu'est-ce que tu veux que je te dise ?

Greta détourne les yeux et contemple la poussière qui flotte dans la lumière grise des volets.

Le battement dans mes tempes monte en intensité, ce qui me force à crier :

— Quoi, Greta ? Que Charlotte n'est pas vraiment une fille ? Qu'elle est recherchée pour meurtre ? Qu'il lui reste un mois à vivre ?

— Oh, Chuck.

Je me redresse du lit, trop vite, ça tourne, mais je tiens bon.

— Il n'y a pas de « Oh, Chuck » qui tienne. Qu'est-ce que tu sais ?

Greta lève les mains en signe de reddition.

— Quand j'ai rencontré Charlotte la nuit dernière, j'ai été surprise de me retrouver en face de la fille dont je cache le secret. Quand je me suis tirée, je m'en voulais surtout à moi-même. Je suis censée te protéger, Chuck, et j'ai échoué.

— Un secret ?

— Il y a une semaine, le docteur Whiting a appelé ma mère.

— Qu'est-ce qu'il voulait, ce connard ? gronde James depuis le sol. Te menacer encore ?

Greta baisse la tête vers lui.

— Si seulement.

— Alors quoi ? je demande.

— Je ne suis pas censée le savoir. J'ai surpris la moitié de ce que disait ma mère, et un bout de ce que racontait Whiting.

Greta se mâchonne le reste de l'ongle de l'index (celui qui était dans l'oreille de James).

— Vous avez remarqué combien il parle fort ? J'ai toujours cru que c'était le système de haut-parleurs du bahut, mais non, il parle juste fort.

— *Fortissimo*, dit James, dont le visage est à moitié enfoui dans l'oreiller.

— Hé, j'ai pas grand-chose à faire de cette digression, j'interviens, perdant patience.

— Charlotte est malade.

Greta a lâché ça très vite.

— Malade ?

Je la revois en train de contempler la pluie sur mon porche.

— Très malade, Chuck. Assez pour que le docteur Whiting demande à ma mère de prendre en charge Mme Finch.

— Oh, dit James.

Il s'assoit trop vite et la tête lui tourne.

— C'est pour ça que Whiting la défendait autant.

Greta hoche la tête.

— Ce n'est qu'une question de prestige. Il a peur que Finch laisse un truc aussi négligeable que la maladie de sa sœur la détourner de son travail.

Je m'attendrais presque à ce que le parquet craque sous le poids de tant de cynisme.

— C'est débile.

La colère se réveille en moi, comme un explosif à deux doigts de détoner. Charlotte et « malade », ça ne va pas ensemble. Ces deux réalités ne peuvent coexister.

— Malade comment ?

— Cancer.

Saloperie.

— De quel type ?

Greta hausse les épaules.

Je ne sais pas pourquoi j'ai demandé. Charlotte me l'a déjà dit. *Parce que ça ne va pas bien dans ma tête.*

Mes pensées filent à toute vitesse. Ça ne peut pas être vrai. Je suis encore endormi, coincé dans un horrible cauchemar dû à l'alcool. On dirait que quelque chose de dégoûtant m'est rentré dans la bouche avant de mourir. J'essaie de recracher ce qui pourrit.

— Merde.

Ça n'aide pas.

Je fais les cent pas dans ma chambre en écrasant les derniers Oreo avec une sombre satisfaction.

— Je suis désolé, me dit James.

Il me tend la main quand je passe.

Greta se lève et lui donne un petit coup à l'épaule avant de me prendre par la main et de me ramener à mon lit où elle m'incite à m'asseoir.

— Tu tiens le choc, Charlie ?

Elle s'assoit à côté de moi et m'observe avec attention. La dernière fois, quand j'ai craqué, Greta m'a confié à sa mère. Le docteur McCaulley m'a appris à trier les situations stressantes. Étudier le corps et diviser les blessures en catégories : celles qui guériront toutes seules, celles qui ne guériront jamais et celles sur lesquelles le traitement agira immédiatement.

— Je ne sais pas encore, dis-je à Greta.

Nous gardons le silence tandis que je respire et que je fais la liste de mes blessures. La nausée passera. Il faudra que je travaille sur le chaos dans ma tête. Mais ma poitrine… On dirait qu'une grenade a explosé à l'intérieur.

Je m'accroche à la main de Greta.

— Je ne sais pas comment résoudre tout ça.

— Alors ne t'en occupe pas. Ce n'est pas à toi de résoudre les problèmes des Finch. Charlotte aurait dû t'en parler. Elle n'aurait pas dû t'y mêler. C'est sa faute. Fuis, Chuck.

Ça a l'air si facile quand elle en parle. Mais quand j'y pense, je ne vois que le désespoir dans le regard de Charlotte, assise sous la pluie. Est-ce que je peux faire quelque chose ? Lui rendre la vie plus facile ?

— Je ne peux pas.

Le soupir de Greta pourrait souffler une montagne.

— Alors tu trouveras la solution.

— C'est un raisonnement circulaire, Gret'.

— Oui, répond-elle en me tapotant le genou. Et tu adores les cercles, non ?

Oh oui. Plus que tout.

4.1

J'hésite avant de frapper à la porte de Becca. J'ai enfin convaincu Greta et James de partir sous prétexte que j'allais me doucher et dormir. Mais je n'y arrive pas. Je suis resté allongé dans mon lit à compter en silence, accroché aux nombres comme s'ils pouvaient tout résoudre. Les nombres sont puissants, mais comme pansement ils ne valent rien. Je passe les doigts dans mes cheveux humides et je frappe à la porte.

— Oui ? répond Becca.

J'ouvre la porte. Ma sœur lit et Charlotte dessine.

— Tout le monde va bien ?

Oh bon sang, c'est comme ça que je lance la conversation ?

Mais elles sourient.

— Tu tiens pas super bien l'alcool, grand frère.

— Ouais. C'était rude.

On reste là à se regarder un moment jusqu'à ce que Charlotte demande :

— Tu voulais quelque chose ?

— Ah oui. Euh, j'ai besoin d'aide pour le cours de ta sœur. Est-ce que c'est tricher si je t'en parle ?

Le malaise dans ma voix résonne plus fort que la musique.

Charlotte ferme son carnet à dessin et se lève.

Je recherche chez elle un signe qui trahit son cancer. Avait-elle des cernes la semaine dernière ? Je ne me souviens pas que son tee-shirt du musée d'Art moderne était si large. Ses cheveux étaient-ils plus courts ? Elle avait l'air fatigué et d'avoir besoin d'une séance de shopping, mais rien ne criait : « La mort arrive ! »

Charlotte secoue la tête et soupire, comme si je l'avais déçue. Est-ce qu'elle a deviné que je viens de jouer au scanner humain ?

— Je reviens tout de suite, Bec', lance-t-elle.

Une fois devant moi, elle ajoute :

— Allons chercher de quoi boire, Charlie.

Je sens ma peau pâle blêmir encore plus. Becca rigole. J'essaie de sourire, mais je crains que ça ressemble plus à une grimace, alors je baisse les yeux et je hoche la tête.

Une fois dans la cuisine, elle ouvre le frigo et sort le pichet de thé glacé. Je prends deux verres, puis je la regarde nous servir. Nous sommes chacun à un bout de la table et nous ne touchons pas à notre boisson.

— Écoute… je commence sans trouver quoi dire ensuite.

— Est-ce que tu vas me redemander de sortir avec toi ?

Je cligne des yeux. Le souvenir brumeux d'être allongé sur ses genoux tourbillonne dans ma tête. Ça me donne la nausée. Comment j'ai pu le lui demander comme ça ? Elle mérite mieux.

— Ça veut dire non ?

Charlotte essaie de me sourire, mais y renonce et se pince l'arête du nez, fermant les yeux.

— Qui te l'a dit ?

— Dit quoi ?

Elle rouvre ses yeux bleus et me défie du regard.

— Il n'y a qu'un autre truc qui pourrait te rendre aussi mal à l'aise en ma présence.

— La mère de Greta est psy.

— Et la confidentialité ?

— Notre proviseur ne sait pas parler sans crier. Il voulait que ta sœur voie la mère de Greta pour parler de…

Charlotte pousse un immense soupir.

— Super.

— C'est vrai ?

Elle contemple les glaçons dans son verre.

— C'est compliqué.

— Ça ne devrait pas. C'est soit vrai, soit faux.

— Dans ton monde, peut-être. Pas dans le mien.

— Charlotte, on vit dans le même monde. J'ai le droit de connaître la vérité. Réponds.

J'ai les mains moites, alors je les colle contre le verre froid. Maintenant que la question est posée, je ne veux pas en connaître la réponse.

— C'est vrai. J'ai une tumeur cérébrale.

Les paroles s'enracinent entre nous.

— Combien de temps ?

— Sept ans, cinq mois, vingt jours.

Quelque chose s'allume dans ma poitrine.

— Comment peuvent-ils être aussi précis ?

Charlotte fronce les sourcils.

— Et moi qui m'imaginais que tu étais intelligent.

— Quoi ?

— J'ai un cancer *depuis* sept ans, cinq mois et vingt jours.

L'étincelle s'éteint.

— Je voulais dire, il te reste combien de temps à vivre ?

— Et toi ?

J'ouvre la bouche pour répliquer, mais rien ne sort. C'est une question ridicule. Comment le savoir ? La durée de vie moyenne d'un homme de type caucasien de classe moyenne est de 76,5 ans. Mais j'aime à penser que je suis au-dessus de la moyenne.

— Tu ne sais pas non plus, hein ? Vrai : j'ai un cancer en phase terminale. Vrai : je vais mourir. Faux : Charles Hanson vivra éternellement. Tu vois que le vrai et le faux, c'est compliqué.

— Mais tu vas mourir avant moi.

Les mots m'ont échappé.

— Prouve-le.

Tout son corps tremble, sauf ses poings serrés. De parfaites statues.

— Tu veux que je fasse le calcul ? Parce que les statistiques me donneront raison.

Charlotte se penche sur le comptoir et attrape mon tee-shirt, comme dans un vieux film de gangsters. Elle me tire vers elle, alors je me mets sur la pointe des pieds pour franchir l'espace qui nous sépare.

— Continue comme ça, Hanson, et peut-être que je vais te tuer pour gagner le débat.

Je mets la main sur les siennes. Elle relâche sa prise. Je murmure :

— Charlotte, je m'inquiète pour toi.

Sa fureur irradie. Elle recule son poing et le projette comme on lâche un élastique.

L'instant où il m'atteint, le monde explose autour de moi. Tout passe de rouge à noir et la seule chose qui me retient, c'est Charlotte toujours agrippée à mon tee-shirt.

Sujet : Charlotte Finch
Méthode : Essayer de la consoler après avoir appris pour son cancer
Résultat : Poing dans la figure.

Et voilà. Ce que j'attendais depuis que j'ai posé le regard sur elle chez Krispy Kreme. Je savais que je finirais par avoir mal.

Je m'écroule sur le comptoir quand Charlotte me lâche. Il y a du sang sur mes lèvres, mais je ne sais pas trop où le coup a atterri parce que mon crâne tambourine à nouveau.

Sans lever la tête, je me tords le cou pour voir arriver la prochaine attaque. Charlotte fouille dans le congélateur et marmonne quelque chose. Je suis trop sonné pour comprendre. Elle claque la porte, alors je sais que ce n'est pas quelque chose de gentil.

Elle s'avance vers moi avec une serviette en tissu dans une main et des glaçons dans l'autre.

— Tiens. Il faut que tu te nettoies.

Je tapote ma lèvre supérieure qui commence à me faire l'effet d'un ballon gonflé à l'hélium. La serviette rougit en un instant, alors Charlotte m'en tend une autre.

— J'ai un truc pour ça dans mon sac, dit-elle en montant l'escalier.

Je trébuche jusqu'au miroir près de la porte de derrière. Ce n'est pas ma lèvre qui saigne, c'est mon nez. Est-ce qu'elle l'a cassé ? Une fille m'a mis son poing dans la figure et en plus m'a cassé le nez ?

Charlotte me surprend devant la glace.

— Ça va aller. T'es pas défiguré.

— Tu m'as frappé, je m'étrangle, du sang dans la gorge.

Charlotte prend une vague expression d'excuse. Mais elle change d'avis.

— Oui, dit-elle calmement en ouvrant le plastique qu'elle est allée chercher dans son sac.

— Pourquoi ?

— Tu t'es comporté comme un connard.

— Non, je…

— Je ne viens pas ici pour être prise en pitié. J'en ai bien assez à la maison, en cours et partout ailleurs. Ne me gâche pas ça, Charlie. Ta maison est mon refuge anticancer.

Nous nous regardons. Je saigne du nez.

Charlotte m'attrape par le poignet et m'entraîne près de l'évier.

— Tu en mets partout, dit-elle.

Je prie pour que ma mère ne rentre pas trop vite des courses. Ça ne passerait pas très bien.

Charlotte sort un long tube en carton.

Doucement, elle presse l'arête de mon nez pour tester le cartilage.

— Il n'est pas cassé. Ce sont juste des vaisseaux éclatés. Tu auras peut-être un bleu intéressant.

Elle sort un truc blanc et cotonneux du carton et me le fourre dans une narine, puis recommence avec l'autre.

— Parce que tu es médecin, maintenant ?

— J'en fréquente depuis assez longtemps pour avoir un diplôme d'honneur.

Elle essuie le sang sur mon menton. Il y a un sourire au coin de sa bouche.

— Et voilà. Laisse-les là pendant au moins dix minutes.

Je cligne des yeux pour chasser les larmes causées par les picotements dans mon nez. On dirait que tout un essaim de guêpes s'y est installé. Je me détourne de Charlotte et je regarde à nouveau dans le miroir. Mon reflet a deux cylindres qui lui sortent des narines, livrés avec le cordon pour les retirer facilement. J'en attrape un, mais Charlotte m'arrête.

— Je t'ai dit de les garder.

— D'abord tu me frappes, et puis tu me mets des tampons dans le nez ?

— Crois-moi, dit-elle en plaçant les glaçons dans une serviette en papier. Ça va arrêter le sang.

Elle m'entraîne vers la table de la cuisine.

— Et ça, ça va réduire le gonflement.

Elle appuie la compresse contre mon nez. Elle met l'autre main sur ma nuque pour me retenir. La fraîcheur de ses doigts me fait frissonner.

— Tu n'es pas la première fille à me frapper.

Le pli soucieux de son front s'efface lorsqu'elle me sourit.

— Tu ne seras pas la dernière.

Son sourire vacille.

— Je comprends, d'accord ? Le cancer, ça fait flipper les gens. C'est pour ça que je ne te l'ai pas dit. Je ne voulais pas que tu me regardes comme ça.

Elle déplace la compresse et j'essaie de ne pas bouger.

— Tout le monde a besoin de temps et de recul pour digérer, quand ils l'apprennent. Certains ne me reviennent jamais. Le cancer m'a rendue égoïste. Je ne voulais pas te perdre.

— Est-ce que Becca est au courant ?

Charlotte hoche la tête.

— Elle aussi, tu l'as frappée ?

— Non. Elle l'a accepté mieux que toi.

Je veux bien le croire. Becca ne s'énerve pas facilement.

Elle retire la compresse de glace et me la tend. Elle se lève puis dépose un léger baiser sur mon front.

— Je t'en prie, Charlie, n'oublie pas que je ne suis pas qu'un diagnostic.

Je ferme les yeux pour que la pièce arrête de tourner. Quand je me sens assez fort pour les rouvrir, Charlotte n'est plus là.

4.2

Ma tête impressionne mes amis quand j'arrive dans la cuisine où James prépare les tacos pour le dîner, il lâche la cuillère en bois et s'écrit :

— C. s'est fait claquer !

Il rigole tellement qu'il va finir par se pisser dessus.

Greta essaie de garder son sérieux, mais ça ne dure pas longtemps. Elle me tapote le bras.

— Ce n'est rien, va. Un peu de maquillage réglera tout ça. Ou peut-être un sac en papier sur la tête, aussi.

— Qu'est-ce que tu as dit à tes parents ? demande James.

— Que j'ai pris une porte en écrivant un SMS. Ils sont tous les deux très fiers.

James rit, mais Greta remarque :

— Qu'est-ce qu'ils vont s'imaginer, au lycée, à ton avis ?

— Oublie ça, dis-je en attrapant une poignée de chips.

Je rejoins Melody et Ella qui regardent des dessins animés dans le canapé.

Les yeux brun miel de Melody se plissent quand elle sourit avec son trou dans les dents.

— Tu ressembles à M. Indestructible, Charlie.

— Ah oui ?

Elle montre mes yeux.

— Tu portes un masque.

Elles se mettent à glousser toutes les deux.

Je me sens tout sauf indestructible.

Après dîner, James, Greta et moi sortons chercher de la glace. Sur le chemin du retour, je ne peux pas m'empêcher de tourner dans la rue de Charlotte. Il n'y a pas de lumière allumée, mais sa voiture est là.

— T'es sûr que ça va ? demande James.

Je me force à décrisper la mâchoire.

— Non.

Je me gare sur le côté de la route.

— Qu'est-ce qu'on fait là, Chuck ?

— Je ne sais pas.

J'ouvre la porte et je sors. Greta et James me suivent.

— Je vais faire un petit tour.

James passe un bras énorme autour de mes épaules.

— Tu veux de la compagnie ?

Son expression est un livre ouvert, je peux y lire toutes ses émotions. La première d'entre elles est son amitié pour moi.

— Merci.

Nous remontons le sentier derrière la maison de Mme Finch.

Quand nous nous approchons, Greta passe côté rue pour vérifier les noms écrits sur les boîtes aux lettres.

C'est difficile de la reconnaître de derrière. Je crois qu'on l'a déjà dépassée.

James et moi jetons des cailloux dans la crique en attendant le rapport de Greta.

J'essaie de juger le poids de la pierre avant de la jeter. Quand je l'entends toucher l'eau, je calcule le temps qu'elle va mettre à atteindre le fond.

— Elle te plaît vraiment ? m'interrompt James.

Je ne sais pas si j'ai envie de parler de Charlotte pour l'instant. J'ai mal au nez quand je le fronce.

— Quelle importance ?

— Répondons à cette question par une petite expérience.

James se penche, et je crois que c'est pour ramasser une autre pierre, mais il me rentre son épaule droite dans le ventre et me soulève. Il me jette comme un caillou dans la crique froide à vous geler le cul.

Je me remets précipitamment debout dans les soixante centimètres d'eau boueuse. Fin octobre, il ne fait pas spécialement froid dans le Sud, mais Sycamore Creek n'est pas au courant. Elle est suffisamment glaciale pour réduire ma virilité à une taille que même le télescope Hubble n'arriverait pas à localiser.

— Pourquoi t'as fait ça ? je crie.

Et moi qui croyais voir en lui de l'amitié un instant plus tôt.

James me regarde de façon inhabituelle, avec sérieux.

— Quelle importance ?

— Il fait froid et je suis trempé, voilà quelle importance !

— À quel point tu aimes Charlotte ? Je te défie de me dire que c'est sans importance.

C'est comme si on me privait d'air.

— Tu vois. C'est important. Greta est là par loyauté envers toi. Je suis là pour Greta. Pourquoi toi, tu es là, à te geler ?

Et c'est là. La réponse est là, comme si elle avait toujours fait partie de moi.

— Parce qu'elle est importante.

— Oui. Si je perdais Greta, je ne serais plus jamais le même. Y a qu'à voir ma mère !

Il marque une pause, il ouvre et referme les mains comme s'il essayait d'attraper les mots au vol.

— Sans mon père, elle n'est qu'une coquille vide, Chuck. Quoi que mes sœurs et moi on fasse, on n'a jamais réussi à la remplir à nouveau. Ça fait cinq ans et je commence seulement à la retrouver. Une telle perte a des conséquences à long terme. La masse de cette « importance » est si lourde qu'elle pourrait t'écraser.

Les yeux levés vers lui sans savoir quoi dire, je frissonne. La douleur dans son regard témoigne de sa sincérité. Il prend une grande inspiration et la relâche, ses épaules s'affaissent.

— Écoute, je ne dis pas que tu ne dois pas aider cette fille, mais tu dois comprendre dans quoi tu t'engages. Je ne dis pas non plus que tu as vraiment le choix. Je pige. Personne ne veut souffrir.

Il se rapproche du rebord.

— Ce que je dis, c'est que tu dois te préparer à souffrir, parce que c'est toujours plus difficile d'être celui qui reste.

Il me tend la main, prend fermement la mienne et me sort de l'eau.

— Et tu dois savoir que je serai là pour te ramasser, ajoute-t-il une fois qu'on est tous les deux sortis de l'eau.

Il faut que je réfléchisse. James n'est pas seulement le petit ami de Greta. C'est mon autre meilleur ami.

Greta ressurgit, la bouche ouverte de surprise quand elle me voit.

— Est-ce que je peux savoir pourquoi Chuck est trempé ? demande-t-elle à James.

— Il apprend, répond-il par-dessus son épaule.

— Il m'a jeté dans l'eau, je proteste.

Mais ça a l'air de faire plaisir à Greta.

— Chuck, quand tu auras fini avec ta leçon, la maison de Finch est la troisième dans cette direction, dit-elle en se mettant en route.

James rigole pendant que j'essore mon sweatshirt. Puis il passe le bras autour de mes épaules.

Quand on approche du portillon à l'arrière, Greta chuchote :

— Il y a quelqu'un dehors.

Nous nous jetons tous à terre, mes vêtements dégoulinants s'écrasent avec un bruit humide.

Mme Finch fait l'aller-retour sur sa terrasse avec son téléphone en disant :

— Elle se comporte de façon ridicule, papa.

Elle s'arrête et écarte le mobile de son oreille en regardant le ciel plein d'étoiles. Elle revient à son téléphone.

— Non, on ne peut pas la forcer à quoi que ce soit.

Elle se tait à nouveau et recommence ses va-et-vient.

— Écoute, je suis désolée. Calme-toi. Je ne voulais pas te mettre dans cet état.

Derrière elle, je devine la porte allumée par un globe de jardin. Lorsque Mme Finch s'écarte, je vois le battant bouger. Soudain, la tête du cerbère apparaît, la truffe frémissante tandis qu'il hume l'air.

Greta me frappe l'épaule.

— Elle a un chien ?

James marmonne :

— Ce n'est pas un chien, c'est un loup !

— Suite à l'annonce de son cancer, j'ai pu l'oublier, fichez-moi la paix, je grogne.

L'ouïe supersonique de Luna doit être en marche parce qu'elle redresse les oreilles. Je vous jure qu'elle regarde droit dans ma direction avant de hurler à la lune.

Mme Finch sursaute et gronde :

— Chut, Luna !

Elle surveille le jardin un instant avant de pousser la chienne à l'intérieur.

— Une minute, papa.

Elle referme la porte derrière elle et la lumière de la terrasse s'éteint.

Je réfléchis fort pour comprendre de quoi parlait Mme Finch. Qu'est-ce que Charlotte refuse de faire ? D'aller à l'université l'année prochaine ? De rendre visite à son père ?

Comment trouver une réponse quand de nouvelles inconnues ne cessent de surgir ?

James et Greta rampent sous les buissons jusqu'au sentier. Je reste à observer la maison. À travers une fenêtre de l'étage, on voit se découper la silhouette de Charlotte.

— Chuck ! appelle Greta.

Je lui fais signe de se taire.

Charlotte dessine dans son carnet, à grands coups de crayon furieux. Elle le jette à l'autre bout de la pièce, elle respire à toute vitesse. Elle s'effondre sur elle-même comme une étoile mourante. Je la vois s'essuyer les yeux et se balancer d'avant en arrière.

Elle pleure.

Je suis arrivé à un point où il est impossible de fuir le trou noir qui aspire toutes les pièces qui me composent. Elles s'envolent à la vitesse de la lumière. Toutes sauf une. La seule qui compte. Celle sur laquelle est gravé le nom de Charlotte.

4.3

— Je vais dire à Charlotte de ne pas rester chez elle demain soir, j'annonce à Greta et James le dimanche matin chez Krispy Kreme.

Nous avons sorti nos ordinateurs portables et nos affaires de cours, pour faire nos devoirs et répéter notre exposé de demain.

— Je crois qu'on a été assez gentils pour l'instant.

James lève le poing dans ma direction.

— Quel est le plan ?

Je sors un bout de papier de ma poche arrière et je le tends à Greta.

Elle y jette un coup d'œil et me scrute d'un air pénétrant.

— Tu es sérieux ?

— Comme un cancer.

Je fusille du regard la fille derrière le comptoir qui n'arrête pas de me dévisager à cause de mon cocard. Greta plie et déplie le papier.

— Chuck, tu sais que je n'ai pas peur de Whiting…

— Alors que tu devrais, intervient James en la menaçant de son stylo comme si c'était un sabre-laser.

Greta lui lance un regard mauvais avant de reprendre :

— On ne peut pas expliquer un truc pareil.

Elle agite le papier. Je frotte mes paumes moites contre mes cuisses.

— C'est juste une boule puante.

— Juste ?

Je hausse les épaules.

— Ce n'est que de la chimie, Gret'.

James regarde derrière lui.

— Non, non. Finch pourrait nous faire arrêter.

J'acquiesce.

— Seulement si on se fait chopper.

Bizarrement, je ne crois pas que c'est de ça dont Mme Dunwitty parlait quand elle m'a dit d'avoir du courage, mais je ne peux pas faire mieux dans un délai aussi court.

— C'est pour ça que je vais m'en occuper tout seul.

— Chuck, dit Greta d'une voix plaintive. C'est le problème des sœurs Finch. Tu ne devrais pas t'en mêler. Ce n'est pas ton combat.

Les pieds sur la banquette, je m'étire. J'observe mes chaussures, les lacets qui s'effilochent, le tissu fatigué par le temps. Ces chaussures tiendront probablement plus longtemps que Charlotte. C'est la pensée la plus déprimante que j'ai eue de la journée, et j'en ai eu un paquet.

— Peut-être pas, reconnais-je enfin.

Je savais que fréquenter Charlotte dévierait le chemin bien tracé de ma vie, mais ça, c'est comme prendre la route d'une réalité complètement différente.

— La vie est faite de choses auxquelles on ne peut échapper. Des trucs comme le cancer. Charlotte n'a rien demandé, moi non plus. C'est censé être une guerre, non ? Je ne peux pas guérir le cancer de Charlotte.

Ces mots résonnent si fort dans ma tête. Si James et Greta n'étaient pas penchés vers moi pour m'entendre, j'aurais cru les avoir criés.

— C'est tout ce que je peux faire pour elle. Si je deviens une victime collatérale, qu'il en soit ainsi.

— Tu es sûr que tu es prêt à faire ce sacrifice ? demande James.

Mon regard passe de Greta à lui, assis l'un à côté de l'autre, sans se rendre compte qu'ils sont épaule contre épaule, attirés par le champ magnétique des émotions. Moi aussi, je veux cette proximité.

— Bon, alors heureusement qu'on a repéré la maison de Finch hier soir, dit Greta sans relever mon silence.

Elle me passe le papier.

— Au moins on sait contre quoi on se bat. En tout cas, moi je refuse de me faire prendre, que Charlotte Finch soit irrésistible ou pas.

Je m'empourpre, mais il me suffit d'apercevoir le sourire en coin de Greta pour savoir qu'elle comprend. Elle m'a percé à jour.

* * *

Ce soir-là, Becca m'intercepte alors que je m'apprête à sortir. Des mèches de ses cheveux bruns s'échappent de sa queue-de-cheval, juste assez longues pour qu'elle les enroule autour de son doigt.

Elle me tend sa casquette en laine noire.

— Tu devrais la prendre.

— Pourquoi ?

— Pour faire ce que tes amis et toi vous avez prévu. Je sais que vous manigancez un truc. Et j'ai envie de te dire merci. Merci d'aider Charlotte.

Je prends la casquette et la fais tourner entre mes mains.

— Je veux qu'elle soit heureuse.

— Moi aussi.

Sa main frôle la mienne puis elle s'éclipse dans sa chambre.

Nous emmenons les deux plus jeunes sœurs de James, nos adorables leurres, à la chasse aux bonbons d'Halloween. Elles courent en costume dans la cuisine. Ella est déguisée en chat noir. Ses cheveux bouclés sont attachés en deux chignons en haut de sa tête. Greta lui a dessiné une truffe et des moustaches avec un eyeliner. Melody est en sorcière, elle a un grand chapeau qui s'affaisse parce que les filles l'ont écrasé en jouant.

Greta est tellement stressée qu'elle dévore les bonbons de Mme Thomas. James attrape le chocolat au caramel qu'elle vient de déballer et l'avale.

— Écoute, Gret', dit-il. On ne va pas causer de dommages permanents. On va juste faire en sorte que la maison de Finch sente les vestiaires de foot.

Il essaie de se convaincre autant qu'elle. On est tous nerveux.

— Et on a Halloween comme couverture, une nuit connue pour ses débordements, j'ajoute en pressant un steak à moitié congelé contre mon nez.

Ça me lance encore. Le steak est une idée de Greta, pour distraire le cerbère. Je suis censé le jeter et partir en courant, mais c'est super agréable de le sentir contre mon visage.

Ella se précipite vers James et lui tend un masque de zombie.

— On y va ! On peut y aller, Jamie ? supplie-t-elle.

Elle se frotte le nez et étale du maquillage partout.

James nous regarde. J'enfonce la casquette de Becca sur ma tête. Je suis prêt. Greta attrape une autre barre de chocolat.

— Ça marche.

James enfile son masque.

— Allons à la chasse aux bonbons.

Quand on arrive dans la rue des Finch, les filles sont fatiguées et Ella a mal au ventre. À deux maisons du but, elle se met à pleurer.

— Jamie, je veux rentrer, gémit-elle. J'en ai marre !

Greta et moi échangeons un regard paniqué. James se met à genoux et tapote l'épaule d'Ella.

— On a presque fini, El'. Encore un peu ?

Elle arrête de chouiner quand il lui tend un autre bonbon.

La magie du sucre.

Nous les emmenons directement devant l'allée de Mme Finch. Jamie met son masque en place, Greta et moi disparaissons par le côté du jardin. Notre plan est d'infiltrer la maison par la chatière de la chienne. On jette un coup d'œil à l'arrière.

Pas de signe du canidé. Je sors quand même le steak du sac.

Greta me le prend des mains et murmure :

— On sait tous les deux que c'est moi qui vise le mieux.

Elle n'a pas tort.

Elle me tend la boule puante, enfermée dans une petite boîte qu'on a piquée cet après-midi dans la poubelle des recyclables du lycée de Charlotte et Becca. Il y a une étiquette avec le nom de leur bahut sur le couvercle. J'espère que ça donnera l'impression que c'est l'un des abrutis de Sandstone qui l'a fait. Ce n'est pas très solide, comme alibi, mais je compte beaucoup dessus.

J'ai les mains qui tremblent. Qu'importe la colère du docteur Whiting. Mme Finch saura que c'est moi. Soit elle va me noyer sous la poésie, soit elle va me mettre zéro. Quoi qu'il arrive, je suis mort. Enfin, pas vraiment-vraiment mort. C'est quoi ce terme de littérature, déjà ? Celui sur l'exagération ? En tout cas c'est tout moi.

— On n'est pas obligés, dit Greta quand elle remarque mes mains.

Il fait juste assez froid pour que notre haleine blanchisse autour de nous, ce qui crée notre propre atmosphère, la preuve physique que nous sommes en vie.

— Si, je réponds, calme, la mâchoire serrée.

Je ne comprends pas cette guerre entre sœurs, mais j'ai choisi mon camp.

Je fais signe à Greta et on se met à courir vers la lumière de la porte de derrière. Je m'arrête devant et j'ouvre la boîte. Le sang me bat aux tempes.

Je soulève le couvercle et j'ai les yeux qui s'embuent immédiatement. L'odeur est si forte que, derrière moi, Greta a un haut-le-cœur. J'essaie de refermer la boîte, mais ma vue brouillée me complique la tâche.

— Putain, ça pue, je marmonne.

Grave erreur.

L'odeur pénètre dans ma bouche, je peux goûter à quel point c'est horrible.

L'air pâle, Greta recule.

J'arrive enfin à déposer le couvercle ; je suis sur le point de tout glisser par la chatière quand une grosse tête grise passe la tête, la truffe frémissante.

La bête me regarde. J'entends un grondement sourd.

— Greta ! je m'étrangle.

Je commence à avoir la tête qui tourne.

— La viande ! Jette la viande !

Greta est nulle au lancer quand elle est terrifiée. Elle lâche le steak et se couvre les yeux. Entre ses doigts écartés, elle souffle :

— Cours, Chuck ! Pose-la et cours !

Je souris à la chienne. Elle me fixe comme si j'étais la dernière croquette sur Terre. Son grondement se transforme en gémissement, elle bouge l'oreille gauche pour écouter quelque chose qui m'est imperceptible.

— Gentil toutou ?

Efficace ; le gentil toutou rentre la tête et disparaît. Je regarde Greta et hausse les épaules avant de pousser le battant pour jeter un coup d'œil à l'intérieur. Je vois la cuisine propre et vide de Mme Finch.

Sans plus hésiter, je fourre la boîte puante par la porte. Je suis en train de retirer la tête quand j'entends la voix de Mme Finch dans le couloir.

— Laisse-moi te trouver une serviette. Oh, ma pauvre petite, dit-elle.

Je me fige.

James, la voix paniquée, lance :

— Elle va bien ! Vraiment ! On doit y aller.

— Bien sûr que non, elle est couverte de vomi.

L'une des sœurs de James a vomi sur le porche de Mme Finch et je viens de jeter une boule puante par sa porte de derrière.

Une partie de moi pense : *Ouiiiiii !*

L'autre : *Tire-toi, abruti !*

Mais c'est comme regarder une mauvaise émission de télé-réalité. Impossible d'éteindre avant de savoir si le plouc à l'intelligence limitée va se tirer dans le pied ou pas.

Mme Finch pousse un cri et se couvre la bouche et le nez.

— Qu'est-ce que… ?

Luna se met à hurler à la mort.

Greta décide qu'il est temps d'être efficace. Elle m'attrape par le col et me relève, puis me tire dans le jardin, jusqu'au sentier. On ressort dans la rue au bout du pâté de maisons.

Essoufflée, elle me demande :

— Elle t'a vu ?

— Non.

Greta s'affaisse de soulagement ; moi, je reste terrassé par mon mensonge.

Car Mme Finch m'a bien vu.

4.4

À la maison, je me laisse tomber sur mon lit tout habillé. Peut-être que demain je sècherai les cours pour chercher du travail. Si je commence à bosser dans un fast-food à mon âge, je pourrai être assistant manager d'ici mes trente-cinq ans. Je ne serai jamais accepté au MIT avec un casier judiciaire.

MIT !

Je saute du lit sans me soucier de ma tête qui tourne et j'allume mon ordinateur.

— Charlie ?

Becca est à la porte et me tend son téléphone.

— Je ne peux pas t'aider, je suis occupé.

Je sors ma candidature et je commence à la relire rapidement, mais Becca plante ses longs doigts dans mon épaule.

— Je n'ai pas besoin d'aide, dit-elle en agitant son portable. Charlotte voudrait te parler.

J'ai des nœuds de stress et de culpabilité dans l'estomac. Elle me déteste.

Ce n'était pas l'aide qu'elle espérait.

Becca me donne le téléphone.

— Charles Hanson, espèce de petit con !

La voix de Charlotte est si légère qu'elle me transporte.

— C'était du génie. Comment as-tu réussi à combiner le vomi de la petite et la boule puante ?

— Tu n'es pas fâchée ?

— Moi ?

Elle rit.

— Jo était tellement furax qu'elle est allée se coucher tout de suite. Après avoir ouvert toutes les fenêtres, bien sûr.

— Et jeté ses chaussures ?

J'ai toujours la nausée, mais l'enthousiasme de Charlotte est contagieux.

Elle rit encore, une guirlande de notes un peu folles.

— Elles étaient dégoûtantes.

— Ravi que tu approuves. Je n'en étais pas sûr.

J'ouvre une nouvelle fenêtre de recherches dans le navigateur Internet.

— Tu es comme un ange gardien. Un ange de génie, complètement allumé.

— Alors tout va bien ? Même toi et moi ?

Charlotte garde le silence une fraction de seconde trop longue pour me mettre à l'aise. Mais sa réponse est chaleureuse et décisive.

— Merci, Charlie.

Elle me dit rapidement au revoir et je l'entends qui raccroche.

J'essaie de me souvenir du son de sa voix aussi longtemps que possible. Elle m'a appelé un ange. Fou, mais génial.

Ma première année de lycée, mon exposé de science préféré a été l'étude des tumeurs sur les rats d'Adam March. Le père d'Adam travaille dans une grande compagnie pharmaceutique, alors il avait accès à des rats malades et des pilules de chimiothérapie. La compagnie sponsorisait Adam, grâce à cette étude il est allé jusqu'à la Foire nationale de science. Je me souviens avoir pensé que c'était fantastique. Je n'ai pas ressenti de compassion pour le rat qui n'avait pas accès aux médicaments. Ni quand tous les deux, celui qui était soigné et celui qui ne l'était pas, sont morts. Ce dont je me souviens, c'est d'avoir regretté que mon exposé soit moins cool.

À part les rats d'Adam, je n'ai jamais été confronté au cancer. C'est extraordinaire, de ne connaître personne de malade. Cette année, rien qu'aux États-Unis, il y aura plus de 1,5 million de nouveaux cas. Comment je le sais ? Après que Charlotte a raccroché, j'ai fait un peu de recherches.

D'habitude, j'adore ça. Là, ça ne m'excite pas des masses.

Il y a autant de cancers du cerveau que de cellules cervicales. Je ne sais pas quel est celui de Charlotte. Je touche mon nez douloureux et je me dis que, bizarrement, ce n'est peut-être pas un sujet que je suis prêt à aborder avec elle.

Mais ne pas savoir signifie que je n'ai aucune idée de ce qu'elle vit, même après trois heures de recherches.

Il y a des sites Web pour les adolescents touchés par le cancer. Ils sont tout en couleurs vives, on dirait un peu des publicités pour fringues de hipsters. Il y a des témoignages de survivants, mais aussi de deuils. Et je sais que je devrais être heureux pour ceux qui s'en sont sortis, mais je viens seulement de trouver Charlotte. Je ne veux pas la perdre.

Et je me déteste de penser que les traitements, aussi affreux et invasifs qu'ils soient, sont tout aussi beaux et bien pensés. Il y en a un qui est semblable à de l'irradiation, mais avec une précision mathématique. Quelqu'un l'a créé. La science l'a créé.

Avec tant de types de cancers et tant de façons de le traiter, tant de vies gagnées et perdues, je me sens dépassé. J'ai mal à la tête, le regard flou, et je ressens un épuisement inhabituel. Tout cela étant, je le sais désormais, les symptômes d'un cancer du cerveau.

En un mot, je me sens désespéré.

4.5

Grâce à Charlotte et son crochet du droit, je me rends en cours avec l'air d'un gothique qui vient de tester un nouvel eyeliner. Au moins, mon nez a dégonflé, alors quand je parle on dirait moins un jouet qui fait *pouic*.

La cloche des retardataires sonne. Mme Finch ferme son livre, le range dans son bureau et nous observe comme si on était des viscères flottant dans du formol.

— J'espère que tout le monde a passé un bon Halloween ?

Son regard me cloue sur place.

Je tremble d'envie de me tortiller.

— Le mien était mémorable, je vous l'assure, continue-t-elle.

Greta inspire vivement.

— À ce propos… monsieur Hanson.

Tout le monde se tourne vers moi. J'essaie de respirer malgré la peur qui me comprime les poumons.

— Et si votre groupe était le premier à présenter son exposé ?

Je cligne deux fois des paupières.

— Ou… oui, madame.

Pendant que nous nous installons, elle emporte une pile de feuilles et un stylo rouge jusqu'à une place libre au fond de la classe.

James commence notre exposé en expliquant qu'il est possible de créer un nombre infini de poèmes. Il le démontre par de savants calculs. Tout le monde hoche la tête. Ce n'est pas difficile à suivre, mais quand je le regarde, je surprends Mme Finch bouché bée.

Tout à fait. Maths = génial.

Ensuite, Greta lit quelques poèmes qu'on a trouvés sur le concept de l'infini. La plupart sont nazes. Les poèmes confondent l'infini et le paradis, ce qui est ridicule, parce que je peux prouver l'existence de l'infini, et une sorte de vie après la mort (la matière ne peut ni être créée ni détruite), mais je ne peux prouver l'existence d'un paradis. Je n'en dis rien pendant l'exposé, j'attends le moment où je peux commencer la démonstration pratique.

Quand Greta a terminé, elle me fait un signe de tête. Je m'éclaircis la voix et je fais passer des cartons. Sur chaque carton sont copiés les mots des poèmes magnétiques de ma mère.

— Il y a cinquante mots. Combien de poèmes de cinq mots pouvons-nous inventer ?

Misty est la première à crier la réponse, que j'écris au tableau (2 118 760, au cas où vous auriez oublié).

— Combien estimez-vous qu'on puisse en écrire en cinq minutes ?

Je rapporte leurs réponses sur le tableau. Je referme le marqueur, leur fais signe de se taire et je crie :

— Partez !

Au début, tout le monde est pris dans la compétition et tente d'écrire le plus de poèmes sans se soucier des mots. Mais à 2 minutes 14, je remarque un changement. Ils ralentissent. Rassembler les mots et l'appeler un poème ne leur suffit plus. Ils se mettent à choisir quels mots allier, même si ça signifie terminer avec moins de poèmes à la fin.

Je ne suis pas le seul à le remarquer. Mme Finch croise mon regard et sourit. Pas un gentil sourire de prof. Il signifie plutôt : « dans ta face, le geek ».

Je crie « stop » et je boucle l'exposé.

— Bon, bah, on a fini, dis-je en jetant un coup d'œil à James et Greta.

Ils acquiescent tous les deux.

— Des questions ?

Personne ne se manifeste. Super. Je suis sur le point d'aller me rasseoir, lorsque je remarque une main levée.

Mme Finch.

Merde.

— Oui, madame ?

— J'ai beaucoup aimé votre exposé, surtout cet exercice. Je suis curieuse de savoir si tout s'est passé comme vous l'aviez prévu. Les élèves n'ont pas atteint le nombre de poèmes estimé. Que s'est-il passé ?

James et Greta se regardent d'un air bête avant de se tourner vers moi.

— Ils se sont trompés dans leurs calculs. Ça arrive aux meilleurs.

Mme Finch hoche la tête mais continue :

— Était-ce une erreur de la part de la classe ou de la vôtre ?

James, Greta et moi annonçons en chœur :

— La classe.

Mme Finch se met à rire. Quand Charlotte rit, j'entends de la musique, mais là je suis comme cryogénisé. Des millions de dagues de cristal me poignardent de l'intérieur.

— Je vois.

Que voit-elle ? Les mensonges que les poètes racontent sur nos retrouvailles avec les êtres aimés dans *l'infini* ? Voit-elle combien elle rend Charlotte malheureuse ? L'inutilité de se raccrocher à sa sœur ?

Une vague de froid paradoxal me brûle la poitrine et je demande :

— Qu'est-ce que vous voyez, exactement ?

— Noooon, gémit Greta.

Je lui jette un coup d'œil. Elle me foudroie du regard, un ordre silencieux de me taire.

Est-ce que j'ai dit ça à voix haute ?

Quand je me retourne vers Mme Finch, je comprends que oui. Elle ne sourit plus.

— Je vois que vous avez mal calculé combien l'humanité a besoin de poésie.

— La poésie n'est pas une nécessité. C'est un plaisir coupable basé sur des mensonges.

— Des mensonges ?

— Oui. Il est impossible d'atteindre l'infini, mathématiquement. Quel que soit le nombre de pas, on ne s'en rapproche pas. Au bout du compte, tout ce que nous avons fait, c'est nous éloigner de notre point de départ.

Quand je termine mon discours, j'ai les poings serrés.

Mme Finch prend une profonde inspiration et marmonne :

— Sisyphéen.

— Pardon ?

Mais je me souviens de Mme Dunwitty contant l'histoire de l'homme et son rocher.

— Oui, c'est comme Sissi-machin. C'est aussi naze en haut qu'en bas. Où que nous soyons dans le présent, c'est le plus loin possible de l'infini.

Avec un étrange sentiment de panique, je passe les doigts dans mes cheveux.

— C'est comme être tout près de la seule chose qu'on désire, les mains tendues, prêt à l'attraper, mais au bout du compte, elles ne se referment sur rien. Et c'est nul.

Mme Finch a lâché son stylo rouge. Elle pince les lèvres si fort qu'elles ont perdu leur couleur. Nous nous dévisageons pendant ce qu'un poète appellerait « un moment infini », mais qui ne dure que douze secondes avant qu'elle baisse les yeux vers sa feuille de notes et se mette à écrire. Sans relever la tête, elle dit :

— Passez me voir dans mon bureau après les cours, monsieur Hanson.

Puis elle appelle le groupe suivant.

* * *

Je frappe à la porte de Mme Finch aussi doucement que possible.

— Entrez, monsieur Hanson.

Le bureau de Mme Finch est une petite pièce aveugle. Derrière elle, il y a un énorme tableau qui ressemble à une fenêtre. L'arbre derrière la vitre est couvert de petits bourgeons roses et de feuilles si vertes qu'elles dégagent presque une lumière jaune sous les rayons peints du soleil. Sous l'arbre, je distingue la silhouette d'une fille en train de lire. C'est Charlotte.

Je me fige, je lutte contre l'envie de l'appeler et de lui faire signe. C'est le paysage le plus remarquable que j'aie jamais vu.

Puis je me rappelle que Mme Finch est assise devant moi.

— Depuis quand vous connaissez-vous ? demande-t-elle.

Je jette un dernier coup d'œil à la toile avant de me focaliser sur Mme Finch.

— Hein ?

Ça lui demande un effort herculéen, mais elle réussit à sourire alors que sa mâchoire est raide de colère.

— Asseyez-vous, dit-elle en indiquant un fauteuil rembourré.

Je m'enfonce dans les coussins et le parfum de Mme Finch m'enveloppe. Charlotte sent presque pareil, mais en mieux. Je m'applique à ne pas regarder le tableau.

— Depuis quand planifiez-vous cette petite plaisanterie d'Halloween avec ma sœur ?

— Votre sœur ?

J'esquisse un sourire.

— Madame, je l'ai planifiée tout seul.

Elle a posé la mauvaise question. Je n'ai pas à mentir.

— Et je suppose que la petite fille déguisée qui a vomi sur mon porche, c'était aussi vous ?

— Euh, non, ça, ça ne faisait pas partie du plan. Elle a juste mangé trop de bonbons.

Mme Finch ferme les yeux avec un soupir.

— Monsieur Hanson, pourquoi moi ? Pourquoi maintenant ?

— Parce que vous enseignez la littérature à Brighton.

— C'est tout ?

— Oui, madame. Ce n'est pas contre vous, c'est plutôt une tradition. Je comprends que ce soit difficile de ne pas le prendre personnellement. Les autres professeurs ont soit arrêté de s'obstiner, soit carrément démissionné.

— C'est ce que vous souhaitez, n'est-ce pas ?

— Pas tout à fait, non.

Elle me contemple un instant, tandis que je garde mon sourire et que je compte les nombres premiers dans ma tête pour m'aider à garder mon sang-froid.

Elle rompt le silence avec un soupir colossal.

— Je ne vais pas vous dénoncer parce que, malgré vos affirmations, je reste persuadée que ma sœur y est mêlée. Je n'ai pas besoin de ce genre de problèmes. Vous êtes collé jusqu'à ce qu'il ne reste pas la moindre odeur désagréable chez moi. Compris ?

— Sérieusement ?

Mme Finch réprime un autre soupir.

— Et encore, je suis sympa.

Elle se tapote la lèvre inférieure.

— Quand on était petites, Charlotte a pris du retard en classe. Un professeur de maths l'a fait pleurer. Il l'a traitée d'imbécile.

Une vague de colère me fait changer de position.

— J'ai, peut-être, jeté une boule puante dans sa voiture.

Elle lève les mains pour m'intimer le silence.

— Je ne permets pas qu'on s'en prenne à ma sœur.

J'essaie de retenir ma surprise, mon émerveillement et mon respect.

— Oui, madame. Bien sûr.

Je bondis de mon siège. Avant de partir, je risque un dernier regard à la Charlotte du tableau.

— Merci, madame.

— Hanson.

Merde. Elle a vu.

Je me fige sans réussir à me retourner. Je l'entends se lever.

— Faites-moi ce que vous voulez, mais ne touchez pas à Charley.

Quand je me retourne enfin, Mme Finch a l'air angoissé.

— Je la protégerai jusqu'à la mort. Vous comprenez ?

Sa mâchoire tremble, elle la referme brusquement.

— Croyez-moi, madame. Je comprends.

4.6

Cette nuit-là, je suis réveillé par un texto.

Greta : *CHUCK ! TU L'AS ENVOYÉ ?*

Message reçu à 23 h 36. Je suis balayé par une vague d'adrénaline qui m'éjecte du lit.

Et merde ! La limite du dépôt de candidatures est dans vingt-quatre minutes. Mon dossier est resté ouvert depuis hier soir. Sans feux d'artifice ni grosse nausée, j'appuie sur « envoyer ».

Et puis je panique.

Moi : *C'est fait. Et maintenant ?*

Greta : *Bravo. Maintenant tu te détends.*

James et elle ont transféré leurs candidatures à leur université de prédilection il y a une semaine. Ils visent tous les deux des facs en Californie. Je me rends compte tout à coup combien c'est loin. Tellement loin. Comment suis-je censé me détendre quand tout ce que je croyais désirer ne me convient soudain plus ?

Moi : *Légère panique.*

Greta : *Tu es fait pour le MIT.*

Je souris.

Greta : *Ou pas, dans tous les cas, tu survivras.*

Moi : *C'est sympa, merci !*

Greta : *:-D :-D :-D :-* :-* :-* (les bisous sont de la part de James)*

4.7

Le vendredi, sur le chemin du retour, je passe par la maison de Mme Dunwitty. Je veux surveiller l'avancée du jardin. Si on me demande, c'est mon excuse. Ce n'est pas du tout que nos conversations bizarres me manquent. Ni qu'elle ne m'a jamais regardé comme si j'étais une piñata à deux doigts d'exploser. En fait, elle prenait même plaisir à me secouer.

Le jardin reprend du poil de la bête. Les rosiers, même s'il n'en reste qu'un quart, poussent bien et il y a quelques fleurs orange parmi les feuilles vertes. L'ange me sourit, ce qui me rappelle que celui qui est cassé est encore dans mon coffre. Avec tout ce qui est arrivé, je l'avais oublié.

La pelouse est trop haute et on dirait que la dernière personne qui l'a tondue a fait des zigzags, il y a des touffes bizarres un peu partout. Ça ne lui ressemble pas du tout de laisser ça dans cet état.

Je me gare le long du trottoir et je me dirige vers sa porte rose flamand. Mon absence d'appréhension me surprend. Quand je frappe, elle ne répond pas. J'attends quelques secondes, puis j'essaie la sonnette. Toujours rien. Je me dis que je vais revenir demain. Elle est probablement au rassemblement des Méchantes Mamies anonymes. La première étape est d'admettre son problème.

Je redescends les marches en rigolant tout seul lorsque j'entends le verrou tourner. Quand je me retourne pour la saluer, Mme Dunwitty est appuyée lourdement sur sa canne, son bras tremble sous l'effort. Au lieu de son pantalon à élastique habituel et de sa chemise en polyester, elle porte une robe de chambre bleu pâle qui a l'air trois fois trop grande pour elle.

— Bonjour, dis-je en essayant de cacher mon ébahissement sous un ton joyeux.

Ébahi. C'est un mot tiré d'un des poèmes de Mme Finch. Je secoue la tête, histoire de m'éclaircir les idées, et j'indique le jardin.

— Qui a massacré votre gazon ?

Son regard s'enflamme.

— Mon gazon est très bien, gamin. Tu sauras que j'ai passé la majorité du week-end à le tondre seule.

Elle redresse le menton et me regarde par-dessus son nez crochu.

— Qu'est-ce que tu fais là ? Tu as fini ton travail.

Elle a la voix rauque, peut-être parce qu'elle ne s'en sert pas assez. Sans moi à persécuter, je parie qu'elle s'ennuie à mourir.

— Je jetais juste un coup d'œil aux roses.

Levant les yeux vers elle, je m'appuie sur la barrière en bas des marches.

— Je reviendrai tondre la pelouse demain.

— Tu ne me dois rien.

— Je sais.

Nous nous défions longuement du regard. Je souris le premier. Son sourire à elle est crispé.

— À demain, Justin.

* * *

Mme Dunwitty m'a promis du thé glacé. Elle a dit que je pouvais même le siroter dans un des rocking-chairs.

— Tant que tu ne prends pas trop tes aises, a-t-elle marmonné avant de retourner dans la maison me chercher un verre.

J'ai tout juste terminé de nettoyer et ranger la tondeuse quand une voiture gris métallique débarque au coin. Je mets la main en visière pour me protéger du soleil le temps qu'elle approche. Avec un sursaut, je me rends compte que c'est celle de Charlotte. Je ne l'ai pas vue de la semaine. Apparemment, Mme Finch a décidé de la punir du rôle qu'elle a peut-être joué dans le coup de la boule puante en la forçant à rester chez elle avec l'odeur.

Elle m'a manqué.

Charlotte s'arrête à côté de ma voiture. Becca et elle en jaillissent et courent vers moi en laissant les portières grandes ouvertes. Mon cœur se met à battre à toute vitesse d'inquiétude, mais elles sont toutes les deux souriantes. Becca est même en train de rire.

Elles me prennent chacune un bras et m'entraînent vers la voiture, elles me poussent jusqu'à ce que je sois sur le siège arrière. Becca se glisse après moi et Charlotte court à la place du conducteur. Elle se dégage du trottoir, manquant de peu mon pare-choc.

Elle pousse des cris de joie et agite le bras par la fenêtre.

Je regarde par la vitre arrière, Mme Dunwitty secoue la tête et retourne dans la maison avec nos boissons.

— Non mais hein ?!, je finis par lâcher.

Becca se met à rire.

— On te kidnappe !

— Ouais, Hanson, déclare Charlotte en croisant mon regard dans le rétroviseur. Tu as beaucoup trop travaillé cette semaine, prisonnier de l'enfer de la colle. C'est le week-end !

— On va où ?

Charlotte ne répond pas. Elle monte le volume de la musique, j'en ressens les vibrations dans tout mon squelette. Puis elle me fait fondre, de la tête aux pieds, avec sa voix d'oiseau.

On est quelque part près de l'université quand Charlotte se gare dans un parking.

— On est arrivés.

Becca me pousse dehors et tire son sac à dos avec elle.

— Qu'est-ce qu'elle cache là-dedans ?

— C'est un pique-nique, répond-elle en me donnant un coup dans l'épaule.

Encadré par Charlotte et ma sœur, je rejoins un sentier, passe sur un petit pont en bois et monte une colline. En haut, la beauté qui s'étend devant moi me coupe le souffle.

C'est une roseraie. Dix fois plus grande que celle de Mme Dunwitty et chaque buisson, chaque rosier grimpant est de couleur différente. Lorsque nous descendons la colline, l'air est parfumé. Charlotte nous emmène à l'ombre d'une tonnelle envahie par des rosiers rouges.

— Pourquoi ici ? je demande à Charlotte.

Elle penche la tête du même côté que son sourire en coin.

— Je me suis dit que ça te plairait. Je croyais que tu aimais les roses, tu sais, parce que tu aides toujours cette vieille dame.

J'éclate de rire.

— Tu ne me connais pas très bien, hein ?

Charlotte sourit malgré sa déception.

— Mais j'aimerais.

— Le jardinage, ce n'est pas mon truc, mais je suis heureux d'être là.

Charlotte veut me connaître. C'est agréable, encore plus que la première fois où j'ai résolu un problème avec le nombre d'Euler.

* * *

On passe le reste de la journée au parc. Charlotte a savouré chaque bouchée du cupcake que Becca lui a apporté. Elle a léché le glaçage sur le papier en marmonnant :

— Raconte ça à Jo et t'es mort, Hanson.

Après le déjeuner, Charlotte s'est isolée pour dessiner le reflet des roses sur un bassin.

Becca et moi rassemblons les boîtes en plastique vides. De là où nous sommes, nous la voyons. Je contemple les pâles rayons du soleil jouer dans ses boucles lorsqu'elle baisse la tête pour observer l'eau.

— Dis, Bec', pourquoi tu ne m'as pas parlé du cancer de Charlotte ?

Becca, en train de refermer son sac à dos, lève les yeux avec surprise.

— Ce n'était pas à moi de te le dire.

— C'est tout ?

— Et elle m'a demandé de garder le secret. Elle voulait que tu décides de l'aider par toi-même, pas parce que tu te sentais mal à cause de sa maladie.

Je n'imagine même pas peser toutes mes décisions avec quelque chose d'aussi énorme qu'un cancer dans la balance. Sa tumeur sème des métastases partout dans sa vie. Un peu de ma joie s'envole à cette idée.

— Mais comment tu l'as découvert ?

— La deuxième semaine de cours, Charlotte a été convoquée par le proviseur. On travaillait sur un exposé de groupe et tout le monde a dit « Ooooh, qu'est-ce tu as faiiiit ? » quand ils l'ont appelée. Ils font ça, à ton lycée ?

— Non.

— Oh. Au mien oui, c'est stupide. Elle avait l'air tellement vulnérable quand elle est partie.

Becca joue avec sa fermeture Éclair.

— Je l'ai attendue près de la jolie peinture avant les bureaux. J'ai lu. Quand elle en est sortie, on voyait qu'elle avait pleuré et je ne sais pas pourquoi, quand elle s'est rendu compte que je l'attendais, elle a éclaté en sanglots. En fait, Mme Finch avait pris rendez-vous pour Charlotte avec la conseillère d'orientation, pour discuter de son cancer et de son avenir, sauf qu'elle ne l'avait pas prévenue.

Becca se passe les doigts dans les cheveux, enroule des mèches puis les relâche.

— Charlotte me l'a dit à ce moment-là. C'était dur, mais on n'était pas aussi proches à l'époque, alors ça allait. Je ne savais pas encore…

— Quoi ?

— Ce que ça voulait dire d'avoir une amie, que ça me changerait, me rendrait meilleure. Plus vivante. Comment l'imaginer ?

Elle regarde Charlotte et les larmes lui montent aux yeux.

— Je ne veux pas la perdre, chuchote-t-elle. Je crois que ce serait comme me perdre moi-même, sauf qu'avant je ne savais pas que j'étais perdue.

Je lui prends la main, la délivre de ses cheveux et la presse très fort.

— Je te retrouverai toujours, Bec'.

Elle hoche la tête avec un soupir.

— On ne peut pas plus retenir Charlotte que toucher ce nuage.

Elle lève la tête vers une volute grise dans le ciel.

* * *

Les nuages s'amoncellent dans le ciel, poussés par le vent. Allongés sur le dos dans l'herbe fraîche, nous les regardons flotter.

— Vous croyez qu'il va pleuvoir ? je demande, surveillant un cumulus de la couleur d'un éléphant africain.

— Le ciel n'oserait pas, répond Charlotte.

Elle glisse les doigts dans l'écart entre les miens, sans les toucher. Des doigts comme des courbes asymptotes.

— Ce serait cruel de gâcher une journée aussi parfaite. Il n'y en a qu'un nombre limité dans une vie, tu sais.

Un coup de vent cueille les pétales de roses qui nous entourent. Soudain nous sommes au cœur d'une tempête si colorée, si chaotique que j'en ai la chair de poule. Les pétales tourbillonnent au-dessus de nous, tout près de nos visages, emportés vers une fin incertaine. C'est si beau que je dois détourner les yeux.

De l'autre côté de Charlotte, Becca se met à rire et tend la main dans les airs sans attraper un seul pétale.

Pas un seul.

Elle fait de son mieux.

Moi aussi.

Mais Charlotte se contente de les regarder passer.

Désormais, c'est un troupeau qui marche dans le ciel. Lorsque la première goutte tombe, Becca crie et court avec son sac se mettre à l'abri sous la tonnelle. Je tourne la tête vers Charlotte. Les yeux fermés, elle reste immobile à l'exception du léger tremblement de sa main près de la mienne. La pluie s'écrase sur ses bras nus, son nez, ses lèvres. Elle glisse sur ses joues comme des larmes.

Je ne veux pas que cette journée parfaite soit gâchée.

— Charlotte ?

Elle tourne la tête vers moi.

— Tu veux danser ?

Elle écarquille les yeux quand je me lève et lui tends la main.

— Comme dans ce vieux film.

Charlotte se met à rire et lève le bras. Je la tire et j'espère qu'elle croira que mes paumes sont moites à cause de la pluie, pas parce que je suis nerveux. Elle commence à fredonner la chanson du film. Nous dessinons un cercle maladroit, d'abord lent, puis de plus en plus rapide. Elle renverse la tête et sa voix s'envole.

Nous tournons et chantons sous la pluie et les pétales de roses. Quand nous nous arrêtons, les yeux de Charlotte sont plus brillants que Sirius, la plus lumineuse de toutes les étoiles de la Voie lactée. Nous sommes trempés, nos cheveux nous collent au front, les vêtements au corps. Au diable la logique. Je n'ai jamais été aussi heureux.

Charlotte me sourit, me presse la main avant de la lâcher.

— Un peu de pluie n'a jamais fait de mal.

Non, la pluie ne me dérange pas du tout.

4.8

Nous arrivons à ma voiture encore trempés. Quand nous nous garons, Mme Dunwitty observe la tempête depuis son porche. Je salue les filles puis je la rejoins au petit trot.

— Quel temps ! dis-je.

J'indique le fauteuil libre ; après tout, elle a promis que je pouvais m'y asseoir après avoir fini de tondre. J'ai l'impression que c'était dans une vie antérieure.

— Puis-je ?

Elle esquisse un sourire amer.

— S'il le faut, mais j'ai déjà bu ton thé alors n'y pense même pas.

Je me laisse tomber à côté d'elle avec un rire. J'ai appris à apprécier sa franchise. Le tonnerre gronde au loin.

— L'automne aura été orageux.

Mme Dunwitty acquiesce au rythme de son rocking-chair mais n'ajoute rien. J'essaie un nouveau sujet de conversation.

— Avez-vous déjà été à la roseraie près de l'université ?

Elle hausse les sourcils.

— Oui, je crois bien.

— C'est là où Charlotte nous a emmenés. Je n'imaginais pas du tout qu'il existait autant de types de roses.

J'appuie mes pieds sur la balustrade. La peinture s'écaille.

— Tu l'as embrassée ?

Mes pieds retombent par terre.

— Je croyais qu'on parlait de roses, pas de filles.

— Comme tu veux, me dit Mme Dunwitty avec un sourire moqueur au coin des lèvres.

— J'y ai vu vos roses, les Lunes des Moissons. Il y a même une petite plaque avec votre nom. C'est cool.

Elle agite une main tremblante.

— Pffff. Ça n'intéresse plus personne.

— Si, moi. Et Charlotte et Becca ont trouvé ça classe. Charlotte les a même dessinées. Vous avez marqué l'histoire, vous savez. Vous avez changé le monde à jamais. Du moins celui de la botanique.

Mme Dunwitty bouge la mâchoire un instant, comme si elle mâchait. Des doigts électriques allument le ciel gris, frôlant la cime des grands pins à l'horizon.

— Mon fils est allergique aux piqûres d'abeille.

Je plisse le front sans l'interrompre.

— Quand il était petit, il était jaloux de mes roses. Il disait que je passais plus de temps avec elles qu'avec lui. Et il avait raison. J'étais botaniste. C'était tout ce que j'ai jamais voulu être. Je n'avais pas les qualités d'une mère. Une fois, alors que je travaillais dans la serre, il a écrasé toutes les roses. Il s'est fait piquer. Il a failli mourir asphyxié avant que je le retrouve.

Elle place une main fragile sur mon bras.

— J'aurais dû faire de lui ma priorité.

Elle referme sur moi ses doigts fripés comme du vieux journal.

— J'aurais dû apprendre à être à la fois botaniste et mère.

Je me fige, de peur de la briser si je bouge. Elle semble si fragile. Elle ferme les yeux et continue à se balancer. Je recouvre sa main de la mienne et j'attends la fin de la tempête.

4.9

Ces dernières semaines, nous avons accroché une boule disco dans la classe de Mme Finch, collé les pages de son agenda et réorganisé les bureaux pour qu'ils forment la théorie de la relativité générale d'Einstein.

Mme Finch est une remarquable adversaire. Elle ne fait toujours pas de scandale au sujet de nos blagues. Peut-être parce qu'elle l'a un peu cherché, le premier jour, avec son défi.

C'est le coup de l'agenda qui l'a le plus énervée, mais elle a fait comme si de rien n'était.

— Ça doit être le signe qu'il est temps pour moi de passer aux nouvelles technologies.

Je m'attendais à ce qu'elle réplique avec de la littérature plus pénible, mais elle continue à trouver le moyen de relier ses leçons à des trucs qui nous plaisent. Plus on la torture de façon créative, plus ses cours le sont aussi.

Dans le couloir, Greta et James m'encadrent. Mme Finch nous a noyés sous la poésie.

— C'était fabuleux, soupire James à ma gauche.

On dirait un chiot amoureux.

— Mais tu as vu cette séquence de Fibonacci planquée dans le poème ? Je ne savais même pas qu'on pouvait faire ça.

— Soyons réalistes, toi tu en serais incapable, mais c'était cool, renchérit Greta.

Cette femme est un génie. Elle a fasciné toute la classe. Les trois quarts du cours ont été consacrés à un poème sur la vie, les voies, les choix, tout plein d'intensité ; un poème, quoi. Quatre minutes avant la fin du cours, elle a retourné sa veste et nous a montré une œuvre dont la longueur des strophes est basée sur ce crétin de Fibonacci et ses nombres à la con.

Je m'arrête. Greta et James me dépassent avant de s'en rendre compte. Jamais de ma vie je n'avais pensé un truc comme *nombres à la con*, et Fibonacci n'avait rien d'un crétin.

Oh merde.

— Ça va, C. ? demande James.

Mme Finch nous conditionne. Elle retourne notre technique contre nous et ça marche. La science me botte le cul.

Greta et James me regardent de leur air de parents adoptifs et mineurs.

Je change de sujet.

— Cette femme est diabolique. Fibonacci ? Sérieusement ?

Greta se met à rire.

— Reconnais que c'était cool.

— Jamais !

5.0

Vacances de la Toussaint. Enfin. Je n'ai jamais eu hâte d'être en vacances, mais cette fois oui. Je n'arrive plus à regarder Mme Finch sans me noyer dans ma culpabilité. J'en ai marre que les autres élèves s'alignent sur ma réaction dans son cours. Je suis fatigué. J'ai juste envie de me perdre dans mes devoirs.

Et Charlotte.

On frappe doucement à ma porte et son visage apparaît.

— Coucou.

Elle entre et contemple le bazar. Je ne sais pas ranger. Mais j'ai des piles : les vêtements sales, les livres, la vaisselle et les restes de nourriture, et la catégorie la plus large : les trucs.

— Becca et moi on a fait une tarte.

— C'est vrai ?

— À la citrouille.

Mon ventre gargouille de satisfaction.

— Bien meilleur que la figue.

— Quoi ?
— La tarte à la citrouille. C'est meilleur qu'à la figue.
Charlotte esquisse un sourire en coin.
— Je te crois sur parole. Je n'ai jamais rien mangé à la figue. La citrouille, c'est ce que je préfère.
— Moi aussi.
Je me focalise sur l'écran de l'ordinateur parce que je ne supporte pas de continuer à la regarder, à me demander si l'on s'accorde aussi bien sur d'autres sujets.
— Je ne voulais pas te déran…
— Non, ce n'est pas important. Enfin, si, mais ça peut attendre.
— Le temps d'une part de tarte ?
— Oh oui.
Elle s'avance un peu plus dans ma chambre.
— On se fait un marathon de films, aussi. Tu veux participer ?
— Euh, non. Les vieilles comédies musicales, c'est fini pour moi.
Charlotte me sourit.
— Mais non, t'es bête. Ce sont des réinterprétations modernes de *Roméo et Juliette.*
J'en reste un peu bouche bée.
— Sérieusement ? Et c'est moi qui suis bête ?
Charlotte traverse la chambre et s'interpose entre mon ordinateur et moi. Elle s'appuie sur le rebord de mon bureau, les fesses presque sur mon clavier.
— Tu sais, dit-elle le visage penché vers le mien, un peu de culture littéraire ne va pas te tuer.
— Alors juste un.
Mais ma voix a un raté, alors ce n'est qu'un murmure.
Elle chuchote aussi :
— Super.

* * *

À la moitié du deuxième film, Becca le met sur pause pour aller aux toilettes. Charlotte et moi restons seuls dans la lueur pâle de l'écran de télévision. Ma sœur est nulle, comme chaperon. Ne se rend-elle pas compte que c'est dangereux de me laisser sans surveillance avec de jolies filles tatouées par l'infini ?

Charlotte me donne un petit coup d'épaule.

— Avoue qu'on passe un bon moment.

— C'est complètement guimauve, je déclare en indiquant la télé. Je comprends vraiment pas ce que vous trouvez à ces films. Le dernier s'est fini de façon horrible et celui-là est parti pour faire pareil.

— Je reconnais que Roméo et Juliette ne sont pas mon couple préféré. C'est facile, d'être amoureux pendant trois jours.

— Exactement. S'ils passaient plus de temps tous les deux, ils finiraient probablement par se détester.

— Ou pire, déclare Charlotte en serrant un coussin. L'indifférence aurait raison de leur amour. Rien ne dure éternellement.

— C'est glauque. Tu ne devrais pas passer autant de temps avec moi. J'ai l'impression que je te contamine.

Elle me frappe avec son coussin.

— La ferme, Hanson !

— Et là on dirait ma sœur.

Je rigole et je lui renvoie son arme. En représailles, elle écrase deux coussins sur mes oreilles comme des cymbales.

— Oh très bien ! je crie.

J'attrape autant de coussins que possible et je les lui lance les uns après les autres.

— Pouce ! Pouce ! couine-t-elle, allongée dans le canapé.

En riant, je dégage les coussins. Ses boucles brunes sont en désordre. Je fais mine de les remettre en place. Elle me prend le poignet. Je pose la main sur sa joue.

C'est comme si quelqu'un avait déclenché en moi un électroaimant. Je suis entraîné par une force incontrôlable. Charlotte regarde mes lèvres et je perds la bataille. Avant ça j'aurais pu résister, mais là je succombe. J'appuie mes lèvres contre les siennes. Elles sont douces, plus que je l'imaginais, meilleures. Elle pose sa main sur ma taille, un doigt sous le rebord de mon tee-shirt. Un seul doigt, et je gémis comme si quelqu'un me soulageait d'un poids immense.

Je lèche sa lèvre inférieure, celle qu'elle mordille tout le temps, et elle ouvre juste assez la bouche pour que je la goûte. Une corde se tend de mon torse à mon aine, je parviens à peine à respirer. Charlotte a un goût de sucre, si doux et chaud que j'en ai mal.

Elle remonte la main sur mes côtes, puis mon torse, et elle me repousse doucement.

— Attends. On ne peut pas.

Sans ses lèvres sur les miennes, mon corps se relâche et je reprends mon souffle.

— Pardon. Charlotte, je suis dés…

— Non. Mais on ne peut pas. Je refuse de perdre…

— Qu'est-ce que vous faites ? lance Becca depuis la cuisine. J'ai entendu vos cris jusque dans les toilettes.

Charlotte rougit dans la pénombre. Une expression inquiète lui traverse le visage. Becca. Elle refuse de perdre Becca.

Bravo, Chuck, grogne la Greta dans ma tête.

Il faut que je trouve un moyen de tout réparer.

— À l'aide, Bec' ! je lance en m'écartant brusquement de Charlotte. Elle m'a attaqué ! J'étais tranquillement assis à dire combien j'aimais ce film merveilleux, si romantique et *BAM !* Un coussin dans la figure.

Charlotte se passe la main dans les cheveux et se mord la lèvre, ce qui me donne encore envie de gémir. Je dois avoir une expression comique, parce qu'il lui suffit d'un regard pour rigoler avant de me frapper à coups de coussin.

— Tu vois ? Sauve-moi, frangine !

Becca rigole.

— Vous êtes trop bizarres.

Elle reprend sa place à côté de Charlotte qui la frappe à son tour avant de lui prendre le bras.

Becca relance le film. Je me demande ce qui serait arrivé si elle n'était pas revenue aussi vite. L'idée d'embrasser Charlotte à nouveau me donne l'impression d'avoir été aspiré dans le vide intersidéral. Ce qui, si vous vous posez la question, est douloureux, effrayant et me coupe le souffle.

Dans l'obscurité, Charlotte me prend le bras. Je reste immobile tout le long du film. Si elle me lâchait, j'aurais peur de m'envoler.

Sujet : Charlotte Finch

Méthode : La battre avec des coussins jusqu'à ce qu'elle m'embrasse

Résultat : Abandonné dans l'espace, mal à l'aise dans mon pantalon.

5.1

Le samedi après-midi, Becca m'appelle depuis sa chambre. Je l'évite depuis hier soir. J'ai en partie envie de tout lui avouer. D'un autre côté, j'ai aussi envie de me faire transférer en pension, le plus loin possible. Son amitié avec Charlotte est remarquable pour Becca. Elle n'avait encore jamais essayé de s'adapter à quelqu'un d'autre avant. Je ne peux pas tout gâcher.

— Qu'est-ce qu'il a ?

Je vais m'affaler sur son lit. Becca est assise par terre, dans le nid de couvertures qu'elle s'est construit pour lire, entourée de pages arrachées à un livre.

— Tu n'es pas biologiquement incapable d'abîmer un livre ?

— Je l'ai acheté d'occasion. Je l'ai lu avant, c'était des trucs de finance ennuyeux.

— Je ne le répéterai à personne si tu me montres ce que tu caches.

J'indique ses mains refermées en coupe.

— Charlotte a bientôt dix-huit ans. Je veux lui offrir quelque chose.

— Dix-huit ans ? Je croyais qu'elle avait ton âge.

Becca secoue la tête.

— Elle a pris du retard à cause de…

Son cancer.

On ne le dit pas à voix haute.

— Je voulais savoir ce que tu penses de mon cadeau, dit Becca en ouvrant les mains.

C'est une petite rose montée en épingle. Les pétales ont été découpés dans les pages du livre. Incurvés les uns vers les autres, ils racontent une nouvelle histoire. Charlotte va adorer.

— Wouah, Bec' !

Je passe le doigt sur le bord d'un pétale.

— C'est toi qui l'as fait ?

Elle hoche la tête.

— Tu crois vraiment que ça va lui plaire ?

— Oui, vraiment.

Je me demande si ce sera le dernier anniversaire de Charlotte. Comment célébrer un anniversaire quand on a un cancer ? Comment se fait-il qu'elle n'ait pas l'air très malade ? L'est-elle ? J'ai remarqué, à la roseraie, que sa main gauche tremble quand elle dessine. Mais elle n'a pas changé et sa mémoire est intacte. Elle parle, elle ne perd pas l'équilibre. Peut-être qu'elle a encore beaucoup d'anniversaires à vivre et que je panique pour rien.

— Bec' ? Comment Charlotte se soigne contre son, euh, tu sais ? Elle va en cours, donc ça ne doit pas aller si mal que ça. Si ?

Becca semble s'enfoncer un peu plus dans son nid. Elle passe les doigts dans ses cheveux et se met à tirer.

Elle sait quelque chose. Zut, je voudrais que ce soit à moi que Charlotte confie ses craintes et ses secrets.

Je donne un petit coup à Becca.

— Si ?

Enfin, elle lève les yeux vers moi.

— Charlotte en a fini avec tout ça.

— Ça veut dire quoi ?

— Qu'elle en a marre d'être malade.

Tout devient soudain flou, puis je me refocalise aussi vite.

— Elle se laisse mourir ?

— Elle profite d'être normale pendant un temps.

— Normale ? Qu'est-ce qu'il y a de normal à mourir ?

— Rien, Charlie.

Becca se lève face à moi, son visage calme est tordu par la fureur.

— Tout ça n'a rien de normal du tout, mais c'est la vie de Charlotte ! C'est à elle de décider. Qu'est-ce que ça peut te faire si elle veut passer le moins de temps possible à l'hôpital ?

Je cligne des yeux. C'est la seule réaction sûre. La si rare colère de Becca est sur le point d'exploser.

— Exactement !

Elle crie. Becca ne crie jamais.

— Si Charlotte veut passer le reste de sa vie à faire des acrobaties aériennes, alors qu'elle le fasse, putain !

Houlà. Becca ne jure jamais non plus.

Ses poings tremblent.

— Bec', je murmure, la main tendue vers elle.

Elle la repousse et ouvre ses paumes, entre lesquelles se trouve la rose de Charlotte, écrasée par sa rage. Je me demande si elle va à nouveau exploser, mais toute sa colère s'évapore.

— Zut, murmure-t-elle.

Je ne sais pas quoi dire. C'est nouveau pour moi, d'être aussi proche de ma sœur. Je ne veux pas la laisser tomber.

— Tu peux la réparer ?

Elle me regarde dans les yeux et secoue la tête.

— Je suis désolé.

Je parle de la rose, mais de beaucoup plus à la fois. Je veux prendre sa main, toujours serrée sur la fleur, mais elle m'esquive.

Sa toute petite voix se perd entre nous.

— Il va falloir que je recommence.

Elle la jette à la poubelle et retourne dans son refuge.

— J'ai encore le temps.

Quand elle a le dos tourné, je sauve la rose.

5.2

Dimanche après-midi, Greta arrive sans James.

— Il y a de l'eau dans le gaz ? je plaisante en fermant la porte d'entrée derrière elle.

Elle s'indigne.

— Ils sont allés voir son père.

— Oh.

— Oui. Oh.

James ne parle pas beaucoup de son père. Il est enterré dans sa ville natale, en Caroline du Nord, à quelques heures d'ici. Je sais qu'il manque à James, même s'il ne le dit pas.

Greta me suit dans ma chambre, elle s'accapare mon bureau et parcourt toutes les fenêtres ouvertes sur mon ordinateur jusqu'à trouver un jeu en ligne qui l'inspire. Elle va pourrir toutes les statistiques de mon personnage. Je le sais. Si ce n'était pas Greta, ça m'énerverait.

Je m'allonge par terre et je relis mes notes de physiques avancées. Un silence s'installe. Greta a quelque chose à dire. Le nombre de fois où elle a ramené sa mèche derrière son oreille la trahit.

Au moment où je vais m'enfuir sous n'importe quel prétexte, Greta se détourne de l'écran.

— Quand est-ce que tu vas demander à Charlotte de sortir avec toi ?

Je m'assoie si vite que le sang me monte à la tête. Quand elle a posé la question, j'ai senti Charlotte sur mes lèvres, comme si le souvenir était tapi dans l'ombre à attendre le bon moment pour attaquer.

— Jamais, je réussis à grogner.

Greta hausse un sourcil.

— Tu mens très mal, Chuck. Tes oreilles te trahissent.

Zut. C'est vrai qu'elles me brûlent.

— En plus, jamais, ça fait long.

— Ça dépend du point de vue.

Ces sentiments que j'éprouve pour Charlotte disparaîtront, mais elle pourrait disparaître avant eux. Dans ce cas précis, « jamais » sera peut-être très court.

Greta pâlit quand elle comprend. Elle prend une grande inspiration, puis la relâche. Ses taches de rousseur s'étirent sur ses joues rondes.

— Tu as raison. Je crois que je t'ai demandé ça pour me déculpabiliser d'aller au bal d'hiver du lycée alors que tu n'as personne pour t'accompagner. De toute façon, elle n'est probablement pas assez bien pour toi.

— Quoi ?

Mes nerfs crépitent comme des feux d'artifice.

— Tu ne la connais même pas, comment tu peux dire ça ? Elle dessine tellement bien, Gret' ! Regarder ses croquis, c'est comme passer par un microscope et voir le cœur de tout ce qui nous entoure. Et elle est passionnée, peut-être pas par les maths, mais c'est la même émotion, le désir de consacrer ta vie à quelque chose que tu aimes. Charlotte comprend. Je ne sais pas comment, mais elle me comprend.

Ma voix se brise au sommet d'un très long crescendo, il faut que je reprenne mon souffle.

Greta a écarquillé ses grands yeux verts.

— D'accord, Chuck. Je ne savais pas.

— Non, c'est moi, je suis désolé.

Je m'affaisse, plié en deux sur le sol. Ma colonne vertébrale est trop fragile pour me soutenir.

— J'ai peur, dis-je en fixant la moquette.

Mon cœur va finir en miettes. J'en suis sûr.

— Comment tomber amoureux d'une fille alors que je sais qu'elle va me briser le cœur ?

Greta cligne des paupières, la lumière de l'ordinateur se reflète dans ses yeux.

— Ce n'est peut-être pas de l'amour.

— Tu as écouté ce que je viens de te dire ?

La chaleur à mes oreilles descend jusque dans ma gorge.

— En plus, je l'ai embrassée.

Greta se laisse tomber à genoux devant moi.

— Tu as quoi ?

— Vendredi. Dans le canapé. Devant un film.

Greta garde le silence assez longtemps pour me faire lever les yeux. Je vois le moment où tous ses doutes s'évaporent, où elle choisit de m'épauler, même si c'est perdu d'avance.

— Bien joué, professeur, dit-elle avec un rire. Comment ça s'est passé ?

J'appuie la joue par terre et je lève les yeux vers elle.

— Elle a dit qu'on ne pouvait pas.

— Oh.
— Ouais.
Greta fronce le nez.
— Parce que tu ne sais pas embrasser ?
Elle agite ses sourcils roux pour alléger l'ambiance.
Je ricane, le nez dans la moquette.
— Probablement.
Elle hoche la tête.
— Je le savais. Tu aurais dû t'entraîner plus.
— On ne peut faire de mal à Becca.
— Est-ce que tu en as parlé avec elle ?
Mon expression horrifiée est une réponse en soi.
— Oui, bon, eh bien tu devrais.
Je détourne la tête. Je ne supporte pas la pitié dans son regard.
— Hé !
Sa voix est assez brusque pour m'inciter à lui reporter mon attention. Ce n'était peut-être pas de la pitié.
— Tu es plus fort que tu le crois. Si tu veux tomber amoureux, alors laisse-toi aller.

5.3

Depuis Thanksgiving, on a inversé la position des tables, nous faisons désormais cours dos à la prof, face aux fenêtres (mauvais plan : « Oh, quelle bonne idée ! Écrivons des poèmes sur le feuillage automnal que l'on aperçoit ! »), enveloppé le bureau de Mme Finch de papier cadeau avec des manchots (« Un cadeau ? Pour moi ? C'est trop gentil ! ») et ce que j'ai préféré : un Dark Vador en carton grandeur nature, avec la tête de Mme Finch, et la légende : « Rejoignez le Côté Obscur. » Elle l'a pris en photo et l'a immédiatement envoyé à quelqu'un. Ce jour-là, tout le monde avait le cœur qui battait à toute vitesse, de crainte que le docteur Whiting soit le destinataire. (C'était Charlotte, en fait, et sa réaction a été : « C'est tout ce dont vous êtes capables, les geeks ? »)

Mme Finch compte les jours jusqu'aux vacances de Noël avec un gros marqueur rouge. Aujourd'hui, c'est le dernier. Je crois que nous sommes tous les deux soulagés. C'est marrant, parce que c'est peut-être moi qui ai déclenché cette révolution, mais plus elle dure, plus j'ai envie de tout arrêter.

J'essaie de me convaincre que mon manque de combativité ne découle pas du fait que, face à la maladie de Charlotte, je suis impuissant. Alors je veux que le reste de sa vie soit aussi tranquille que possible. Je suis persuadé que c'est aussi l'objectif de sa sœur.

Au final, on est peut-être dans le même camp.

Au début du cours, Mme Finch a ouvert un livre sur ses genoux. C'est un vieux livre aux pages écornées, couvertes d'illustrations et d'annotations, alors il y a très peu de blancs. Ces derniers temps, elle l'emporte partout avec elle.

Quand la cloche sonne, elle ferme le livre et le dépose sur son bureau. Elle se racle la gorge et commence.

— Il y a différentes sortes de héros dans la littérature. Les gens adorent débattre de ce qui fait l'essence d'un héros. Je vais vous distribuer un bout de papier avec la citation d'un personnage littéraire. J'aimerais que vous la lisiez à voix haute, puis nous déciderons si ce personnage est un héros ou non.

Elle sort un grand bocal de sous son bureau. Il est rempli de bouts de papier colorés qui me rappellent des pétales de rose flottant dans les airs.

— Oh, et en quoi ce personnage est héroïque. N'oubliez jamais de justifier vos choix.

Elle remonte les rangs en nous tendant le pot.

Je choisis un papier orange.

« Je voulais que tu comprennes quelque chose, que tu voies ce qu'est le vrai courage, au lieu de t'imaginer que c'est un homme avec un fusil à la main. Le courage, c'est de savoir que tu pars battu, mais d'agir

quand même sans s'arrêter. Tu gagnes rarement mais cela peut arriver. » Atticus Finch *in Ne tirez pas sur l'oiseau moqueur*[1]

C'est comme si la vague qui me domine depuis ma rencontre avec Charlotte s'écrasait sur moi. Je bois la tasse. Je ne peux pas gagner, mais ça ne veut pas dire que je ne devrais pas essayer. Je ne peux pas retenir Charlotte éternellement, mais ça ne veut pas dire que je ne devrais pas m'accrocher à elle. Je ne... peux pas respirer. Je ne peux pas.

Mme Finch lit la citation par-dessus mon épaule. Les doigts tremblant comme des feuilles dans la brise, elle touche mon bureau.

— C'est vrai, tu sais, dit-elle tout bas.

J'ai envie de lui crier dessus. Bien sûr que c'est vrai, mais je ne suis pas aussi courageux. Je garde à peine mon calme le reste du cours. Tout ce que je veux, c'est Charlotte. Je veux juste un autre baiser, puis un autre, puis... est-ce possible ?

C'est le cours le plus long de l'histoire des cours.

Mme Finch ne traîne pas à la fin. Aujourd'hui, c'est l'anniversaire de Charlotte. Elles doivent avoir des choses de prévues. Personne d'autre ne reste. Ce soir, il y a le bal d'hiver. Je regrette de ne pas avoir demandé à Charlotte de m'accompagner, mais... J'avais peur. De faire du mal à Becca, mais surtout d'être rejeté. Au moment de partir, je remarque que Mme Finch a oublié son livre. Curieux, je regarde le titre : *Ne tirez pas sur l'oiseau moqueur*.

1. Roman écrit par Harper Lee ; traduction d'Isabelle Stoïanov, revue par Isabelle Hausser, éditions de Fallois, Paris, 2005.

Ce livre m'en dira plus sur cet Atticus dont les paroles m'ont fait exploser de l'intérieur.

Je le prends sans y réfléchir à deux fois. Je le rendrai après les vacances. Elle ne s'en rendra même pas compte. Il faut que je sache : Atticus a-t-il gagné ?

5.4

— Charlie ?

On murmure mon nom dans l'obscurité de ma chambre. Je me suis endormi sur mon livre de physique comme si c'était un oreiller. Je ressens plus que je ne vois la personne qui s'adresse à moi. Mon cœur s'arrête. Charlotte ?

Becca se penche et murmure à nouveau mon nom.

Je gémis et je tire le drap au-dessus de ma tête, mais elle m'en empêche.

— Charlie, j'ai besoin d'aide.

Je m'assoie. Mes yeux s'adaptent à l'obscurité et à la silhouette de ma sœur. Elle est habillée.

— Qu'est-ce qu'il y a ?

— C'est Charlotte, dit-elle en me montrant son téléphone.

L'écran est allumé et Charlotte est en ligne. Becca me met le téléphone entre les mains et se met à tirer sur une de ses mèches.

— 'lô ?

— Chaaaaaarliiiiiie !

— Charlotte ? Ça va ?

— Z'est mon n'annif ! BON ANNIVERSAIRE MOI !

— Oooh ? Joyeux anniversaire, Charlotte. Qu'est-ce que tu fais ?

— Chuis à ma fêêêêête !

J'écarte le téléphone de mon oreille.

— Je ne comprends pas. Quelle fête ?

Le doigt de Becca est perdu dans ses cheveux emmêlés. Elle relâche la lèvre qu'elle se mordille. Et me murmure :

— Nous sommes allées dîner toutes les deux tout à l'heure. Elle a dit qu'elle devait rentrer pour fêter son anniversaire avec sa sœur. Elle m'a déposée ici. C'est tout ce que je sais.

— Alors ce n'est pas vraiment sa soirée d'anniversaire ?

Becca secoue la tête. Je retourne à ma conversation.

— Où es-tu, Charlotte ? Becca et moi, on voudrait aussi venir à ta fête.

— Z'est vrai ? Z'est gentil, dit-elle d'une voix attristée.

Ce n'est pas très loin. Le type qui vit là va au même lycée que Becca et Charlotte. Nous nous garons au milieu des autres voitures et nous dirigeons vers la maison. Je continue à parler à Charlotte en lui racontant nos moindres gestes.

— On est là. Est-ce qu'on doit sonner ?

Charlotte lâche un rire hystérique. J'imagine que ça veut dire non. J'entends des voix fortes et de la musique.

— Dis-moi, Charlotte, une fois que nous serons entrés, on te trouve où ?

— Chuis à l'étage.

— À l'étage ?

— Mmm, mmm.

Sa voix s'étire comme si elle s'ennuyait ou était sur le point de s'évanouir.

Je prends une profonde inspiration et je regarde Becca. Elle a le visage pâle, une fine couche de sueur sur le front. J'essaie de lui sourire, du genre : *Pas d'inquiétude, je débarque souvent aux fêtes de gens que je connais pas pour y récupérer des amies soûles en phase terminale. Je gère.* On se glisse à l'intérieur. Mon plan est d'aller chercher Charlotte et de disparaître sans qu'on nous remarque.

— On monte. Tu es où là-haut ?

— Zalle de bains.

— Quelle porte ? Il y en a au moins six.

— Hummmm…

Merde. J'indique à Becca de tester les poignées. La première pièce est vide. La deuxième est plongée dans le noir, mais j'entends des halètements, alors j'imagine que c'est… occupé. Becca tombe sur un placard. La suivante est fermée.

— Dis, Charlotte ? Tu as verrouillé ?

— Chais pas ?

Je lâche un petit rire. Tu parles d'une expédition, mais je dois admettre que Charley Pintée a une voix adorable, du point de vue d'un Charlie sobre.

— Tu veux bien vérifier ? Je suis devant une porte fermée et avant de l'ouvrir à coups de pied et de te sauver, j'aimerais être sûr de tomber sur la bonne princesse.

J'entends un rire, dans le téléphone et dans la pièce.

— Très drôle. Ouvre, tu veux bien ?

— J'veux t'voir la défoncer.

Je regarde la porte.

— Vas-y, j'attends, lance-t-elle.

— Sors, Charlotte ! je crie en tambourinant.

Je me fais mal, preuve irréfutable que je n'arriverais jamais à la forcer.

— Bon, d'accord, dit-elle en l'ouvrant. T'énerve pas.

Becca la serre très fort dans ses bras.

— Allons-y, mesdames, avant qu'on me repère et que quelqu'un m'enferme dans un casier.

Becca contemple le couloir sombre.

— Mais Charlie, il n'y en a pas.

Charlotte est pliée en deux d'un rire brouillon mais quand même musical. Quelqu'un d'autre a dû être attiré par son chant de sirène parce qu'un type à moitié nu débarque.

— Charley, c'est toi ? T'étais où ?

Presque-Nu s'arrête net quand il nous voit, Becca et moi, en train de la soutenir. Elle se raidit et marmonne un truc qui ressemble à :

— Pas encore ce connard !

Ça me fait sourire parce que ce n'est pas de moi qu'elle parle.

— T'es qui, toi ? demande Presque-Nu en s'avançant.

— Euh, Charlie.

Bien joué, couillon. Tu devrais peut-être courir, maintenant ?

Je commence à entraîner Charlotte vers l'escalier.

— Hé ! crie-t-il derrière nous.

Les pieds de Charlotte ne fonctionnent pas très bien, alors il nous rattrape, la choppe par l'épaule et essaie de me l'arracher.

Quelque chose se déclenche en moi.

— Du calme. Elle est soûle. Je la ramène chez elle.

— Tu causes à qui, espèce de petit con ?

Becca se dégage et se tourne vers Presque-Nu.

— Et toi, à qui tu parles, Derrick la Petite Bite ? demande-t-elle avec une grimace de dégoût. Mon frère et moi venons récupérer notre amie. Est-ce que tu peux utiliser le seul organe plus petit que ton pénis pour comprendre ?

Ma petite sœur. Je suis trop fier.

Charlotte s'étrangle de rire et lève la main.

— Oh ouais, amen, ma sœur !

Becca sourit et lui tape dans la paume.

Petite Bite ne trouve pas ça drôle, lui. Alors que je suis le seul à ne pas l'insulter, il s'avance vers moi. J'essaie de trouver un moyen de ne pas me faire frapper et de soutenir Charlotte quand cette dernière me soulage de mon second devoir. Elle titube vers Derrick et met les mains sur ses épaules.

— Euh, Charlotte ?

Elle se penche vers son oreille, comme si elle allait lui murmurer un truc. Il me décoche un sourire du style, *dans ta face, ducon*. Qui s'efface lorsqu'elle lui balance son genou entre les jambes.

Becca rattrape Charlotte et l'entraîne avec elle.

— Allez viens, Charlie.

Derrick s'écroule sur la moquette.

— Les clés ! crie Becca quand on arrive sur le trottoir.

Je les lui lance et j'aide Charlotte à s'installer sur le siège arrière. Puis je me glisse à côté d'elle. Becca prend le premier virage trop vite, alors Charlotte retombe contre mon épaule. Elle y appuie sa tête et lève les yeux vers moi.

— Merchi d'êt' venu à ma fête.

— Ça envoyait du lourd, je réponds avec beaucoup de sérieux.

Elle glousse encore, ce qui la fait hoqueter. Son visage rouge à cause de la chaleur de la fête pâlit d'un coup.

— Ça va ?

Charlotte s'écarte et essaie d'ouvrir la portière alors qu'on traverse le quartier à soixante-cinq kilomètres à l'heure.

— Houlà ! Attends !

Je lui prends les mains.

— Arrête, Becca !

Charlotte saute de la voiture alors qu'elle est à peine arrêtée. Elle se traîne derrière un Père Noël gonflable et se met à vomir.

— Tu crois que dégueuler sur le Père Noël te prive d'office de cadeaux ?

— C'est pas drôle, Charlie ! chuchote Becca. Va l'aider !

— Pourquoi pas toi ?

Mais Becca est plus blanche que la barbe du Père Noël. Si je n'y vais pas, j'aurai deux filles en train de vomir sur les bras.

Charlotte s'est calmée, mais elle ne bouge pas. Elle est à quatre pattes en train de contempler le contenu de son estomac. L'odeur d'alcool est encore assez forte pour me brûler les narines. J'ai un haut-le-cœur.

— Tu peux te lever ?

Charlotte me rejoint à quatre pattes là où j'ai fui la puanteur. Elle me tend les bras et je l'attrape sous les aisselles pour l'aider à se relever. Nous titubons jusqu'à ce que je l'appuie au capot de la voiture. Elle se laisse tomber contre mon torse et ses épaules s'affaissent.

— Ze veux rentrer à la maison.

— Et ta sœur ?

Charlotte lâche un gémissement. La vibration résonne à la fois à l'intérieur et à l'extérieur de ma poitrine.

— Je peux te ramener chez nous. Becca et moi, on prendra soin de toi.

Elle lève les yeux vers moi. Je ressens cette envie familière de l'embrasser, mais son regard est flou, elle hoquète et elle a du vomi sur le menton. Je lui nettoie le visage avec une serviette sortie de la boîte à gants, puis je l'aide à rentrer dans la voiture.

À la maison, on remonte l'escalier discrètement, ce qui est bien plus difficile à faire quand Charlotte pose le pied partout sauf là où il faut, et on la met dans le lit de Becca, qui est partie chercher de l'aspirine et de l'eau.

Charlotte porte une espèce de blouse qui s'attache dans son cou, elle a la chair de poule. La rose en papier de Becca est épinglée au-dessus de son sein droit. Je me force à détourner les yeux et je retire mon pull pour le lui enfiler. Ses boucles noires font des épis bizarres et pourtant sexy. Alors que je lui passe un bras dans une manche, elle me fixe, le regard moins vague.

— Tu sais ce qui me manque le plus, de mon autre vie ?

— Ton autre vie ?

— Celle où je ne mourrais pas.

Mon cœur s'arrête.

— Oh.

— C'est l'ennui.

Au lieu de répondre, je l'aide à enfiler l'autre manche.

— Je voudrais avoir encore le temps de m'ennuyer. Maintenant, on dirait que c'est du gâchis. Mais je suis fatiguée. Fatiguée de courir sans m'arrêter. De fuir quelque chose de si…

Elle me dévisage.

— Dévorant.

J'ai l'impression qu'on m'étrangle.

— Ne renonce pas.

— Et si ce n'était pas renoncer ? Rien n'est éternel. Et si c'était mon tour ? Ou, tu sais, que ma suite de nombres ou je sais pas quoi, était plus courte ?

— Ta suite de nombres ? Ciel ! Serait-ce donc là une métaphore basée sur une théorie mathématique ?

Elle se met à rire, ses épaules frêles tremblent dans mon pull.

— Et toi tu viens de mentionner une figure de style ! On est quittes.

J'écarte une boucle de son front et j'y laisse la paume. Elle écarquille les yeux, alors je retire la main.

— Désolé, dis-je en m'écartant.

Elle touche son front au même endroit.

— Je ne sais pas quoi faire.

Quand ses larmes débordent, j'essuie ses joues avec ma manche. Elle me rattrape la main et la serre.

— Jo nous force à passer Noël avec mon père. Je ne veux pas y aller. Pour lui je ne suis plus rien d'autre qu'une cancéreuse. C'est horrible, Charlie.

— Je suis désolé.

Je me rapproche d'elle.

— Il est trop lâche pour admettre que la tumeur gagne. On fait comme si j'allais vivre heureuse pour toujours. J'ai horreur de ça. J'ai horreur de ces mensonges.

Elle me lâche et essuie la nouvelle vague de larmes qui lui coulent sur les joues. J'ouvre la bouche, mais elle me coupe.

— Si tu t'excuses encore alors que tu n'y es pour rien, Hanson, je te jure que tu vas tellement saigner du nez que tu auras besoin de tampons super absorbants.

Il faut que je change de sujet, alors je pars sur les maths.

— Tu savais que…

J'ai la voix aigüe, comme si mes cordes vocales étaient trop tendues. Je me racle la gorge.

— Tu savais que la suite de nombres dont tu parles a un axe spécial pour les nombres imaginaires ?

Elle me regarde comme si c'était mon cerveau qui était plein de tumeurs.

— Et alors ?

— Tu ne trouves pas ça étrange ?

— D'un point de vue mathématique ?

Le coin de sa bouche se tord. C'est adorable.

— Je n'en ai aucune idée.

— Bizarrement, le terme mathématique n'est pas « suite de nombres ou je sais pas quoi ». On l'appelle la droite réelle.

Elle hausse un sourcil.

— Et l'axe imaginaire, qui fait partie du plan complexe, coupe l'axe des réels.

— Le plan complexe ? Oui, effectivement.

Elle esquisse un sourire.

— Les mathématiciens ont inventé les nombres imaginaires afin de résoudre des problèmes absolument grandioses. Les nombres réels ne suffisaient pas.

— Où tu veux en venir, professeur Bizarre ?

Je prends une longue inspiration. Je n'avais pas réalisé à quel point mon cœur battait vite.

— Parfois, on doit résoudre des problèmes réels avec de l'imagination. Peut-être que ce dont ton père a besoin, ce sont des nombres imaginaires, pour tenir le choc de te perdre.

— Ça et du whisky.

— Ouais.

— C'est un joli conte de fées, mais je vais quand même mourir, dit-elle en se rallongeant.

Elle ferme les yeux.

— Est-ce que tu as peur ?

Elle se renfrogne. Ça accentue la ressemblance avec sa sœur.

— Je ne suis pas lâche.

— Ça non.

Elle garde le silence. Il n'y a pas un bruit dans la maison. Charlotte me prend la main. Ses doigts sont blancs et fragiles sur ma paume, comme les branches nues du bouleau dans le jardin. Dans cette atmosphère paisible, sa voix est douloureuse.

— Oui. J'ai peur.

Becca revient et s'interpose entre Charlotte et moi.

— Les parents dorment toujours, rapporte-t-elle.

Puis en bonne petite infirmière, elle fait s'asseoir Charlotte pour lui administrer l'eau et les cachets. Je fais mine de me lever, mais Charlotte resserre sa prise.

Je me rassois près du lit. Becca caresse les boucles de Charlotte et les arrange bien autour de son visage. Quand Charlotte s'endort, ses doigts s'échappent des miens. Je voudrais les rattraper et les serrer à nouveau. Je voudrais, mais je ne le fais pas.

5.5

Je me réfugie dans ma chambre. J'ai les nerfs en pelote et besoin d'une distraction. Je pourrais terminer ce chapitre de physique que je lisais tout à l'heure, mais bizarrement je n'en ai pas envie. Je fais les cent pas dans ma chambre et je finis par remarquer mon sac à dos. Je l'attrape et j'en sors le roman que j'ai dérobé.

Je m'écroule sur le lit avec *Ne tirez pas sur l'oiseau moqueur*. Lorsque j'ouvre le livre, je suis transporté de mon monde à celui de Mme Finch, ça sent le vieux papier et la reliure craque comme sous ses doigts délicats.

Il y a une dédicace sur la page de garde :

Pour Charley : Tu es maintenant assez grande pour comprendre ce qu'est le vrai courage.

Pour ma Jo : Tu en as besoin.

Je regarde de plus près les dessins à l'encre qui illustrent l'histoire. Ils sont beaux, détaillés et chacun déborde d'une émotion tangible. C'est ainsi que Charlotte voit les mots.

Entre les illustrations, il y a des poèmes annotés d'une écriture serrée, un cliché de chaque personnage. C'est ainsi que Mme Finch voit les mots.

Ce livre est une conversation entre sœurs. Une lettre d'amour.

Je sais qu'il faudrait que j'aille rendre ce livre immédiatement. Conduire jusqu'à leur maison et le glisser par la trappe du chien. Et pourtant.

Je lis.

Je lis tout ce qu'il reste de la nuit, j'entends les personnages dans ma tête et je les vois sur la page, merveilleusement détaillés. Scout qui boude en classe parce que le professeur lui ordonne d'arrêter de lire afin qu'elle apprenne à lire = échec. Mais Atticus l'encourage alors à continuer, et à utiliser la méthode qui lui convient le mieux = victoire.

Jem qui abandonne son pantalon en fuyant le jardin de Radley = échec. Puis le pantalon ressurgit, tout recousu, et les enfants comprennent qu'ils ont un allié secret = victoire. Cette folle de Mme Dubose et ses camélias. Ça, c'est une victoire majeure.

Atticus défend Tom au procès. Je suis persuadé qu'il va gagner. Mais Tom est jugé coupable.

Échec.

Tom Robinson perd la vie quand il fuit pour la sauver.

Échec.

Bob Ewell se poignarde.

Échec.

Boo Radley sauve Jem.

Victoire.

Mais retourne se cacher.

Échec.

Je ne comprends pas comment Atticus reste si fort. Pourquoi ne craque-t-il pas ? Tout s'effondre, mais il reste aussi calme que le jour où il a appris à Jem que le courage n'est pas de regarder la mort au bout d'un fusil, mais de rester auprès d'une personne qu'il admire alors qu'elle meurt.

Je lis jusqu'à ce que le soleil se lève et filtre à travers les stores. Quand j'arrive à la fin, l'histoire m'emplit tellement que je me sens vivre. Et je veux partager ce sentiment avec Charlotte.

Becca est en train de lire dans son cocon près du lit où Charlotte dort encore. Ce serait cruel de la réveiller, alors je m'assois près de ma sœur avec le roman sur les genoux et j'attends.

— Bonjour, murmure-t-elle.

Au lieu de me regarder, elle se focalise sur l'ouvrage entre mes mains.

— Toi, tu lis ?

— Tu connais ?

Je lui montre la couverture.

— Je l'ai lu plus d'une douzaine de fois.

Ça se fait ?

Becca me le prend et continue :

— Je n'en ai jamais vu un aussi joliment illustré.

Elle scrute la marge puis lève vers moi des yeux écarquillés.

— À qui est-ce ?

— La prof.

Je hausse les épaules, mais on dirait un spasme.

— Charlie, souffle-t-elle avec exaspération.

Elle retourne au début du livre et lit la dédicace.

— Mme Finch te l'a prêté ?

— Oui.

— C'est ça. Charlotte est au courant que tu l'as ?

Je le lui reprends.

— C'est bien ce que je pensais, dit-elle, horrifiée de la brutalité avec laquelle je manipule le livre.

Son regard devient dur comme jamais auparavant. Elle me menace du doigt comme l'aurait fait notre mère.

— Je te préviens, Charles Hanson, et tu as intérêt à écouter. S'il arrive quoi que ce soit à ce livre, tu auras affaire à moi.

Je souris. Un tout petit peu, parce que qui croit-elle tromper ? Elle me donne un violent coup de doigt dans la poitrine.

— Ne. Te. Moque. Pas. De. Moi, dit-elle en ponctuant chaque mot d'un autre coup.

J'acquiesce en perdant mon sourire. Je feuillette à nouveau le livre.

— Il n'a pas gagné, Bec'.

— Non. Atticus a échoué.

Elle laisse tomber sa tête sur mon épaule avec un soupir.

— C'est ce qui rend l'histoire si belle.

Je m'étrangle.

— Qu'est-ce qu'il y a de beau à perdre ? Pas étonnant que j'aime pas lire. C'est bizarre, la littérature.

Becca se met à rire.

— Des fois, c'est la vie, tu sais. Elle nous frappe alors qu'on est à terre. Les courageux se relèvent. Du moins dans les livres.

— Atticus est franchement classe.

— Sans blague, dit-elle en levant les yeux au ciel.

J'appuie la joue sur ses cheveux bruns et chauds.

— Qu'est-ce qu'on fait, maintenant ?

— Sois courageux, chuchote-t-elle.

Elle glisse la main dans la mienne, comme quand elle avait trois ans, moi cinq, et que notre plus grande peur, c'était le tonnerre.

5.6

Ce soir-là, on sonne à la porte pendant que je mets les dernières assiettes dans le lave-vaisselle. Mes parents, qui se prélassent dans le canapé, crient :

— Pas mon tour !

— Qu'est-ce que vous êtes paresseux, ce soir ! dis-je en m'essuyant les mains sur un torchon.

Je les en menace quand je passe près d'eux, ce qui les fait rire.

— Il y en a qui se sont levés avant 14 heures, rétorque mon père en grimaçant sous sa moustache.

J'accroche le torchon à mon épaule et j'ouvre la porte.

— Joyeux presque Noël ! s'écrie Charlotte.

Elle a le nez rose de froid et elle transporte une pile de cadeaux. Celui du haut menace de tomber. Elle a l'air d'aller beaucoup mieux que ce matin. J'avais hâte qu'elle se réveille, mais elle avait trop de mal à s'empêcher de vomir sur moi pour parler littérature. Becca l'a nettoyée et l'a ramenée chez elle.

— Oh, wouah, euh, joyeux Noël.

Je m'écarte en maintenant la porte ouverte.

— Est-ce que je peux t'aider ?

— Je ne sais pas, le peux-tu ?

Son visage s'est éclairé.

— Arrête ça, dis-je.

Je rattrape quelques cadeaux qui s'écroulent.

— C'est dur de résister, mais je vais essayer.

Charlotte nous a rapporté à tous des cadeaux avant de partir chez son père. Becca ouvre un livre fait à la main, *Le Lapin en peluche*, l'un de ses albums préférés. Charlotte a illustré l'histoire avec des aquarelles et des croquis au stylo et à l'encre. Le lapin brun a les yeux de Becca. À l'intérieur, Charlotte a écrit : *Pour Becca, qui a tout d'une vraie petite fille*. Becca et ma mère s'exclament à chaque page.

Pendant qu'elles sont occupées avec le livre, Charlotte me tend un paquet plat.

— Joyeux Noël, l'autre Charlie.

Je voudrais sourire, mais je me rembrunis.

— Je ne t'ai pas fait de cadeau.

Charlotte ne perd pas son sourire.

— J'ai tout ce qu'il me faut. Ouvre-le, et sers-t'en bien. Ce sera le meilleur des cadeaux.

Je soutiens son regard aussi longtemps que possible jusqu'à ce que la douleur l'emporte. Sous le papier, je découvre un journal. Les pages sont blanches, mais sur la couverture Charlotte a dessiné un motif compliqué d'oiseaux qui commence en plein centre. Chaque série d'oiseaux rétrécit à l'approche d'un grand cercle.

— Qu'est-ce que c'est ? je demande en passant mon doigt sur le motif.

— Un oiseau moqueur.

Je redresse brusquement la tête, mais elle continue à contempler son œuvre. J'ai tant de questions.

— Moqueur ?

— Il y en a un à ma fenêtre, chez Jo. Il chante même au milieu de la nuit. Ce ne sont pas des oiseaux ordinaires, je les adore.

Je ravale ma salive.

— Mais ça, qu'est-ce que c'est ?

J'essaie de montrer le dessin entier.

Charlotte me fait alors un sourire, large et glorieux, qui me déclenche des vibrations dans le cerveau.

— C'est une fractale.

Les vibrations dégringolent dans ma poitrine, elles l'emplissent tellement que je pourrais en exploser.

— Tu sais ce que c'est ?

Charlotte fronce le nez.

— Pas tout à fait, mais Becca me l'a expliqué.

— Becca *Hanson* ? Ma sœur t'a expliqué ce qu'était une fractale ?

Becca lève la tête en entendant son nom. Quand elle remarque le journal, son sourire s'agrandit encore plus.

— Bien sûr, répond Charlotte. Tout ce dont je me souviens, c'est d'une histoire de motifs qui se répètent à l'infini. Oh, et il y a aussi de la géométrie.

— Non, tu crois ?

Charlotte rit et se met une mèche derrière l'oreille.

— J'ai appris à en dessiner en étudiant le travail de M. C. Escher. Tu as entendu parler de lui, non ?

J'essaie de me concentrer. De ne pas tirer sur la boucle pour qu'elle revienne frôler sa joue.

— Le type aux escaliers.

— Ouaip. C'est incroyable ce qu'on peut faire quand on combine les maths et l'art.

Je suis du doigt les oiseaux qui s'envolent vers une surface infinie.

— C'est toi qui es incroyable, dis-je avant même d'y penser.

C'est comme si la vibration en moi ne pouvait être contenue :

— Absolument incroyable.

Charlotte rougit et hausse un sourcil. Ça la rend encore plus irrésistible, alors mon envie de l'embrasser ressurgit.

Malheureusement (ou heureusement, je ne sais même plus), Becca se jette à son cou et la plaque contre les coussins du canapé.

— Mercimercimercimerci, chuchote-t-elle en la serrant très fort. Allez viens !

Elle entraîne Charlotte dans sa chambre.

En détaillant les oiseaux, je commence à comprendre cette simple vérité, ce que je désire le plus au monde est ce que je suis certain de perdre : Charlotte Finch.

* * *

Je range mon journal dans ma chambre et je le contemple d'un air morose. Charlotte a dit que je devrais bien m'en servir, mais je n'ai aucune idée de ce que cela signifie. Je cherche un stylo dans le tiroir de mon bureau. Quand je l'ai trouvé, je me fige au moment d'écrire dedans. Un instant, j'imagine reporter le théorème de Cantor sur l'infinité d'infinis, mais ce coup de folie passe. Rien de ce que je pourrais écrire n'égalerait le fabuleux dessin de Charlotte.

Je referme le journal et je regarde les oiseaux moqueurs. Je me mets à les compter, mais le motif est si détaillé que chaque fois je perds le fil autour de quatre-vingts. Je ne sais pas depuis combien de temps ça dure quand j'entends maman m'appeler depuis l'entrée.

Quand j'atteins l'escalier, je vois mes parents et Becca autour de Charlotte en train de lui souhaiter de bonnes fêtes et un bon voyage. Je ne peux pas m'empêcher de remarquer l'horrible gui en plastique que papa accroche tous les ans. Elle est juste à côté.

Tout le monde se dit au revoir et bonne année, j'agite le bras avant de refermer la porte derrière elle. L'enclenchement du verrou résonne dans ma poitrine.

Sans véritable plan, je remonte à toute vitesse et j'attrape le livre que j'ai volé. Je sors dans le froid glacial et je crie :

— Charlotte !

Elle se retourne sur la dernière marche du porche.

— En fait si, j'ai quelque chose à te donner.

Charlotte tend les mains et j'y dépose le livre. La confusion se lit sur ses traits de porcelaine.

— Je l'ai pris.

Charlotte feuillette le livre.

— Pourquoi ?

— Je voulais savoir ce qui arrivait à Atticus.

L'expression de Charlotte est indéchiffrable. Je me dépêche d'ajouter :

— Je sais que je n'aurais pas dû emprunter quelque chose d'aussi précieux.

Étranglé par la peur et le besoin dévorant de supprimer l'espace entre nous, je me penche.

Charlotte fronce les sourcils. Je me fige. Elle referme le livre. Ses doigts s'attardent sur la tranche.

— Tu l'as lu ?

Je hoche la tête. Je suis à quelques centimètres d'elle. Entouré de son parfum.

— Et ?

— J'ai aimé.

Je prends son visage entre mes mains.

— Beaucoup.

Je vois notre souffle se mêler dans l'air froid. Elle ferme les yeux et cache un océan tout entier derrière ses paupières.

Quand nos lèvres se touchent, c'est comme si toutes les réponses à mes questions explosaient et se consumaient. Les cendres de ces réponses sont chassées par le vent et je comprends que je n'en ai pas besoin. Ce dont j'ai besoin, c'est de ça, des lèvres chaudes de Charlotte contre les miennes, comme des vers poétiques qui s'enchaînent dans un espace hyperbolique. Elle caresse ma bouche de sa langue et quand je soupire, c'est une invitation à continuer son exploration.

Elle croise les doigts sur ma nuque pour me rapprocher d'elle. Mon cœur bat à toute allure et j'ai envie de la toucher à en avoir mal. Je mets les mains sur ses épaules, mais elles me semblent si fragiles, trop petites. À mon tour je glisse une main sur sa nuque, sous son écharpe ; je touche alors les os saillants de sa colonne vertébrale et je prends à nouveau son visage entre mes paumes. Mais mes pensées sont ailleurs et Charlotte le sait.

Elle remet les pieds à plat et lève les yeux vers moi. Elle a l'air de souffrir. Elle s'est abandonnée alors que nous avions dit non, qu'on ne pouvait pas blesser Becca, et voilà que je laisse mes incertitudes tout gâcher. Je déglutis et j'essaie de m'excuser ; c'est un soupir qui sort. Je lui caresse la joue du pouce et je recommence :

— Charlotte…

— Charlotte !

C'est la voix de mon père qui fait écho à la mienne lorsqu'il surgit sur le porche.

— Tu as oublié…

Sa phrase reste en suspend. Les clés de Charlotte sont pendues à ses doigts.

Charlotte s'écarte en se mordillant la lèvre.

— Merci, monsieur Hanson.

Elle attrape les clés et, le bras levé, recule vers sa voiture.

— Bon, on se revoit l'année prochaine, alors !

Je la regarde partir. Je n'ai pas envie de faire face à mon père. Quand je me retourne enfin, son expression, comme tout le reste, est indéchiffrable.

5.7

Les vacances de Noël sont nulles. Je noie mon chagrin dans de la pâte à cookies et du lait froid en attendant que la première fournée soit cuite quand maman revient de la boîte aux lettres avec un paquet. Un courant d'air froid s'engouffre avec elle. Elle ferme la porte d'un coup de pied.

Elle jette les lettres et dépose le paquet sur le comptoir.

— Biscuits ?

— Presque, répond papa en ouvrant le four, ce qui remplit la cuisine d'un parfum délicieux.

Maman accorde à nouveau son attention au paquet.

— Ouvre-le, Charlie. Ta tante Muriel a dit qu'elle t'avait envoyé quelque chose. Ses cadeaux sont toujours adorables.

Je déchire le ruban adhésif tandis que papa sort la première fournée et la pose sur le comptoir. Les biscuits ont l'air bien plus intéressants que tout ce que tante Muriel pourrait envoyer. L'année dernière, c'était des chaussettes avec des rennes.

J'abandonne le paquet en échange d'un biscuit chaud. Maman finit de l'ouvrir et lit la lettre jointe. Elle pince les lèvres, jusqu'à ce qu'elles disparaissent presque.

— Tu ferais mieux de regarder, Charlie, dit-elle enfin. Et pour l'amour du ciel, attends que les biscuits refroidissent avant de les manger.

Elle sort une petite boîte du paquet et la pousse au milieu du comptoir.

Le biscuit est brûlant, alors je dois mâcher la bouche ouverte pour laisser s'échapper la vapeur. Il n'y a rien de meilleur.

— Quessecest ? je marmonne autour du biscuit.

Maman ne répond pas. Elle me regarde. J'avale d'un coup et je tire sur le ruban de la boîte cadeau. À l'intérieur, sur un grand mouchoir blanc amidonné, se trouve la rose orange la plus parfaite que j'aie jamais vue. Elle est énorme, les pétales sont ouverts et tout doux, et son parfum sucré flotte autour de moi. Je retrouve la chaleur de l'automne et les grandes Lunes des Moissons que Mme Dunwitty aimait tant. C'est l'une de ses roses de concours, préservée à la perfection.

Maman me tend la lettre.

Dans une écriture impeccablement déliée, sur du beau papier, Mme Dunwitty trahit que j'ai roulé sur son jardin. La rose est un symbole de gratitude en échange de mon dur labeur pour le remettre en état. Elle conclut la lettre sur ces mots : « Ça ne suffit pas de faire de ton mieux. Tu dois aussi faire ton possible pour la personne qui t'émeut le plus. Et puisque je suis vieille et que le temps presse, je vais le dire plus clairement : embrasse-la, Justin ! »

— Tu as roulé sur son jardin ? demande maman.

Je hoche la tête. Derrière moi, papa s'étrangle sur son biscuit.

— Quand ?

— Je ne sais pas. Fin août ?

Je caresse les pétales du bout des doigts.

— Et tu ne nous as rien dit ? Et tu conduis depuis ? Tu as eu d'autres accidents ?

Elle hausse le ton à chaque question.

— Rien. Le jardin, c'est tout, et je l'ai remis en état.

— C'est bien, dit mon père en se léchant les doigts.

Le regard de ma mère indique que ce n'est pas le moment.

Papa se racle la gorge et continue :

— Enfin, ce ne serait pas une bonne idée de mettre la maison en vente alors que le jardin est dans un sale état.

— Vendre la maison ?

Je lève le nez de la rose.

— Tu n'as pas vu le panneau ?

Je n'ai pas tondu le gazon de Mme Dunwitty depuis les premières gelées. Soudain, je me sens mal de ne pas avoir trouvé une autre excuse pour lui rendre visite. Son porche avait besoin d'un coup de neuf. Pourquoi je ne m'en suis pas occupé ? Mes pensées s'enchaînent à toute vitesse.

— Non !

C'est mon tour de crier.

— Je n'ai rien vu !

Papa jette un coup d'œil à maman, comme si mon esprit fragile craquait à nouveau. Puis il met la main sur mon épaule et m'explique :

— Charlie, le fils de Mme Dunwitty l'a mise dans une maison de retraite. Elle est plus à l'aise comme ça. S'occuper de sa maison et de son jardin lui demandait trop de travail.

Ce sont des conneries. Dunwitty n'a pas besoin d'une maison de vieux.

— J'ai des devoirs à faire, dis-je en attrapant la boîte.

Dans ma chambre, je m'assois en tailleur par terre, la rose devant moi. Les pétales vifs et lunaires me regardent depuis le mouchoir. Je me sens comme une autruche qui veut mettre la tête dans le sable, mais quelqu'un a bouché le trou et je suis obligé d'affronter toutes ces merdes.

Dunwitty n'a pas le droit de mourir. Oui, elle est vieille, mais ça ne paraît pas juste. C'est une institution, dans le quartier. Elle a toujours été là, avec ses roses qui fleurissent tous les étés, embaumant la rue tandis qu'elle se balance sur son porche devant la porte rose flamand et qu'elle regarde les gosses qui passent à vélo comme s'ils allaient être son prochain repas.

Bien sûr, ça explique pourquoi son gazon était si mal entretenu. Et peut-être que la canne servait à autre chose qu'à me menacer d'un traumatisme crânien. Et sa peau semblait sèche et fragile, comme si une simple brise aurait suffi à la faire s'effondrer avant de l'emporter.

Je lutte pour me souvenir de ce qu'elle a dit le jour où on a planté les roses. Elle a senti les grandes fleurs orange et ça l'a ramenée au temps de sa jeunesse. Elle a dit que l'odeur serait différente pour moi parce que ce que j'ai vécu est unique. En fait, ce qu'elle a dit, c'est que les sensations sont de puissants outils.

J'inspire le parfum de la rose posée devant moi. Désormais, elle dégage un parfum de tristesse.

5.8

Je suis en route pour la séance de cinéma habituelle du Nouvel An chez Greta quand la pancarte dans le jardin de Mme Dunwitty attire mon attention, malgré mes efforts pour ne pas la voir. La roseraie est couverte de gelée. Et sa maison est…

— Quoi ?

Je freine brusquement et je me range le long du trottoir. Je rejoins son porche d'un pas rageur pour contempler cette porte offensante. Dunwitty ne serait pas contente. Elle serait même furieuse. Sa porte autrefois rose flamand a été repeinte dans un vert chasseur tout ce qu'il y a de plus banal.

Je retourne au petit trot à ma voiture en sortant mon portable.

— Où vit le fils de Mme Dunwitty ?

— Quoi ? demande mon père.

— Tu as dit qu'il l'a mise dans une maison de retraite. Je veux lui souhaiter une bonne année. Où est-elle ?

— Attends, je vais te trouver l'adresse.

Il vit deux villes plus loin. Heureusement, il n'y a qu'une maison de retraite, dans la rue principale. Je me gare sur le parking en faisant crisser mes roues.

Je n'ai pas réfléchi jusqu'au bout à ce que j'allais faire, mes pensées n'ont pas rattrapé mes actes. Sinon je serais chez Greta à me bourrer de pop-corn.

En mode automatique, je sors de la voiture et je passe les portes qui s'ouvrent et se ferment derrière moi dans un soupir. Le bureau d'accueil en acajou est grand comme le Texas.

La réceptionniste me sourit. Elle a une tache de rouge à lèvre rose sur son incisive gauche. Je suis figé sur le paillasson, alors les portes s'affolent derrière moi. Ouvertes, fermées, ouvertes, fermées. Un vent glacial s'engouffre autour de moi. La réceptionniste perd son sourire et me fait signe d'entrer.

— Allez, avance, pitchoun ! Tu fais sortir la chaleur, dit-elle avec un fort accent du Sud.

— Désolé, je marmonne en m'écartant des portes.

Elles se referment avec un dernier *shhh*. J'ai les joues brûlantes et les paumes moites, alors je les essuie sur mes cuisses et je danse d'un pied sur l'autre.

— Euh, je... euh...

En regardant autour de moi, je remarque que la maison de retraite des Chênes Gracieux est prête à célébrer le Nouvel An en fanfare. Il y a des guirlandes en papier et des ballons sur les murs beiges. Je me rapproche du bureau géant, je me sens un peu plus petit à chaque pas. La réceptionniste porte un chapeau haut de forme à paillettes.

La plaque en cuivre m'informe que ma scintillante interlocutrice s'appelle Debbie. Elle a l'air d'espérer que les portes vont se rouvrir et que le vent d'hiver m'emportera. Je retente ma chance.

— Je viens voir Mme Dunwitty.

Debbie écarquille les yeux.

— Est-ce qu'elle t'attend ?

— Bien sûr que non !

Je regrette mon exclamation. Debbie n'a pas l'air ravi.

— Tu es de la famille ?

— Euh. Non. Je suis son voisin.

Debbie semble méfiante. Elle plisse ses petits yeux.

— Je m'occupe de son jardin. Enfin, d'abord j'ai roulé dessus, et puis après je m'en suis occupé…

— Eh bien, dit-elle d'une voix traînante, normalement je ne dois pas laisser passer les visiteurs qui ne se sont pas annoncés…

— Je veux lui souhaiter une bonne année.

Les mots s'embrouillent et s'écrasent sur son immense bureau.

— S'il vous plaît ?

— Signe ici, déclare-t-elle en se penchant comme si nous étions complices.

Elle m'indique des doubles portes.

— Chambre 112.

Une fois les portes passées, je prends une grande inspiration pour me calmer. Je jette un coup d'œil dans une salle d'attente vide, meublée de fauteuils moelleux et d'une télévision allumée à fond sur une émission du Nouvel An. Il y a des roses dans un vase au fond de la pièce. Je vais les chercher, puis je marche très vite vers la chambre 112. Je frappe avant de perdre courage. Pas de réponse immédiate.

Je frappe encore et je lance :

— Mme Dunwitty ? C'est Charlie. Je peux rentrer ?

— On dit « puis-je », quand on est poli, Justin.

La réponse n'est pas forte mais cinglante. Je pousse la porte et j'entre dans la chambre plongée dans la pénombre.

Je devine à peine Mme Dunwitty allongée sur son lit. Elle s'est ratatinée, transformée en une étrange vieille femme toute rabougrie. Mon sourire se crispe. Je m'agrippe aux roses comme à un bouclier.

— C'est pour vous, dis-je en les mettant près de son lit.

Elle se tourne vers elles et son regard, toujours vif, s'emplit d'horreur.

— Ce sont les fleurs les plus moches que j'aie jamais vues ! Où les as-tu volées ? Tu as intérêt à les avoir volées. Je t'en prie, ne dis pas à une femme sur son lit de mort que tu as payé pour ces affreuses copies de roses. Je ne t'ai donc rien appris ? Sors-les d'ici !

Sa voix, d'abord tremblante de ne pas avoir été utilisée souvent, se renforce à chaque plainte.

— DEHORS DE.HORS !

Elle montre la porte d'un doigt grêle et une toux la fait trembler des pieds à la tête.

J'attrape les fleurs et je fuis la chambre pour les jeter dans une poubelle du couloir. Quand je reviens, elle relève le dossier de son lit. Il émet un grincement lent, comme s'il allait rendre l'âme, lui aussi. Elle me détaille, les yeux plissés, ce qui me rend nerveux. Enfin, elle me fait un sourire, immense sur un trop petit visage. Un sourire de squelette.

— Ça me fait plaisir de te voir, dit-elle.

Elle tapote le rebord de son lit.

Je n'ai aucune envie de m'y asseoir, mais je crains qu'une autre crise l'achève. Alors, je m'exécute.

— Alors, qu'est-ce qui t'amène ici ? demande-t-elle.

Je vois bien que si j'envisage de mentir, ou même à moitié, elle va me taper derrière la tête.

— Ils ont repeint votre porte.

Elle garde un instant le silence.

— De quelle couleur ?

Je n'ai pas envie de répondre. Pourquoi je suis là ? À quoi je pensais ? Je contemple les grands carreaux blancs par terre.

— À ce point, hein ? dit-elle avec un petit rire.

Je hoche la tête.

— Eh bien, il fallait s'y attendre.

J'écarquille les yeux.

— Quoi ? Comment ça ? Ils l'ont repeinte d'un vert vomi tout à fait politiquement correct ! Comment vous pouvez garder votre calme ?

— Charles, ce n'est plus ma porte, techniquement. Qui achèterait une maison avec une porte rose ?

— Plein de gens ! je rugis.

Mme Dunwitty me regarde avec un drôle de demi-sourire.

— D'accord, très bien. Personne ne veut d'une maison avec une porte rose flamand ! Contente ? Vous êtes la seule à être aussi cinglée.

Je rigole, elle aussi.

— Je te reconnais bien là !

Nous nous calmons. Sa main est pâle et grise sur sa couverture. Je me souviens de cette main qui creusait dans la terre fertile de sa roseraie, des racines délicates qu'elle encourageait à s'épanouir. Sans réfléchir, je serre ses doigts, désormais si frêles.

— Tout a changé.

Ma voix est douloureuse.

— C'est ainsi que pousse un jardin. Je croyais que nous avions déjà abordé le sujet, répond Mme Dunwitty en me pressant la main.

— Oui, mais ça va trop vite, et je n'arrive pas à suivre. J'ai l'impression de tenir tout plein de ballons qui se détachent et s'envolent, et il ne me reste que des fils emmêlés. Je ne sais pas comment m'en débarrasser. Vous êtes…

Je m'interromps et je cherche mes mots.

— … en train de mourir, termine-t-elle.

Les larmes me brûlent les yeux, cherchant à percer le barrage de mes paupières. Je me concentre sur sa main grisâtre qui tremble entre mes doigts.

— Charles, je suis vieille. Tu as dû le remarquer.

Elle essaie de me faire sourire.

Je ferme les yeux et j'inspire difficilement. Pour la deuxième fois, elle m'a appelé Charles. Elle allège l'ambiance. Je joue le jeu.

— Mme Dunwitty, sans vouloir vous vexer, je suis à peu près sûr que vous avez battu Mathusalem à plate couture.

— Je te reconnais bien là, répète-t-elle. Qu'est-ce qui ne va pas ? Pourquoi gâches-tu ainsi mes derniers jours ?

— Excusez-moi ? Je les *gâche* ?

Mme Dunwitty a les yeux qui pétillent.

— Bon, d'accord. Je peux tout vous dire, vu que vous allez mourir dans genre dix minutes, vous ne pourrez pas le répéter à tout le monde.

— Oh, je peux faire beaucoup de choses en dix minutes.

— Je n'en doute pas.

Je lui raconte tout. Je lui parle de Brighton et de Mme Finch. De Charlotte qui meure, et je ne sais pas quoi penser parce que le monde ne devrait-il pas garder les gens bien aussi longtemps que possible ?

— Ça paraît un tel gâchis. Elle est jeune, gentille, belle, talentueuse et…

Je m'interromps, j'attends les mots.

— Inachevée, je termine enfin.

Cette fois, son sourire est triste.

— Inachevée, c'est inacceptable.

Le rire qui m'échappe est amer.

— C'est ça, vos sages conseils ? Je croyais que vous aviez toutes les réponses.

— J'ai toujours dit que tu n'étais pas aussi intelligent que tout le monde le prétend.

Elle se tait et inspire brutalement. Inquiet, je la regarde. Elle a les yeux fermés, le visage tordu par la douleur.

— Est-ce que ça va, Mme Dunwitty ?

Je n'aime pas son teint gris. Je n'aime pas son souffle inégal.

— Voulez-vous que j'aille chercher une infirmière ?

— Non, non. Ça va.

Elle ferme les yeux et appuie la tête contre son oreiller.

— Dis-m'en plus. As-tu parlé de tes sentiments à Charlotte ?

Je me frotte le nez.

— Pas vraiment. Quand j'ai abordé son cancer, elle m'a donné un coup de poing.

Mme Dunwitty rit tellement qu'elle se remet à tousser. Je vais lui chercher de l'eau et j'attends que sa respiration se calme. Elle prend une gorgée et dit :

— Cette fille me plaît.

— Vous n'êtes pas la seule.

Quand son regard passe de clair à brouillé, comme un ciel d'été chargé, je me dis que c'est un jeu de lumière.

— Embrasse cette fille, Justin. Embrasse-la de tout ton corps et toute ton âme. Il n'y a rien de comparable. Ça vaut tous les risques. C'est un instant qui vaut toutes les souffrances. Mon Darryl…

Elle se perd dans ses souvenirs. Je souris et toussote.

Elle me presse la main.

— Bon, déclare-t-elle, à nouveau sérieuse. Si tu as fini de chouiner, je fatigue.

Je me lève en luttant contre la peur qui me serre la gorge.

— Bonne année, Mme Dunwitty.

Je l'embrasse sur la joue.

Elle sourit.

— Pas moi, Justin, dit-elle en touchant l'endroit où ma bouche s'est posée. L'autre fille.

5.9

En rentrant, je prends trois bonnes résolutions.

La première : en contournant la maison, je tapote la tête de l'ange que Charlotte m'a aidé à porter dans la roseraie de Mme Dunwitty. Il y a un pot de peinture rose flamand dans sa vieille cabane à outils et je sais exactement quoi en faire. Je jette un coup d'œil aux maisons plongées dans le noir, mais personne n'est dans la rue. Celle de Mme Dunwitty est abandonnée, attendant d'être vendue avec cette porte verte idiote.

Sous le regard froid des étoiles, je la repeins de la bonne couleur. Je n'ai plus de sensations dans les doigts, mes coups de pinceaux sont inégaux et la peinture gèle avant d'atteindre la porte mais, alors que l'année vit ses dernières secondes, je m'écarte avec un sourire.

Voilà qui est mieux.

Je jette la peinture et le pinceau dans mon coffre en saluant l'ange cassé que je n'ai toujours pas jeté. Puis, je me remémore la leçon de Mme Dunwitty sur l'entretien des outils, alors je sors le pinceau. Je fais le tour du porche où un buisson furieux cache le robinet extérieur. Les branches me griffent tandis que je passe le pinceau sous l'eau glacée et que je regarde le rose se dissoudre. Je sèche les poils sur mon manteau et je le remets dans mon coffre.

J'ai les mains aussi roses que la porte de Mme Dunwitty. Roses et craquelées par le froid de la nuit, aussi douloureuses que les larmes que je refuse de verser. Mon projet est achevé. Achevé, c'est acceptable.

* * *

Deuxième résolution : une fois rentré, je vais rendre visite à Becca dans son cocon. J'ai l'impression d'avoir une armée de fourmis dans le ventre, qui courent dans tous les sens.

— Il faut qu'on parle, dis-je en me laissant tomber sur son lit.

Je croyais qu'il m'avait fallu du cran pour embrasser Charlotte, ce n'est rien comparé au courage dont j'ai besoin à cet instant.

— J'ai embrassé Charlotte.

Becca referme son livre sur son doigt pour garder sa page.

— Je sais.

Oh. Je ne m'y attendais pas.

— C'est Charlotte qui te l'a dit ?

Becca hoche la tête.

— Elle a dit que tu l'as embrassée et qu'elle a répondu au baiser, mais que c'était une erreur et que ça n'arriverait plus.

Une erreur ? Bien sûr… je comprends enfin mes sentiments et ce que je veux, et j'oublie complètement que Charlotte ne ressent pas forcément la même chose. Mes oreilles, ma nuque, ma poitrine, tout s'enflamme. Becca met la main sur mon épaule. Je suis surpris qu'elle ne se brûle pas.

— Bien sûr, elle mentait. Elle a juste dit ça pour me faire plaisir.

Le soulagement m'envahit.

— Ce qu'il y a, Bec', c'est que j'ai encore envie de l'embrasser. J'ai envie de sortir avec elle. D'être son petit ami. Mais je ne veux pas que ça te dérange.

Elle passe le pouce sur la tranche de son livre.

— Ce serait bien injuste de ma part de dire que si.

— Non.

Je la regarde dans les yeux.

— Je veux que tu sois sincère.

Elle enroule une mèche autour de son doigt.

— Ce qui m'inquiète, c'est que tu fasses tout foirer.

— Becca !

Un épais sourcil haussé, notre père passe la tête par la porte.

— Qu'est-ce que c'est que ce langage ? J'ai failli faire une crise cardiaque.

Il dépose un panier de linge propre par terre avant de ressortir.

Les joues rouges, Becca met la main sur sa bouche.

Je secoue la tête en claquant la langue avec désapprobation.

Ma sœur se met à rire. Pour la première fois, je remarque combien son rire est musical. Pas tout à fait comme celui de Charlotte, mais vivant. Je suis presque sûr qu'elle ne riait pas comme ça avant Charlotte. Elle ne riait pas du tout.

— Moi aussi, j'ai peur de tout faire foirer.

Je fais bien attention à murmurer.

— Papa ! Charlie a dit un gr…

Je la frappe avec un oreiller pour la faire taire et on se remet à rire. Elle se calme et reprend son expression sérieuse typique.

— Est-ce que ça ressemble à de l'amour, Charlie ?

Suite à cette question, j'ai du mal à inspirer.

Becca attend.

— C'est un bien grand mot. Plus encore que « cancer ».

Elle acquiesce.

— Et on ne peut pas en guérir non plus.

Je ne sais pas si ça ressemble à de l'amour, mais ça me dépasse, comme si, quoi que je fasse, je ne pouvais le contenir. Et ces sentiments se déploient partout dans ma vie, comme avec ce livre. Je suis tombé amoureux d'Atticus et de tous ces personnages. Et je remarque plein de choses chez Becca que je n'avais jamais pris le temps de voir. Des choses que j'aime, vraiment, beaucoup.

Je la pousse du genou.

— Je n'avais jamais compris combien tu es merveilleuse, Becca.

Elle pique un triple fard et s'enroule les cheveux autour du doigt.

— Je t'aime aussi, Charlie.

— Et quoi que tu décides, je le respecterai.

Elle rit.

— Oh je t'en prie. Comme si je pouvais dire non à ton air de chiot amoureux.

— Alors je peux lui demander de sortir avec moi ?

— Si tu ne le fais pas, ça lui brisera le cœur.

Le sourire de Becca est discret mais sincère. J'enroule un bras autour d'elle et je l'attire contre moi.

— Merci, Bec'.

Je l'embrasse sur la tête. Elle me chasse.

— Bon, comment je fais ?

* * *

Troisième résolution : Becca dit que si les personnages de films d'amour font toujours la même chose, c'est parce que ça marche. Elle a fait la liste d'au moins une demi-douzaine d'histoires où le soupirant se pointe à la fenêtre de sa dulcinée pour la séduire. C'est à Roméo qu'on doit ce truc ridicule.

Quand, la nuit suivante, j'arrive dans le jardin de Charlotte, je m'accroupis derrière les buissons mal taillés et je m'assure que la chienne n'est pas là. Il y a une couche de gel cristallin qui dessine de la dentelle sur l'herbe.

J'ouvre le portillon avec des doigts tremblants, et j'essaie de me convaincre que c'est à cause du froid. Une fois à l'intérieur, je ramasse quelques cailloux et je me place sous la fenêtre de Charlotte.

La première pierre ricoche sur le revêtement en faisant un bruit à réveiller les morts. Je m'accroupis et je regarde derrière moi, m'attendant à voir débarquer des vampires, des cannibales ou, je ne sais pas, des écureuils enragés qui tirent des lasers. Quand il ne se passe rien, je jette une deuxième pierre. Elle atterrit sur le toit et tombe dans la gouttière. Je regrette l'absence de Greta. Elle vise mieux.

Les troisième et quatrième pierres ratent aussi. Je n'en ai plus. Désespéré, je fouille le jardin du regard et je ramasse une grosse pomme de pin. Je la lance avec force. Elle s'élève et s'écrase bruyamment contre la fenêtre de Charlotte.

— Oui ! je crie avant de me jeter à terre sous les buissons quand la lumière du porche s'allume.

— Mais qu'est-ce que tu fous ?

Mon cœur bondit dans ma poitrine, je sors la tête du buisson. Charlotte est enroulée dans une couverture, sur la terrasse.

Je bondis sur mes pieds et agite le bras.

— Oh, euh, salut.

— Salut ? répète Charlotte en arrivant sur moi à la vitesse d'un tachyon. Tu aurais pu réveiller ma sœur !

Elle m'attrape par le coude, me tire à travers le jardin et me pousse dehors.

Je n'en suis pas certain, parce que je n'ai pas lu la pièce, mais j'imagine que ce n'est pas la réaction qu'a eue Juliette.

— Attends, Charlotte, il faut que je te demande quelque chose.

Elle ferme le portillon entre nous et me regarde avec la mâchoire crispée.

— Me demander quoi ?

— J'aimerais qu'on sorte tous les deux un soir, pour de vrai.

Son expression s'adoucit, révélant une Charlotte plus tendre. Elle hausse un sourcil.

— Tu sais ce que ça implique ?

— Non, mais Becca m'a aidé à mettre le plan en place.

— Becca est déjà sortie avec quelqu'un ?

— Techniquement ? Non. Mais elle a beaucoup plus lu que moi, alors elle prétend savoir quoi faire.

— Je n'étais pas certaine que tu reviendrais après notre dernier… je ne sais pas ce que c'était, dit-elle avec une pointe de dureté dans la voix.

— Ouais, bon, toute cette histoire de mourir, ça me fait flipper.

Ses doigts se raidissent sur la barrière. Je donne un coup de pied à l'une des planches. Comment l'expliquer sans que Charlotte me frappe ou me lâche son méchant chien dessus ?

— Je ne veux pas te mettre en colère. La dernière fois, quand on s'est embrassés, c'était tellement bien… mais alors j'ai commencé à me demander à quoi ressemblerait ma vie quand tu serais morte et, bon…

— Quoi, c'est pas sexy, les filles mortes ?

Je lève les yeux ciel, ce qui la fait renifler d'amusement.

— Oh, mais lever les yeux au ciel, si !

— Pas autant que ton rire de cochon, je réponds sérieusement.

Elle pince les lèvres en guise de réponse.

Je prends une grande inspiration et je glisse les doigts entre les siens.

— Charlotte, quand tu seras partie, tu me laisseras derrière. Tu as l'air de croire que c'est un avantage pour moi, mais tu te trompes, parce qu'à cet instant tu es le plus beau de mes problèmes. Le reste est sans importance.

Je regarde fixement une fougère qui s'enroule en bas du portillon dans la boue glacée. Je m'autorise à lever les yeux pour savoir si je dois me jeter à terre ou m'enfuir. Mais Charlotte n'a pas l'air fâché. La lumière de la terrasse fait scintiller ses grands yeux.

Elle se penche par-dessus le portillon qui nous sépare et approche ses joues roses et ses lèvres parfaites de mon oreille.

— Impressionne-moi, alors, murmure-t-elle avant de frôler mes lèvres.

Elle recule alors même que je me penche, entraîné comme un poisson au bout d'une ligne, jusqu'à ce que le portillon s'enfonce dans mon sternum.

— Charlotte… je gémis accidentellement, envahi par le désir.

Quand j'ouvre les yeux, elle est loin, un sourire malin aux lèvres. Malgré le froid, j'ai le visage et les oreilles brûlants.

— Je croyais que tu avais parlé d'une vraie soirée ? Le baiser c'est pour après, non ?

Encore troublé, je hoche la tête et j'essaie de me racler la gorge. Je dois inspirer trois fois à grandes goulées avant d'arriver à parler.

— Charlotte, acceptes-tu de sortir avec moi vendredi ?

6.0

Cette semaine, Charlotte n'a pas été très présente. Becca dit que c'est tant mieux parce que j'ai eu tout le temps de planifier notre soirée. Que c'est ma chance de l'impressionner. Et de ne pas tout gâcher.

Ces derniers temps, Becca parle beaucoup, mais pas autant que Greta.

Quand j'ai appelé pour m'excuser de l'avoir lâchée le soir du Nouvel An, je lui ai tout raconté.

— Tu es sûr que c'est une bonne idée, Chuck ? Si près de la fin du lycée, en plus tu t'en vas l'année prochaine, sans parler de…

— Je ne sais pas, mais c'est comme ça. Je dois prendre ce risque parce que je ne peux pas continuer à mentir à tout le monde sur mes sentiments. Elle me rend heureux. Et la plupart du temps, je la rends heureuse. Ce n'est pas quelque chose que tu me souhaites ?

Elle garde un instant le silence avant de dire :

— Si. Si.

Dès lors, Greta a été dans mon camp, à m'apprendre quoi dire, comment écouter et à me tester sur les règles d'une soirée en amoureux. Par exemple, on se croise dans le couloir et elle crie :

— Qu'est-ce que tu fais si elle a un truc entre les dents ?

Réponse : t'es fichu, alors prie pour qu'elle commande un truc sans persil.

La seule raison pour laquelle je lui ai dit de ne pas venir m'aider à me préparer, c'est parce que la pression serait trop forte. Je suis peut-être endurant, mais personne ne l'est assez pour supporter que Becca et Greta se mêlent toutes les deux de sa vie amoureuse.

Becca me détaille. Je suis au milieu de sa chambre en train de lisser le pli de mon pantalon et de revoir les détails de mon plan.

— Après le dîner, je l'emmène à l'exposition en plein air du musée des Beaux-Arts. Il y a des calèches à cheval disponibles pour le festival hivernal et nous allons faire un tour des sculptures du parc. Tu crois que ça plaira à Charlotte ?

Je m'attaque aux boutons de mes manches. Je boutonne, déboutonne, roule, déroule.

— Tu me l'as demandé un million de fois. Ce sera parfait.

Boutonne, déboutonne.

— Tu m'écoutes ?

— Je t'écoute, promis.

Et c'est vrai, mais j'entends aussi les voix dans ma tête qui me crient des dizaines d'autres choses. Comme : *fuis !* Ou : *tu n'es pas assez bien.* Et : *geek + fille magnifique = catastrophe.*

Une de mes manches est roulée, l'autre déroulée.

— Qu'est-ce que tu préfères, Bec' ?

Elle penche la tête sur le côté, étudie mon look avant de dérouler et boutonner l'autre.

— Sois toi-même, Charlie. Promis ?

Je ravale un rire.

On sonne à la porte et nous nous figeons tous les deux. Nous entendons maman ouvrir la porte et saluer Charlotte chaleureusement.

— Tu nous as manqué, dit-elle. Comment vas-tu ?

Becca me fait faire demi-tour et me pousse brutalement.

— File !

D'après elle, c'est important que je vienne la chercher dans les règles de l'art. Il faudra que la porte de la chambre de Becca suffise, parce que si je me pointais chez Mme Finch, elle me collerait jusqu'à la fin des temps.

Je me faufile dans ma chambre au moment où les pas de Charlotte résonnent dans l'escalier.

* * *

— Qui est-ce ? chantonne Becca.

J'envisage de défoncer sa porte avec mon crâne. Ça m'assommerait, ce qui pourrait améliorer mes performances ce soir. Mais avant que je puisse faire quelque chose de regrettable, la porte s'ouvre et tout ce qui s'affole en moi se fige.

— Bonsoir, dit Charlotte, les joues empourprées, magnifique.

— Bonsoir. C'est pour toi, je réponds en lui tendant une rose en bracelet.

Ce n'est pas une Lune des Moissons, mais elle est d'un corail pâle. De la même couleur que son rouge à lèvres. Sa bouche est parfaite.

Charlotte se mord la lèvre. Est-ce qu'elle est nerveuse ? Je ne l'aurais jamais imaginé. Du coup, elle me plaît encore plus, ce que je n'aurais pas cru possible.

Elle relâche sa lèvre et me fait signe d'entrer.

— Merci. Elle est très belle.

Je jette un coup d'œil à Becca qui est en train de fondre à côté d'une pile de livres. Elle lève le pouce.

Charlotte frôle du doigt les doux pétales de rose avant de la mettre à son poignet.

— Euh, et, Bec' ?

Lorsque je sors quelque chose de ma poche, Becca prend l'air surpris.

— Ce n'est pas parfait, mais j'ai fait de mon mieux pour la réparer, dis-je en ouvrant la main.

— Oh.

Un soupir.

C'est la rose en livre qu'elle a écrasée. Elle est encore un peu fripée, mais elle n'est pas si mal.

— Je voulais te dire merci pour…

Je danse d'un pied sur l'autre.

— … tout.

Je lui tapote l'épaule maladroitement alors que ses grands yeux de biche se troublent. Zut. Je ne voulais pas la bouleverser.

À côté de moi, Charlotte regarde ce qu'il y a dans les mains de Becca.

— Est-ce que… ? On dirait la mienne.

— Ça aurait dû l'être, mais je l'ai abîmée.

— Je l'ai sauvée, admets-je.

Charlotte sourit.

— Perdre une bataille ne signifie pas perdre la guerre. Pas toujours, hein, Charlie ?

Je ne sais pas quoi répondre, alors je me tais.

Charlotte accroche la rose au pull de Becca et l'enlace. Becca passe les bras autour de Charlotte, mais elle croise mon regard, une prière silencieuse de prendre bien soin de son amie. Je hoche la tête. Elle dégage une main et prend la mienne. Elle nous serre tous les deux chacun d'un côté.

Quand j'ai l'impression que mon cœur va éclater sous la pression, je me racle la gorge.

— Bon, on a une réservation, alors on ferait mieux d'y aller, dis-je en donnant le bras à Charlotte.

Elle pose ses longs doigts au creux de mon coude, un contact tout léger, mais qui m'ancre quand même.

Avant de sortir, je jette un dernier regard à Becca. Elle contemple la rose accrochée à son pull avec un sourire bizarre, comme une petite Dunwitty qui se remémore son enfance.

J'emmène Charlotte jusqu'à la voiture et je lui ouvre la portière comme Becca me l'a indiqué. Charlotte hausse un sourcil mais sourit.

Nous prenons la route en silence, un silence agréable. Il est rempli de bruit : le souffle de Charlotte, ses doigts qui tapent sur la boîte à gants au rythme de la musique et la vibration, cette belle vibration qui naît dans ma poitrine et s'en échappe quand elle est près de moi.

Quand je m'arrête à une intersection, je l'observe dans la lumière qui baisse. Ses yeux bleu électrique sont de la couleur exacte de sa robe. Mon regard descend le long de ses jambes jusqu'à ses chevilles croisées.

Elle porte une paire de boots à crampons familière. Je lâche un petit rire et elle tourne la tête vers moi.

— Quoi ? demande-t-elle.

— Tu es belle, je réponds en changeant le script de Becca, qui exigeait que je signale mon admiration pour ses chaussures.

C'est censé montrer que je remarque ce genre de détails. Mais ce ne sont pas ses chaussures qui me plaisent. C'est elle, dans ces chaussures.

La main dans ses boucles courtes, elle sourit.

— Tu n'es pas mal non plus.

— Je transmettrai à Becca, puisque ce soir j'ai été sa poupée Barbie.

— Ken.

— Quoi ?

Charlotte se met à rire. Ses notes chantantes réveillent la vibration dans ma poitrine.

— Le petit ami de Barbie s'appelle Ken. Tu es une poupée Ken.

Elle fronce les sourcils, mais c'est fugace.

— Ça va ?

Elle secoue la tête avec un sourire.

— Ouip. Dommage pour Ken, cela dit.

— Pourquoi ?

— Il est eunuque.

Elle me lance un sourire malin et monte le son de la radio pour chanter. Je baisse à nouveau la musique.

— Quoi ? Tu penses que je suis eunuque ?

— Je n'ai jamais dit ça !

Le rire de Charlotte emplit la voiture à en déborder. Elle remonte le son et chante, ridiculisant l'artiste original.

Je devrais lancer une réplique intelligente, mais j'ai le cerveau en surchauffe. Fusion nucléaire.

Quand on arrive au restaurant, j'ai évité tous les sujets pouvant mener trop facilement à des sous-entendus sexuels. En clair, j'ennuie Charlotte à mourir en parlant du boson de Higgs.

Je ne me tais pas avant qu'on soit assis à notre table avec de grands menus reliés en cuir. Je me cache derrière le mien afin de reprendre mon souffle. Quand je le repose sur la table, Charlotte me fait un micro-sourire.

— C'est un beau restaurant, dit-elle en parcourant du regard les murs richement décorés et les chandeliers accrochés au plafond.

La lumière des bougies dessine des arcs-en-ciel à travers les cristaux.

— Ça ne va pas du tout, hein ? Trop chic. Je m'étais dit que ça te plairait peut-être.

Le sourcil gauche de Charlotte imite l'arrondi d'un point d'interrogation.

— Qu'est-ce qui te fait dire ça ?

— La façon dont tu t'habilles ?

Charlotte rit.

— Tu me connais mal, hein ?

— Mais j'aimerais te connaître mieux.

— Moi aussi.

J'ai l'impression d'avoir les oreilles qui s'enflamment. La chaleur me descend dans les joues et le cou. Le restaurant est beau, mais il ne tient pas la comparaison avec la fille en face de moi, et la larme sur sa joue où se reflète la lumière en kaléidoscope. Sans y penser, je lui prends la main.

— De l'eau ? interrompt le serveur.

Heureusement, parce que les mots qui s'apprêtaient à m'échapper, quels qu'ils soient, auraient cassé l'ambiance.

Charlotte me presse rapidement la main avant de s'essuyer la joue. Le serveur nous parle du menu du jour dont je me fiche royalement. Je regarde le visage de Charlotte, son sourcil froncé quand elle écoute, l'explosion de joie quand il parle de chocolat et de soufflé, la façon dont elle se mordille la lèvre quand elle choisit et son sourire lorsqu'elle me surprend en train de la regarder.

— Merci, je bredouille au serveur.

Il essaie de réprimer un soupir.

— Je vous laisse réfléchir quelques minutes.

Je ne veux pas quelques minutes. Je veux passer avec elle plus de temps qu'il n'est possible. Je veux plus qu'une espérance de vie moyenne, sans cancer. Je veux l'infini.

Charlotte porte son verre à ses lèvres. Je croise son regard, le soutiens, je la supplie de comprendre sans que j'aie à le dire. Elle m'observe.

— Charlotte, je…

Je m'interromps, son regard s'est éteint.

— Charlotte ?

Le verre lui échappe des mains, l'eau se répand sur sa robe et fonce profondément le bleu, puis le verre tombe par terre et se brise en mille morceaux.

— Charlotte !

Je bondis de ma chaise et je repousse la table alors qu'elle s'affaisse sur le côté. J'entends une exclamation et quelqu'un crie quelque chose. Je rattrape Charlotte et l'allonge par terre aussi loin du verre que possible. Ses yeux bleus sont d'un gris métallique, des portes fermées, dures et immobiles. Ses muscles tressaillent de façon erratique.

— Charley, qu'est-ce qui se passe ? Ne me laisse pas !

Soudain, un homme m'écarte et me confie à une femme qui porte trop de parfum. Elle m'enlace de ses bras flasques et murmure quelque chose comme : « Là, là », « Docteur Michael » et « Là, là » encore.

J'essaie de me dégager, mais elle fait bien cinquante kilos de plus que moi et a une prise solide.

Les chandeliers déversent des centaines d'arcs-en-ciel lumineux qui saignent sur les murs tandis que des sirènes retentissent.

— Tu vois, dit ma ravisseuse parfumée. L'ambulance est là. Tout ira bien.

Je regarde Charlotte, ses muscles figés de façon inhabituelle, son visage doux aux traits durs, sa mâchoire grimaçante. Et ses yeux… ses yeux me sont étrangers. Où est-elle partie ?

6.1

Autrefois, les gens croyaient que le temps était constant. On ne pouvait ni l'accélérer ni le ralentir. Ainsi était-il et l'homme ne pouvait rien y faire.

Puis Einstein a dit : *Foutaises.*

Non, en fait il a dit : $E = mc^2$.

Pour faire simple : le temps est fluide. Plus votre monde s'écroule, plus le temps ralentit. Plus on a besoin de temps, moins on est sûr de l'avoir. Tout est relatif.

Ce soir, le temps a horriblement ralenti, comme pendant la crise de Charlotte. Le docteur Michael dit qu'elle a duré sept minutes. Moi, c'est comme si je l'avais perdue pendant des années.

Une fois la crise terminée, Charlotte a été furieuse de se découvrir attachée à un brancard, emmenée dans une ambulance. Elle a crié : « Sors-moi de là ! Sors-moi de là, putain ! » Le temps a alors accéléré, les ambulanciers l'ont fait disparaître avant que je l'atteigne.

Il a encore ralenti quand le docteur Michael et sa femme asphyxiante m'ont conduit à l'hôpital universitaire.

Et maintenant, les secondes s'écoulent au rythme d'un escargot tandis que je fais l'aller-retour entre les sièges inconfortables de la salle d'attente, séparé de Charlotte par d'épaisse portes de métal où des panneaux me définissent comme une « personne non autorisée ».

Alors que je n'imaginais pas qu'il puisse ralentir encore plus, le temps s'arrête net. La porte des urgences s'ouvre dans un courant d'air froid lorsque Mme Finch se précipite dans l'hôpital. Elle se fige et me foudroie du regard. Ses yeux, si semblables à ceux de Charlotte, affolés sous ses épaisses boucles noires.

Me voilà, figé dans le temps, ce que je voulais, sauf que je suis avec la mauvaise Finch.

* * *

Mme Finch est une « personne autorisée ». Une infirmière l'a emmenée au-delà des limites de mon purgatoire, me laissant seul. Je ne sais pas depuis combien de temps. Une éternité.

Je m'écroule sur un siège et je tire sur un fil qui dépasse du coussin. D'après mes recherches sur les cancers au cerveau, les crises épileptiques sont fréquentes. Elles sont déclenchées par les tumeurs qui brouillent les transmissions électriques, comme la fois où James et moi avons bidouillé les fils de notre robot et que durant une compétition il s'est mis à danser le tango au lieu d'attaquer son adversaire. Greta était tellement furieuse qu'elle a refusé de nous parler pendant une semaine entière.

Le problème des crises, c'est qu'elles peuvent arriver n'importe quand, n'importe où et sans prévenir. Charlotte pourrait être en cours, en train de faire la queue chez Krispy Kreme ou, je ne sais pas, au restaurant avec un garçon.

Je tire un bon coup sur le fil et j'entends un bruit de déchirure satisfaisant. *Critch, critch, criiiiiiiiitch !*

Mon téléphone sonne. Je le sors de ma poche et je regarde l'écran. Becca.

— All...

— Charlie, où êtes-vous ? Vous devriez être rentrés depuis des heures !

Je me mets à sortir la mousse du trou que j'ai fait dans le coussin.

— Bec', je suis à l'hôpital. Ça s'est mal passé.

— Quoi ?

— Charlotte a fait une crise d'épilepsie au restaurant. Elle était furieuse contre moi quand ils l'ont mise dans l'ambulance.

J'essaie d'emplir mes poumons d'oxygène, mais la panique prend trop de place.

— Et s'il arrive quelque chose ? Je l'ai laissée tomber.

— J'arrive.

— Bec', non !

Elle a raccroché. La rappeler n'arrangerait rien. Becca est encore plus têtue que Charlotte.

Au lieu de ça, je m'occupe en sortant des bouts de mousse de plus en plus gros. L'infirmière ouvre les lourdes portes de métal.

— Monsieur Hans...

Le front plissé, elle s'arrête net. Je la dévisage, une poignée de mousse dans la main. Pourtant elle ne se met pas en colère, elle secoue la tête.

— Monsieur Hanson ?

J'acquiesce et je remets la mousse dans le coussin.

— Vous pouvez y aller, maintenant.

Je me lève.

— J'ai l'autorisation ?

— Oui, répond l'infirmière avec un sourire.

Je saute par-dessus la rangée de sièges qui me sépare de la porte. J'ai peur que le temps me joue à nouveau un tour et les fasse se refermer avant que je les franchisse.

— Charlotte se repose pour l'instant, mais sa sœur voudrait vous parler.

— Je ne peux pas voir Charlotte ?

— À son réveil.

— Mais elle va se réveiller ?

Mon cœur cogne contre mes côtes.

L'infirmière pose une main rassurante sur mon épaule.

— Oui.

À mon arrivée, Mme Finch se lève du lit de Charlotte où elle était assise. C'est un grand lit d'hôpital, avec ordinateurs, câbles et roues. Enfouie sous ces branchements, ces cathéters et tout ce qu'ils ont empilé autour d'elle, Charlotte a l'air toute frêle.

Un instant, c'est comme si le temps s'était à nouveau figé. Je n'entends rien. Je sais que Mme Finch est là, mais je ne la vois pas. Je ne vois que Charlotte. Accepterais-je cette éternité ? Celle dans laquelle Charlotte est là, mais perdue sous des appareils médicaux ?

Je tremble et tout redémarre, le ronronnement des machines, la poitrine de Charlotte qui se lève et descend dans son sommeil. Mais je lui tiens la main. Comment est-ce arrivé ?

Pendant un long moment, il n'y a rien d'autre que la respiration de Charlotte et la douce vibration qu'elle provoque en moi.

Je dois me mettre à pleurer parce que Mme Finch me tend un mouchoir.

— Il me faut du café, dit-elle, sa voix comme le murmure rauque du vent dans les feuilles d'automne.

Je la regarde sans comprendre.

— Tu en as besoin aussi.

Je secoue la tête.

— J'ai horreur de ça.

— Personne n'a horreur du café, déclare-t-elle en agitant le mouchoir devant mon visage.

Je le prends et m'essuie les joues.

— De toute façon, les infirmières doivent vérifier ses fonctions vitales. Accordons-lui un peu d'intimité.

— D'accord, mais le café, c'est quand même pas bon.

Elle me regarde d'un air renfrogné.

— Tu as tant à apprendre, dit-elle en ouvrant la marche.

Nous rejoignons une grande cafétéria dont la verrière est si propre qu'on pourrait compter les étoiles à travers. Il y a onze autres personnes, éparpillées en petits groupes à plusieurs tables. La plupart contemplent leur gobelet. Personne n'a l'air heureux, le café n'est peut-être pas la réponse que recherche Mme Finch.

Je la suis jusqu'à la machine et la regarde remplir deux gobelets. Elle déchire trois sachets de sucre et les partage entre les cafés.

— Un sachet et demi de sucre, c'est le secret, déclare-t-elle en jetant les papiers. C'est pénible quand on ne fait qu'une seule tasse, parce qu'on se retrouve avec un demi-paquet qui traîne. Mais il est important.

C'est la façon qu'a l'univers de nous faire comprendre qu'on devrait toujours partager un café avec un ami.

— Charlotte a dit que le sucre était interdit chez vous.

Elle hoche la tête.

— Oui. On a passé l'année à boire un café dégoûtant.

— Pourquoi ?

— Un régime anticancer. Un effort de dernière minute.

Elle contemple les deux gobelets, sans bouger. Comme elle a déclaré qu'on devrait partager avec un ami et que je suis tout sauf ça, je ne sais pas si je dois en prendre un. Je ne sais pas non plus combien de temps on reste là, figés par notre relation compliquée.

Enfin, elle verse de la crème épaisse jusqu'à en faire presque déborder les cafés. Le pot de crème en métal résonne quand elle le remet sur le comptoir. Le couple assis à côté sursaute.

— Essaye. Il n'y a plus que le café que j'arrive à faire correctement.

Elle secoue la tête et son menton s'affaisse en signe de reddition. Je n'imagine pas être à sa place, à vouloir retenir Charlotte qui ne désire que s'enfuir. Ça doit être dur. Mme Finch boit les yeux fermés. Quand elle les rouvre, ils sont pleins de larmes.

J'attrape mon gobelet et je grogne un juron lorsque je renverse une bonne partie de son contenu sur ma main.

— Amateur, marmonne Mme Finch.

Elle cligne des paupières pour chasser ses larmes.

— Vous ne savez pas à quel point, dis-je en goûtant.

Ce n'est pas mauvais. Je ne sais pas si c'est bon, mais on dirait que c'est ce qu'il me fallait.

Nous allons nous asseoir en silence près d'une série de fenêtres en surplomb de la cour. Quand il ne reste plus qu'un quart de mon café, je prends mon courage à deux mains.

— Que se passe-t-il ?

Le gobelet de Mme Finch est encore plein aux deux tiers. Elle contemple le liquide brun comme s'il avait la réponse. Comme rien n'arrive, elle dit :

— Charlotte est en train de mourir.

Tout explose en moi. Il n'y a que ma peau qui me maintient en un seul morceau. Ce n'est pas comme si c'était une surprise, mais c'est la première fois que quelqu'un le dit si clairement.

— Il y a une étude clinique sur les tumeurs semblables à celle de Charlotte. Si nous arrivions à l'y faire participer, ça pourrait aider.

Mme Finch pose son gobelet sur la table et cache ses mains tremblantes dans les poches de son sweat.

— Mais elle refuse.

À l'aide. Deux mots et j'arrive à me recomposer suffisamment pour parler.

— Pourquoi ?

Les yeux de Mme Finch débordent à nouveau. Elle lève la tête vers les étoiles.

— Elle ne veut pas mourir ici.

Le silence retombe.

Mourir ? Non. Ce n'est pas une possibilité. Personne ne va mourir. Pas alors qu'il reste encore une chance. Et Atticus Finch ? C'est peut-être un combat perdu d'avance, mais Charlotte doit tenter de se battre, on doit essayer de gagner.

— Qu'est-ce que je dois faire ?

Ça sort tout seul. Je n'avais pas prévu de poser la question. Je le regrette immédiatement. C'est un pas vers Mme Finch.

— Dis-lui de participer à l'étude.

Je me ratatine sous son regard intense. J'ai l'impression d'être tombé dans un piège.

— Elle refuse de m'écouter. Mais peut-être que, toi, tu peux la convaincre. Si tu le fais, Charlie, je te jure que j'accepterai n'importe quoi. Tu veux que je parte de Brighton ? D'accord. Tu veux que je t'aide à entrer au MIT ? D'accord. Tu veux que je vous emmène tous les deux à Atlantic City pour vous marier à la sauvette ? D'accord. J'en suis à ce point.

— Nous marier ?

— Peu importe ce que ça me coûtera, convainc-la de participer à l'étude.

— Pourquoi vous, vous ne pouvez pas la forcer ?

— Elle a dix-huit ans. Elle a le contrôle sur ses décisions médicales. Moi, je ne sers qu'à faire le café, dit-elle en levant son gobelet.

Elle ne boit pas, elle le remet à sa place sur la table en lino décoloré.

— Quelles sont ses chances de s'en sortir, si elle participe ?

Mme Finch s'affaisse complètement.

— Minuscules.

— C'est-à-dire ?

Mme Finch lâche un léger soupir de frustration.

— De la taille d'un quark.

C'est la particule d'espoir la plus petite de l'univers.

6.2

Il suffit de peu d'espoir pour infecter quelqu'un. L'espoir est pire que le venin de vampire. Il s'accroche et transforme quelqu'un. Très vite.

Le temps de revenir auprès de Charlotte, j'ai la tête pleine de scénarios où je parle d'un ton dégagé d'une nouvelle découverte médicale dont j'ai entendu parler dans un journal scientifique. Je pourrais la garder en otage jusqu'à ce qu'elle accepte de participer à l'étude. Ou pleurer jusqu'à ce qu'elle promette d'essayer.

Quand Mme Finch et moi entrons dans la chambre, Becca est déjà là. Je me demande comment elle est devenue une « personne autorisée » sans Mme Finch. Je remarque alors que Charlotte est réveillée. Il y a un tas de trucs qui causent des somnolences dans son intraveineuse, mais elle a les paupières ouvertes et son regard n'a plus cet aspect métallique. Elle cligne ses beaux yeux bleus d'un air endormi tandis que je m'attarde sur le seuil.

— Tu dois être Becca ? demande Mme Finch, s'asseyant de l'autre côté du lit.

Ma sœur acquiesce et regarde Charlotte d'un air interrogateur.

— Jo, voici ma meilleure amie, Becca *Hanson*, déclare Charlotte d'une voix lointaine.

Le sourire de Mme Finch se fige. La pauvre devait se dire : *Enfin une amie de Charlotte que je ne déteste pas !* Et puis, vlan ! C'est comme si tout le clan Hanson était dans le coup. Elle doit s'attendre à voir débarquer nos parents d'un instant à l'autre.

D'ailleurs à ce sujet…

— Comment es-tu venue, Bec' ?

Ma voix est pleine d'anxiété.

— Greta et James sont dans la salle d'attente.

Le front de Mme Finch se plisse. Elle nous regarde tous les trois. Nous sommes une équipe. Et en plus on a des renforts. Elle est seule. Je vois cette nouvelle défaite la frapper, la submerger un peu plus.

Sauf qu'elle n'est pas seule. Pas avec ce petit espoir qui m'habite désormais. Non, elle n'est pas la seule à vouloir que Charlotte se batte.

Charlotte souffle quelque chose à Becca qui bondit de son siège comme s'il avait le virus Ebola.

— Bon, Charlie, on ferait mieux d'y aller, dit-elle en me prenant le bras. Les parents risquent de s'inquiéter.

Elle m'entraîne dans le couloir avant de passer à nouveau la tête dans la chambre.

— Enchantée de vous avoir rencontrée, Mme Finch. On se voit au lycée, Charlotte.

Je me laisse tirer sur quelques mètres avant de reprendre mes esprits.

— Attends, dis-je en me dégageant. Moi aussi, je veux lui dire au revoir.

Becca se précipite devant moi, les mains levées comme si elle voulait me bloquer.

— Charlie, les parents…

— On s'en fout, Bec'.

Je me décale à droite.

Becca réplique.

— Il est siiiii tard !

Elle ponctue en feignant de bâiller.

— Tu ne dors jamais, de toute façon.

Je pars sur la gauche, mais Becca est là avant moi.

— Sérieusement, Charrrr-liiiiie, chouine-t-elle.

Mon taux d'adrénaline grimpe. Becca m'agace. Je la hisse sur une épaule et je file au petit trot vers la chambre de Charlotte. Becca me frappe dans le dos plusieurs fois avant de crisper tous les muscles et de tendre les membres en étoile. Le bout d'une de ses tennis lui sert d'appui contre l'encadrement d'une porte et elle s'accroche à moi de toutes ses forces, ce qui me fait vaciller. Nous nous écroulons sur la porte qui s'ouvre brusquement. Nous tombons dans une pièce noire pleine de branchements et de trucs qui bipent.

Le patient qui se trouve là crie. L'une des machines se met à hurler aussi. Becca et moi sommes toujours entremêlés par terre quand une infirmière à l'air stressé se précipite.

— Dehors. Dehors. DEHORS ! s'exclame-t-elle en nous remettant debout.

Pas la peine de préciser qu'on nous retire aussi sec notre autorisation. Greta et James ont l'air surpris de nous voir surgir dans la salle d'attente. La voix tendue, la gorge serrée, je me tourne vers ma sœur.

— C'était quoi, ce délire ?

Becca frotte son coude qui gonfle déjà.

— Très bien ! rétorque-t-elle. Très bien ! J'essayais d'être gentille, c'est tout ! Charlotte ne veut pas te voir. Content ?

La colère qui me portait s'envole comme un ballon qui se dégonfle et part en zigzag. Je m'assois sur le premier fauteuil et je me tiens la tête entre les genoux.

Becca me passe la main dans le dos.

— Ne sois pas ridicule, Charlie.

Je lui jette un coup d'œil.

— Elle ne veut pas que tu te souviennes d'elle malade. C'est tout.

Les grands yeux bruns de Becca s'embuent de larmes.

— Elle veut qu'on ne garde que les bons souvenirs.

Je baisse à nouveau la tête. Je ne veux pas qu'elle devienne un souvenir.

Je veux qu'elle reste.

Greta et James passent le reste de la nuit à la maison, James dans ma chambre et Greta avec Becca. On dirait qu'ils font du baby-sitting à tour de rôle de peur que je fasse quelque chose d'irréfléchi. C'est marrant, car qu'y a-t-il de plus irréfléchi que de tomber amoureux de Charlotte Finch ?

Assise sur le meuble de la salle de bains, Greta me regarde me brosser les dents. J'envisage de me poignarder l'oreille avec ma brosse pour voir comment elle réagira. Je récite le tableau périodique dans ma tête. Quand j'arrive à l'ununoctium, je crache et me rince la bouche.

— Tu fais encore ta chanson des éléments ? demande Greta avec une esquisse de sourire.

— Comment tu le sais ?

— Tu bats la mesure avec les doigts.

Je me penche sur le lavabo, les mains en coupe sous l'eau, et je me frotte le visage. J'ai les yeux qui brûlent. Il doit être minuit largement passé.

Je m'essuie la figure et je me regarde dans le miroir. Je ne me reconnais pas.

— Je suis tombé.

— Je sais.

Je ressens une pression horrible partout, dans ma poitrine, derrière les yeux, contre mes tempes. Je ferme les paupières, mais ça ne retient pas mes larmes. Greta attrape la serviette que je tiens toujours, la tire vers elle jusqu'à pouvoir m'enlacer.

— Chhhhut, murmure-t-elle dans mes cheveux.

Ce n'est pas très utile, parce que mes larmes se changent en gros sanglots qui attirent James et Becca dans la toute petite salle de bains. Becca passe les bras autour de ma taille et s'appuie contre mon dos. James est tellement immense qu'il tient à peine dans l'espace restreint mais il va s'asseoir près de Greta. Du moins, il a la moitié des fesses dans le lavabo.

— C'est un peu mieux, là-dedans, maintenant ? demande Greta en me caressant la tête dès que mes sanglots deviennent de simples reniflements.

J'essaie d'inspirer à fond. Je dois réessayer quatre fois. Enfin, je hoche la tête.

— Tu es fort, Chuck. Tu le sais, ça, non ?

Oui. Lutter contre ma peur de perdre Charlotte a tout remis en perspective. Il n'y a plus qu'une chose qui puisse me faire mal, désormais, et ce n'est même pas sa mort. Ma plus grande crainte est de ne pas gagner son amour pendant qu'elle est en vie.

— Je sais, dis-je en hochant fermement la tête.

Le sourire de Greta exprime le soulagement.

— Très bien, parce que Charles Hanson, tu es le héros de Charlotte.

Je m'écarte d'elle en y réfléchissant. Je ne crois pas que Charlotte veuille d'un héros. Elle a besoin de quelqu'un qui l'aime tout entière. Je veux que ce soit moi. Mais je n'ai pas envie d'en parler à tout le monde, seulement à elle. Alors je m'essuie le visage avec la serviette et je détourne le sujet.

— Est-ce que j'ai le droit de porter une cape ?

Ma plaisanterie prend tout le monde de court, ce qui est une bonne nouvelle, parce que si l'ambiance ne s'allège pas, on va tous finir à plat. Becca s'étrangle de rire et James manque de glisser, du coup il a les deux fesses dans le lavabo. Et Greta… Greta se met à pleurer un peu en me souriant. Elle n'a jamais compris mon sens de l'humour.

6.4

Lundi matin j'arrive au lycée un bon quart d'heure avant Mme Finch. J'attends près de mon casier, qui avant me semblait bien trop proche de son bureau, mais dont l'emplacement est désormais très pratique. C'est bizarre, ce changement de perspective. Merci, Mme Dunwitty.

Lorsque Mme Finch arrive, il ne me reste que quelques minutes pour savoir comment va Charlotte. Je danse d'un pied sur l'autre tandis qu'elle s'approche, son café dans une main, des feuilles dans l'autre et son porte-clés entre les dents.

— Un peu d'aide ?

Elle grogne et lâche les clés qui tombent dans ma paume tendue.

— Je vous laisse ouvrir, dit-elle en indiquant la porte de son bureau. Attention aux chutes d'objets. C'est courant ces derniers temps.

Nous retenons tous les deux notre souffle lorsque la serrure tourne avec un clic. Je pousse lentement la porte et je prends le risque d'appuyer sur l'interrupteur en m'attendant à prendre un coup de jus. Rien. Tout a l'air normal, mais beurk, c'est quoi cette odeur ?

Mme Finch fronce le nez.

— Ça sent le pourri. Qu'est-ce que c'est ?

Elle me regarde comme si je savais.

— Je n'ai rien fait. Attendez là.

Je prends une grande inspiration et je m'engouffre dans le petit bureau. J'ouvre les tiroirs, je regarde sous le bureau, derrière les étagères, dans la poubelle et derrière quelques-unes des peintures de Charlotte. Rien. J'ai les poumons en feu.

Je ressors en courant et halète un moment, plié en deux, les mains sur les genoux. La puanteur me donne les larmes aux yeux. Je lève la tête vers Mme Finch et suit son regard. Le visage pincé, elle observe les dalles du plafond.

— Je crois que le trésor est caché au-dessus de mon fauteuil.

Elle a peut-être bien raison. La dalle a été décalée, comme si l'abruti l'avait mal replacée.

Je lui fais un signe de tête et je prends une autre inspiration. Je monte sur son bureau et je décale la plaque. La puanteur triple en intensité, ce qui me donne un haut-le-cœur. Il va falloir que je mette la main là-dedans pour trouver la source de l'odeur. J'ai un autre haut-le-cœur.

Je me couvre la bouche et le nez d'une main, de l'autre je tâtonne dans le faux plafond jusqu'à toucher quelque chose de lisse. C'est ferme tant que je ne fais que le frôler. Mais quand je vais pour le prendre, mon doigt s'enfonce jusqu'aux ongles avec un horrible bruit de succion. D'un geste vif, je le sors du plafond, comme un lapin décapité du chapeau d'un magicien fou.

C'est un fœtus de cochon pourrissant. Le genre qu'on dissèque en biologie. Quelqu'un a dû le sortir du congélateur vendredi et le cacher là. Ça me rend furieux. Mme Finch ne devrait pas avoir à subir ce genre de truc. Elle essaie de sauver sa sœur. C'est inadmissible et je vais y mettre un terme de ce pas.

Mme Finch, qui se penchait pour mieux voir, étouffe un cri et recule d'un coup, se cognant contre Brad Mitchell, qui est ce qu'on a de plus proche d'une grosse brute à Brighton. Les bras croisés sur son grand torse, il me fusille du regard. J'aurais peur si je ne savais pas qu'il pleure comme un bébé s'il a moins de A à un contrôle.

Tenant le fœtus par la queue, je saute du bureau de Mme Finch. Par quelque miracle de la physique, j'arrive à rester debout. Précédé par l'horrible odeur, je sors à grands pas dans le couloir.

— Hé, Brad, je crois que j'ai trouvé ton binôme.

Il cille, les bras toujours croisés, mais il a l'air stressé.

— Que se passe-t-il, ici ?

La voix du docteur Whiting résonne dans le couloir. Je vois ses cheveux noirs, lisses, fendre la foule.

— Ça, dis-je en agitant le cochon, ça s'arrête. Pigé ?

Les larmes montent aux yeux de Brad et il hoche la tête.

— Dégage, je siffle entre mes dents.

Il se jette au milieu des autres élèves, bousculant deux filles au passage.

Je me retourne et j'essaie de trouver quoi faire du fœtus quand une poubelle surgit devant moi.

Les muscles épais des bras de James se crispent lorsqu'il l'agite sous mes yeux. D'où sort-il, lui ?

— Lâche le cochon, Chuck, dit Greta d'une voix tendue comme une corde de violon.

Je jette la chair pourrie dans la poubelle et attrape rapidement les rebords du sac noir pour le refermer. Et maintenant ? Je regarde Greta et James tour à tour, mais le temps s'est écoulé. Grimaçant, le docteur Whiting arrive à grande foulée.

— Que se passe-t-il ici ?

Il croise les bras sur son torse.

Personne ne doit porter le chapeau. C'est moi qui ai lancé cette révolution. J'en connaissais les risques. J'ouvre la bouche, mais avant que je puisse dire quoi que ce soit, Mme Finch surgit à mon côté.

— Oh, monsieur Hanson ! s'exclame-t-elle en agitant les mains devant ses yeux. Merci beaucoup de votre aide !

Les sourcils épais du docteur Whiting tremblent.

— Madame Finch ?

— Quand je suis arrivée à mon bureau ce matin, il y avait une épouvantable odeur… Le casier de M. Hanson est juste à côté, dit-elle en le montrant du doigt. Il l'a sentie aussi.

Mme Finch me regarde alors je hoche la tête. Avec enthousiasme.

— C'est lui qui a trouvé la pauvre bête, hoquète-t-elle.

Elle agite à nouveau les mains pour chasser ses larmes de crocodile.

— Quoi ? Qu'avez-vous trouvé ? me demande Whiting.

Elle se dépêche de répondre.

— Un écureuil. Un écureuil mort. Il a dû passer par une bouche d'aération et n'a pas retrouvé la sortie. Oh, j'espère qu'il n'a pas souffert longtemps !

Le docteur Whiting desserre la mâchoire.

— Très bien. Monsieur Hanson, veuillez s'il vous plaît déposer ce sac-poubelle dans la grande benne à l'arrière.

Je ne réponds rien, de crainte qu'au lieu de « oui, monsieur », ce soit un aveu complet qui sorte. Je tourne les talons et traverse le couloir jusqu'aux doubles portes aussi vite que possible.

Je jette le sac et je m'écarte pour inspirer à grandes goulées. Mme Finch vient de me sauver la mise. Sa gentillesse me bouleverse.

* * *

Mme Finch m'attend au niveau des doubles portes. L'embouteillage du couloir s'est dégagé, tout le monde est parti en cours. James et Greta sont appuyés contre mon casier. Greta me tend mon sac à dos, mais j'ai du jus de cochon sur les mains. Mme Finch nous emmène aux toilettes réservées aux professeurs, au bout du couloir.

— La vache ! s'exclame James en sifflant. C'est classe.

— Ce sont des toilettes, J.

Greta le tape sur le bras.

Je me dirige droit vers les lavabos en essayant d'oublier que j'ai du porc sous les ongles. Mme Finch s'appuie contre le mur, près de moi.

— Merci, Charlie.

— Je suis désolé, dis-je en inspectant mes mains pleines de savon. Ces mauvais tours sont devenus incontrôlables.

— Des Frankenblagues, souffle James à Greta de sa voix pas du tout discrète.

Je lui dirais bien de se taire, mais elle me devance et lui écrase le pied. Je passe mes mains sous l'eau chaude, en frottant si fort qu'elles rougissent.

— Ça s'arrête là. C'est allé trop loin.

Je jette un coup d'œil à Greta qui hoche la tête. Elle passera le mot. Comme si elle allait s'en occuper tout de suite, elle prend la main de James et l'entraîne dehors.

— Je ne voulais même pas participer, mais Charlotte a dit que ça l'aiderait, et… je ne sais pas lui dire non.

— J'étais sûre qu'elle y était mêlée.

M'attendant à de la fureur, je jette un coup d'œil à Mme Finch, mais elle a un drôle de sourire au coin des lèvres.

— Elle est vraiment insupportable.

Le sourire de Mme Finch s'agrandit et lui éclaire tout le visage.

— Ça fait des années qu'elle me fait tourner en bourrique et pourtant je n'arrive pas à rester fâchée. Tu n'es pas le seul qui ferait n'importe quoi pour la rendre heureuse.

J'attrape une poignée de serviettes en papier.

— Comment va-t-elle ?

Je me renifle les doigts et je grimace en sentant la pointe d'Eau de Cochonou qui persiste.

— Bien. Elle va bien.

— Plus précisément, dis-je en rouvrant l'eau.

Mme Finch soupire.

— Elle est irascible, entêtée et distante, comme elle l'a été toute l'année. Elle va bien.

Je me sens affreusement mal pour Mme Finch. Elle a déménagé avec Charlotte pour se rapprocher de l'hôpital universitaire et de l'étude clinique. C'est très clair, désormais. C'était ça, les opportunités dont parlait Charlotte. À sa place, j'aurais fait la même chose.

Je me rince à nouveau les mains. La mousse descend dans la canalisation, tourne autour du trou avant de disparaître.

— Je peux la voir ?

— Je ne sais pas. Le peux-tu ?

Mme Finch a une expression lasse.

Je grimace.

— Vous êtes sûre que Charlotte n'est pas votre clone ? Elle me sort tout le temps ça aussi. Sauf que ça la remplit de joie.

Le regard de Mme Finch s'illumine.

— C'est vrai ?

J'acquiesce en me séchant les mains une seconde fois.

— Je devrais être heureuse d'être la seule à la voir comme une jeune fille maussade.

— Peut-être qu'elle vous laisse voir la vraie Charlotte parce qu'elle vous fait confiance. Elle sait qu'elle peut être chi… euh, énervante et que vous l'aimerez quand même. Comme avec ma sœur, je suis condamné à subir sa présence, surtout quand elle ramène à la maison des meilleures amies qui me rendent dingue.

Mme Finch sourit.

— Allons-y, dit-elle. Je vais t'écrire un mot de retard.

Je la suis jusque dans sa salle sans faire attention aux regards des premières années qui se demandent ce qui se passe. Mme Finch me donne deux mots.

Le premier justifie mon retard, le second : « Se repose à la maison. »

Je lève les yeux vers Mme Finch. Elle hausse les épaules.

— La victoire est rare.

Les possibilités me font trembler.

— Mais parfois, on gagne.

Je sors de la classe et je tourne à droite, vers les doubles portes.

6.5

Je sèche les cours pour aller voir une fille. Charles Mortimer Hanson rate un cours de biochimie de son plein gré. La planète subit une inversion des pôles cataclysmique, la fin du monde est proche.

L'apocalypse est magnifique.

Quand je sonne à la porte, le chien de l'enfer pousse un hurlement rauque qui achève mes nerfs fragiles. Mais rien ne bouge.

Je fais le tour et j'ouvre le portail, cherchant du regard quelques cailloux à lancer. Peut-être qu'avec de la chance je toucherai sa fenêtre, cette fois. Je suis sur le point d'envoyer le premier missile quand une boule grise à crocs blancs se faufile par la chatière. Une seconde, je me demande comment un truc aussi énorme peut arriver à passer par une aussi petite ouverture. Mais il le fait, et il court vers moi avec le poil hérissé.

Je tiens encore le caillou et, un court instant, je crois pouvoir vaincre le chien, à la David et Goliath, mais avant que je le jette, j'entends un grondement encore plus effrayant.

— Si tu lapides ma chienne, Hanson, tu es mort.

Je me fige. Heureusement, le molosse aussi. Au son de la voix de Charlotte, il fait demi-tour et se précipite vers elle avec la queue battante en dandinant du derrière. Charlotte pose la main sur la tête de Luna qui s'assoit à côté d'elle. La chienne arbore une expression du genre : *Ha, ha, ha ! C'est moi que Charlotte préfère.*

Je lâche mes cailloux.

— Elle allait me manger.

Charlotte sourit.

— Mais nan. Juste t'abîmer un peu.

— Oh, ça va, alors.

Je danse d'un pied sur l'autre et je baisse les yeux. J'ai peur de me rapprocher de Charlotte. Entre le chien et le souvenir du matériel médical qui l'étouffe, j'ai à la fois envie de fuir et de rester.

— Qu'est-ce que tu fais là ? me demande-t-elle.

Je lève les yeux. La fuite n'est pas une option.

— On n'a pas terminé la soirée comme il faut. Tu as dit qu'il y aurait un baiser à la fin.

Charlotte rougit.

— Même après tout ça, tu veux toujours être avec moi ?

Je fais un pas vers elle.

— Oui.

Elle sourit et fait rentrer la chienne dans la maison en me signalant de la suivre.

— Rien ne vaut le moment présent.

Nous traversons la cuisine, que je n'avais vue que par la chatière, jusque dans le salon. Les murs sont peints en nuances de verts et de jaune doré, il y a des bibliothèques et des tableaux dans les moindres recoins. Et ça sent bon. Si un jardin et une pâtisserie se mariaient, leur enfant aurait cette odeur.

Sur l'un des murs se trouve l'immense peinture d'une fille appuyée contre la porte d'une grange. La fille détourne le visage, elle regarde le soleil se coucher à travers les planches.

Je la connais. Je ne peux pas m'en empêcher, je tends la main et la touche.

— C'est Jo.

Mon geste se fait hésitant.

— Ma sœur. Quand elle était plus jeune que je le suis aujourd'hui.

— Je croyais que c'était toi.

Charlotte écarquille les yeux. Elle regarde à nouveau la peinture.

— Non. Moi je suis la grange.

Je regarde de plus près.

— Dans la grange ?

Le rire léger de Charlotte me caresse la peau.

— Non. Je *suis* la grange.

Je m'écarte de la peinture. Un petit orage estival pourrait la mettre à terre.

Avec le pouls qui bat à toute vitesse et une profonde chaleur dans ma poitrine, je m'assois dans le canapé. Charlotte se recroqueville à côté de moi, une couverture sur les jambes. Elle appuie la tête sur mon épaule. Ses belles boucles noires parfument l'air que je respire.

— Est-ce qu'on peut…

— S'embrasser ? tente de finir Charlotte avec un sourire en coin.

— Euh… j'allais dire : parler.

Elle fait la moue.

— Très bien. J'imagine que tu mérites une explication.

Elle se redresse et s'assoit face à moi.

— Qu'est-ce que tu veux savoir ?

Maintenant que ses yeux bleus me fixent, tout ce que je veux savoir, c'est ce que ça fait de déposer des baisers dans son cou jusqu'à la peau douce derrière son oreille.

— Franchement, je n'ai rien à cacher, Charlie. Pose tes questions.

Elle croit que je perds du temps parce que j'ai peur d'aborder les sujets difficiles. Elle a tort.

— Et pourtant tu caches tout.

Elle redresse le menton en grondant depuis le fond de sa gorge. Je ne peux plus me retenir. Je dois me rapprocher. Je me penche, je remonte les lèvres dans son cou, je dévore l'odeur de citron-vanille. Lorsque j'atteins son oreille, son grondement s'est changé en un doux gémissement et je suis complètement retourné. Je mets la main derrière sa tête pour qu'elle me dévoile encore plus sa gorge et, en redescendant, je donne un coup de langue dans le creux de son épaule.

Charlotte glisse les doigts dans mes cheveux et rapproche mon visage du sien. Ses lèvres entrent en contact avec les miennes comme une météorite traverse l'atmosphère. De la chaleur et des flammes explosent tandis que nous tombons vers un sol incertain. La chute est longue et belle.

Le cœur battant sous l'impact, nous nous écartons enfin, nous partageons le même souffle. Je veux vivre dans cet instant. J'essaie de ne pas me représenter l'angle formé par nos fronts qui se touchent. Ou le nombre de secondes exact qu'il me faudrait pour passer de mon espace au sien. J'essaie de ne pas nommer l'impressionnante variété de micro-organismes qui vivent dans la bouche humaine et que nous venons de partager. J'essaie de repousser la froide logique qui me consume.

Je ne dois pas essayer assez fort.

Charlotte esquisse un sourire en coin.

— Et maintenant, on parle ?

Quand j'acquiesce, sa tête bouge en même temps que la mienne. Elle s'écarte et enroule les doigts dans la frange de la couverture.

— Tu es sûr de vouloir parler ?

Elle me fait un clin d'œil.

— Non.

Avec un petit sourire, elle appuie la tête contre mon épaule.

— Il n'y a pas grand-chose à dire. J'ai un cancer.

— Est-ce que tu te bats contre lui ? Est-ce que tu as une chance de gagner ?

Les épaules de Charlotte se tendent et remontent.

— Quand j'ai eu le diagnostic, je n'ai pas douté un seul instant que je guérirais. Comme si c'était un rhume, que je n'avais qu'à prendre mes médicaments, passer quelques jours allongée à regarder des dessins animés pendant que tous les autres allaient en cours et tadam ! guérie.

— Et maintenant ?

— Le pronostic n'est pas bon du tout, Charlie. Inopérable, en pleine métastase. Il va revenir. Il me tuera, que ce soit maintenant ou dans un an.

— C'est long, un an.

— Ah oui ?

— 12 mois. 52 semaines. 365 jours. 8 760 heures. 525 600 minutes. 31 556 926 secondes…

Charlotte me fait un sourire en coin.

— Toujours si littéral. C'est ce que j'adore chez toi.

— Désolé.

— Pas la peine. Je sais que c'est difficile à comprendre. C'est difficile à expliquer. Ce n'est pas comme si j'avais envie de vous quitter.

Elle regarde la peinture de son corps brisé traversé par le soleil couchant.

— Mais si je dois mourir, j'aimerais avoir des cheveux. C'est si horrible que ça ?

— Mais tu seras morte.

— Oui.

— Ça va te déranger ? De ne pas avoir de cheveux alors que tu seras morte ?

— Aucune idée. Mais là je suis vivante et ça me dérange. Ça devrait compter, non ?

Quelque chose me déchire, me presse, m'électrocute le cœur, et après la douleur, tout est clair.

— Oui. Ça compte.

J'écarte une boucle de son front. Elle me prend la main et la serre.

— Mais pourquoi ne pas essayer l'étude clinique ?

Charlotte, chaude et douce contre moi, se change en glacier. Elle se redresse, pâlit puis rougit. Les lignes délicates de sa mâchoire durcissent.

— Qu'est-ce que Jo t'a raconté ? Que c'est un remède miracle que je refuse comme la petite écervelée que je suis ?

— Écerve… ? Non.

— Parce que c'est pas le cas. C'est horrible. J'en ai déjà fait. Il y en a même une qui a marché une fois, c'était génial. Mais celle-là a une chance de succès très limitée.

— Mais c'est une chance ?

— D'être un rat de laboratoire. Je ne suis pas quelqu'un qu'ils essaient de guérir. Je ne suis que le réceptacle de ce dont ils ont besoin, des cellules cancéreuses sur lesquelles expérimenter. On va m'injecter des poisons et noter mes réactions en cherchant le dosage auquel tout mon corps s'éteindra. En bonus, je serai l'un des premiers êtres humains auquel on inocule un virus créé par l'homme et dont l'objectif est d'infecter et tuer des cellules cancéreuses.

— C'est fantastique.

Je ne voulais pas le dire à voix haute. Le visage de Charlotte est celui d'une étrangère, taillé dans la colère et la trahison.

— Fantastique pour les quelques animaux que ça n'a pas tué, crache-t-elle comme une flamme étouffée, sa fureur des volutes de fumée.

— Combien ont survécu ?

Le regard tranchant comme des scalpels qui me disséqueraient, Charlotte tire sur un fil décousu de la couverture.

— Soixante pour cent.

— C'est plus de la moitié.

Elle ricane.

— Waouh, tu devrais vraiment t'inscrire à une école scientifique !

Le sarcasme dans sa voix n'est rien face à son écœurement. Elle tire sur le fil et l'enroule autour de deux doigts.

— Quarante pour cent de ces animaux sont morts, Charlie.

— Mais sans l'étude, tu as cent pour cent de chances de mourir.

— Comme tout le monde.

— Oui, mais Charlotte !

Je sens le désespoir me griffer de l'intérieur.

— Tu mourras dans l'année.

— Mais je ne perdrai pas la mémoire.

Un éclair d'adrénaline se déploie de mon cœur jusqu'à mes extrémités avant de disparaître en un clin d'œil. J'ai tous les sens en éveil. J'entends le cliquetis du distributeur à glaçons qui se déclenche dans la cuisine. Le parfum de Charlotte est chaud comme des biscuits. Ses doigts tremblent alors qu'elle lutte pour rester immobile, empêcher de lourds sanglots de secouer ses épaules.

— Je ne savais pas.

— Bien sûr que non ! Jo ne te l'a pas dit, ça !

Elle est tellement furieuse ; il est peu probable que j'arrive à la convaincre, mais je dois quand même essayer. La victoire est rare.

— Mais est-ce que ça n'en vaudrait pas la peine, d'être en vie, si ça marchait ? Et pense à l'avancée médicale ! Un virus qui attaque le cancer, ce serait fantastique.

Charlotte se force à descendre du canapé et, les épaules en arrière, baisse le regard vers moi.

— Je ne suis pas une expérience scientifique.

Sa voix se brise.

— La vie n'est pas une expérience.

Elle essuie ses larmes et sort en courant.

Sujet : Charlotte Finch

Méthode : Échanger des baisers carrément brûlants. Puis lui proposer de se soumette à une expérience scientifique pour le bien de l'Humanité.

Résultat : À ton avis ? Peut-être qu'on ne devrait pas toujours envisager la vie d'un point de vue scientifique, abruti.

6.6

Je fais les cent pas devant le canapé en me rejouant notre conversation, toutes mes erreurs. Elle était trop fâchée pour être rationnelle, trop pleine d'émotions pour être raisonnable, trop Charlotte…

Nos cerveaux se servent de certaines réactions chimiques et protéines pour connecter les différentes zones et tissus où se trouvent nos souvenirs. Si les médicaments de l'étude détruisent ces connexions, les souvenirs peuvent alors être effacés ou à jamais isolés. Sans ses souvenirs, Charlotte ne me reconnaîtrait pas. Et si je ne parvenais pas à lui plaire la seconde fois ? Je ne sais même pas vraiment comment j'ai réussi cette fois-ci.

Sans ses souvenirs, elle ne se connaîtrait pas elle-même, et s'il n'y a qu'une chose dans cet univers que je peux démontrer, c'est que Charlotte Elizabeth Finch sait parfaitement qui elle est et ce qu'elle veut. Personne ne devrait pouvoir le lui enlever.

Je comprends avec horreur que si j'avais gagné le débat, au bout du compte nous aurions tous les deux perdu.

La maison est silencieuse. Charlotte est montée dans sa chambre, pourtant je ne l'entends pas bouger. Je ne l'entends pas pleurer.

Maintenant que l'adrénaline retombe, j'ai mal aux doigts et, en montant l'escalier, j'ai l'impression d'avoir couru un marathon. Je me sens las. Il n'y a qu'une porte fermée à l'étage. Je m'appuie contre elle.

— Charlotte ? Laisse-moi entrer, s'il te plaît.

Au début il n'y a pas de réponse, puis j'entends sa voix :

— Qu'est-ce qui t'en empêche ?

Je tourne le bouton qui n'est pas verrouillé. Ça ne s'ouvre pas vers l'intérieur, comme le devrait une porte de chambre, mais vers l'extérieur. Parce que c'est un placard à linge, très bien organisé, avec des étiquettes et tout. Qui fait des trucs pareils ?

— Charlotte ?

— Ici.

Sa voix vient de derrière moi. J'étais tellement concentré sur la porte close que je suis passé devant sa chambre sans la voir.

Le placard à linge n'a pas été rangé par Charlotte. Sa chambre est plus désordonnée que la mienne. Sur le mur, il n'y a pas un centimètre de libre entre les croquis, les posters, les tableaux et les bibliothèques. Et le sol est jonché de papiers, de crayons, de pots de peinture ouverts et de vêtements. Beaucoup, beaucoup de vêtements. C'est comme si tous le chaos de l'univers était venu couver ici.

— Pourquoi ta porte est-elle ouverte ? je demande en entrant.

— Parce que je voulais que tu me retrouves.

Nous nous observons, chacun d'un côté de la pièce.

— Je voulais te poser une question sur ce livre que tu aimes tant.

Je fais un pas en avant.

Charlotte fouille mon regard.

— Quelle question ?

— Crois-tu qu'Atticus s'en voulait, pour Tom ?

Charlotte inspire vivement. C'est comme un poignard.

Je lutte pour ne pas baisser la voix.

— De ne pas avoir sauvé l'oiseau moqueur ? Pouvait-il jamais se pardonner ?

Charlotte hoche la tête, ses boucles brunes dansent autour de son menton. Elle me tend la main. Je traverse la chambre et m'assois avant qu'elle puisse encore hocher la tête. Je lui prends la main, mais ce n'est pas assez, alors je l'attire vers moi, sur moi, sur mes genoux, contre ma poitrine. Je l'étreins.

Depuis les replis de mon tee-shirt, elle dit :

— On devrait toujours pardonner.

Elle me touche la joue, tourne mon visage vers le sien.

— N'oublie pas, c'est tout.

— Jamais.

Charlotte lutte pour ne pas craquer. Elle me caresse la joue trois fois avant de m'embrasser.

* * *

Nous nous endormons. Je suis allongé sur son lit, Charlotte est roulée en boule à côté de moi, la tête sur mon épaule. C'est ainsi que Mme Finch nous retrouve.

Elle me tire du sommeil en secouant doucement mon bras libre. Quand je sursaute, elle met un doigt sur ses lèvres.

— Ne la réveille pas. Elle a besoin de dormir.

Son regard s'adoucit quand elle le pose sur sa sœur. Il est dur comme la pierre quand elle se concentre sur moi.

— Ne la réveille pas, mais sors tout de suite de son lit.

Je m'extirpe lentement de sous Charlotte, mais je prends le temps d'écarter les boucles qui lui sont tombées sur le visage. Mme Finch tire un drap sur elle et me chasse.

Je la suis, surpris qu'elle ne me mette pas immédiatement dehors. Nous finissons dans la cuisine où elle ouvre le frigo qu'elle contemple un instant avant de le refermer.

J'ai peur de briser le silence en premier, mais c'est encore plus effrayant d'être là avec tous ces couteaux aiguisés. Elle vient quand même de me surprendre dans le lit de sa petite sœur.

— J'ai essayé de lui parler de l'étude, dis-je.

Sans lâcher la porte du frigo, elle me jette un regard. Elle ne me demande pas comment ça s'est passé. Vu mon expression, ça doit être évident.

— Ce qu'il y a…

Je marque une pause et je ravale une boule d'émotion qui roule dans ma bouche comme une bille.

— … c'est que je comprends son point de vue. Et j'ai beau vouloir faire n'importe quoi pour la garder plus longtemps, je ferais aussi n'importe quoi pour la rendre heureuse.

Elle hoche la tête et se retourne vers les photos sur le frigo. Le silence nous entoure comme un brouillard.

Se bercer d'illusions, parfois c'est tout ce qui nous reste à faire.

— Je ferais mieux d'y aller, dis-je en faisant un pas vers la porte.

— Ramène ta sœur pour le dîner, me lance Mme Finch. Il est trop tôt pour que Charlotte sorte, mais je sais qu'elle aimerait vous voir tous les deux.

Elle referme à nouveau la porte.

— Mais il faudra commander une pizza, parce qu'il n'y a rien de bon à manger, ici.

Tout mon visage se chiffonne alors que j'essaie de comprendre ce qui se passe.

Mme Finch lâche un petit rire.

— Si vous voulez continuer à voir ma sœur, monsieur Hanson, nous allons devoir passer beaucoup de temps ensemble.

— Charlie.

Elle cille.

— Vous pouvez m'appeler Charlie.

— Non. C'est le nom de ma sœur, ce serait trop bizarre si j'appelais son petit ami comme ça aussi, alors je vais continuer à dire monsieur Hanson.

— Et Justin ?

Elle hausse les sourcils de surprise.

— C'est plus court que Justin Crétin.

Mme Finch se met à rire et ça doit faire longtemps que ça ne lui est pas arrivé parce que les muscles de son visage sont hésitants et ses yeux pleins de surprise, puis de larmes. Elle les chasse d'un clignement de paupières.

— C'est parfait.

6.7

Tous les jours ou presque, nous sommes allés faire nos devoirs chez Mme Finch. Même Greta et James passent nous voir. Vendredi dernier, nous avons regardé un film tous ensemble. Enfin, Mme Finch corrigeait des copies à la table de la cuisine, mais elle voit la télé de là et on l'entendait gémir « Oh, je rêve ! » pendant les moments gnangnan.

Cet après-midi, Charlotte est allongée par terre en train de dessiner une fractale en spirale détaillée sur laquelle elle a travaillé toute la semaine. Elle n'arrête pas de gommer les traits en soufflant d'agacement, alors elle ne doit pas arriver à faire ce qu'elle veut.

Elle attrape son portable et jette un coup d'œil à l'écran. Il y a la photo d'une feuille de fougère dont elle s'inspire. Avec un juron étouffé, elle repousse le téléphone sur le côté.

— Charlie, puis-je emprunter ton ordinateur un instant ? Il faut que je regarde quelque chose et mon écran…

Elle s'interrompt. Il est trop petit, elle n'arrive pas à lire dessus. Sa vue baisse.

— Pas de problème. J'ai besoin d'une pause.

— Je ne voudrais pas t'interrompre en pleine découverte scientifique révolutionnaire.

Son demi-sourire me réchauffe de l'intérieur. Elle se blottit près de moi et plisse les yeux.

— Mon Dieu ! dit-elle d'une voix taquine. Tu as fait planter ton portable ?

— C'est du code.

Je mets l'ordinateur sur ses genoux et j'appuie la tête sur son épaule. Les cours de programmation étaient censés être une option sympa, mais finalement c'est plus pénible que ceux de Finch. Cette pensée me fait sourire.

Becca frappe une fois avant de débarquer au petit trot.

— J'ai des cadeaux ! déclare-t-elle.

Elle a les joues rougies par le vent et le froid.

— Où étais-tu ? demande Charlotte en levant les yeux de mon ordinateur.

Elle cligne plusieurs fois des paupières, le temps que sa vision se réadapte.

Becca hausse les épaules et agite la main.

— Le bus a mis une plombe.

Un éclair de culpabilité à l'idée de manquer les cours traverse le visage de Charlotte mais disparaît dès que Becca lâche une grande enveloppe sur ses genoux.

— Ce que tu as raté.

Charlotte dépose mon ordinateur sur la table devant nous afin de consulter ses devoirs à faire.

— Et ça, continue Becca en s'asseyant au bord du canapé près de moi, c'est arrivé pour toi.

Elle me tend aussi une grande enveloppe. Le logo du MIT y est imprimé. Elle contient tout mon avenir.

Charlotte se fige. Je n'arrive pas à emplir mes poumons et j'ai l'impression que, si j'y arrivais, ils exploseraient. Il vaut peut-être mieux complètement arrêter de respirer.

Becca est la seule qui n'est pas immobile, elle sautille sur le canapé en tirant sur une de ses mèches.

— Ouvre, Charlie ! L'enveloppe est bien épaisse. C'est bon signe !

Bon signe.

Ça a été mon but pendant sept ans, cette enveloppe entre mes mains. Et soudain tout ce que je veux, c'est la jeter et me précipiter dans les bras de Charlotte. Quelque part, je suis furieux. Furieux de ne pas pouvoir apprécier cet instant. Je devrais crier, sauter de joie et appeler Greta…

Je pose l'enveloppe sur la table à côté de mon ordinateur.

— Excusez-moi un instant, s'il vous plaît.

— Mais, Charlie ?

Becca me projette son incompréhension, elle cherche des réponses que je n'ai pas. Je me lève et passe de l'autre côté de la table basse.

— J'ai besoin d'une minute, dis-je à Charlotte, ma belle Charlotte, un océan de tristesse dans son regard.

Elle force un sourire courageux, se rapproche de Becca et lui tapote le genou.

— On reste là.

Qu'est-ce que je voudrais que ce soit vrai ! La colère et la peur m'étranglent, j'ai des points noirs devant les yeux. Je sors de la chambre à grands pas, jusque dans le jardin, et je prends mon téléphone.

— Quoi de neuf, Chuck ? répond Greta à la première sonnerie.

— Gret'.

Je n'arrive à rien sortir d'autre. Ma faible respiration me rattrape. Je m'assois sur une chaise longue sur la terrasse et je mets la tête entre mes genoux.

— Chuck ?

L'inquiétude dans sa voix est montée d'une demi-douzaine de crans.

— Je suis pris.

Elle marque une pause avant de dire :

— Félicitations.

— Je me sens trop mal.

— Je suis désolée.

Une autre pause.

— Où es-tu ? Tu veux que je vienne te chercher ?

Je ravale l'émotion qui m'étouffe.

— Je suis chez Charlotte. Comment je peux fêter ça avec elle ? Comment je vais pouvoir partir l'année prochaine ? Comment je me suis retrouvé dans une telle situation, Gret' ? Comment ?

Secoué par un océan d'émotions incontrôlables, je me noie à nouveau.

— Chuck.

La voix de Greta est une ancre, lourde de signification, elle me stabilise au milieu de mon désarroi.

— Il va falloir que tu te calmes.

Le rire bref que je recrache me prend de court. Soudain capable de respirer plus profondément, je me redresse.

— Là, pour quelqu'un d'aussi intelligent, t'es vraiment con. Tu crois vraiment que Charlotte ne va pas être heureuse pour toi ? Tu crois qu'elle s'attend à ce que tu t'assoies à ses pieds et que tu mettes ta vie sur pause jusqu'à sa mort ? Tu crois qu'on peut contrôler de qui on tombe amoureux ? Et, plus important, est-ce que tu as les formulaires de demande de bourse ? Parce qu'il faut que tu t'y mettes immédiatement. Le MIT n'est pas donné.

— Je n'ai pas encore ouvert l'enveloppe.

— Alors toute cette conversation est prématurée. Et si c'était juste une lettre de refus très épaisse ? Va déballer ton avenir, Chuck. Et fais-le avec ta petite amie. Les filles adorent ce genre de trucs.

Je frotte mes yeux qui picotent.

— Merci, Gret'.

— Félicitations, Chuck.

Elle raccroche alors que je contemple mon téléphone. Luna passe par l'ouverture dans la porte et s'assoit à mes pieds en posant son énorme tête sur mes genoux.

— Est-ce que Charlotte t'as envoyé vérifier que tout va bien ? je demande au puissant animal.

Elle redresse une oreille et bat deux fois de la queue.

— Est-ce qu'il y en a besoin ? demande Charlotte sur le pas de la porte.

Elle est enroulée dans sa couverture préférée et la ferme devant sa poitrine comme une robe de chambre. La voir suffit à ce que je me détende. Je prends ma première véritable inspiration depuis beaucoup trop longtemps.

Je tapote la place à côté de moi sur la chaise longue. Charlotte me rejoint à petits pas. Une fois assise, elle partage sa couverture avec moi. Je remarque qu'elle tient l'enveloppe. Elle ne me la donne pas mais la dépose sur ses genoux.

— Je me rends compte que je ne t'ai pas parlé de mes projets.

— Projets ?

Je gratouille Luna derrière l'oreille.

— Je te l'ai dit. J'ai des endroits à visiter, des choses à voir. Tu ne crois pas que j'allais rester là à peigner la girafe, quand même ?

— Je ne… peigner quoi ?

— Je remplis ma voiture de toiles et de carnets à dessin, de crayons et de feutres, d'aquarelles et de pinceaux et je me mets en route. Je vais faire le tour des États-Unis. Voir toutes les œuvres d'art possible.

Ça lui ressemble. J'imagine bien sa voiture pleine de gobelets de café et de croquis.

— Je pourrais venir avec toi. Tu sais, moi non plus, je n'ai jamais vu le Grand Canyon.

— Non. Tu ne peux pas, dit-elle en tapotant du doigt sur l'enveloppe. Parce que tu as des choses importantes à faire au MIT.

Je l'attire sur mes genoux, ce qui fait reculer Luna de quelques pas. Charlotte me regarde de l'air le plus triste au monde. J'ai les entrailles aussi douloureuses que si je m'étais pris un bélier en plein ventre.

— Il y a des musées, à Boston ?

Son sourire se transforme. Le poids sur mon ventre se dissipe.

— Des tas.

— Tu me rendras visite ?

— Aussi souvent que je peux, mais je serai très occupée.

On sait tous les deux que c'est un jeu, comme quand à six ans Becca et moi faisions semblant d'être des superhéros. Mais comme à l'époque, ça fait du bien de créer notre univers.

L'enveloppe s'est retrouvée coincée entre nous. Charlotte la dégage et la chaleur de son corps se répand sur le mien.

— Ouvre-la pour moi, tu veux ?

Elle hoche la tête. Les doigts tremblants, elle décolle le rabat et sort la liasse de papiers. La tête sur mon épaule, elle lit :

— Cher Charles, au nom du comité d'admission, j'ai le plaisir de vous annoncer notre décision de vous accueillir au MIT pour l'année…

Je l'interromps d'un baiser et je goûte les larmes silencieuses qui se sont mises à couler sur ses joues, puis ses lèvres. Quelque part je suis triste : lorsque je repenserai à cet instant, il aura toujours la saveur de la mer. Mais je suis surtout heureux de le partager avec Charlotte, ma belle Charlotte aux yeux emplis d'instants non vécus.

6.8

Elle a beau prendre des médicaments antiépileptiques, personne n'a envie que Charlotte conduise sur une longue distance. Quand elle demande à rendre visite à son père, je vois la panique, l'antipathie et la détermination s'enchaîner sur le visage de Mme Finch.

Je suis devenu bon pour décoder les expressions des sœurs Finch. Ce sont deux variations sur un même thème.

Comme l'expression de gratitude de Mme Finch le jour où j'ai mis un terme à la révolution de Brighton. Entre la façon dont j'ai réprimandé Brad et les messages de Greta, il était clair, le mardi où je suis revenu en cours, que l'armistice avait été signée. Pour être sûr que tout le monde comprenne bien, j'ai attendu Mme Finch près de son bureau. Quand elle est arrivée avec son café, je lui ai demandé sans attendre :

— Pourriez-vous me recommander un autre livre ? Le personnage d'Atticus m'a beaucoup plu. Est-ce qu'il y a d'autres héros dans son genre ?

Tout le monde a attendu la chute, mais quand elle n'est pas arrivée, ils ont compris que c'était bel et bien fini. Maintenant que je n'ai plus à me conduire comme un con, j'apprécie son cours.

— Je peux le faire, dis-je à Mme Finch.

Je caresse le genou de Charlotte.

— Je peux t'emmener voir ton père.

Ce serait la première fois depuis le dîner catastrophique qu'on irait quelque part, juste tous les deux.

— Je peux conduire, dit Charlotte, les dents serrées. C'est juste un aller-retour.

— Je veux t'aider, lui dis-je avec un clin d'œil. C'est si difficile à accepter ?

Charlotte a l'air d'avaler du jus de citron. Mme Finch pince les lèvres pour s'empêcher de rire.

— Laisse-le faire. Il l'a mérité.

Je dépose un baiser sur la joue de Charlotte.

— Ce sera sympa de se retrouver tous les deux.

Ça la remet de bonne humeur.

Elle s'assoupit sur le chemin de la petite ville de montagne où vit son père, à quelques heures de chez nous. Quand elle dort, les ombres sous ses yeux pâlissent et le pli de douleur désormais constant sur son front s'efface. On dirait la fille au tatouage que j'ai rencontrée dans une autre vie.

Je n'ai aucune envie de la réveiller.

La ville dans laquelle j'arrive a tout du décor d'un vieux film. Des vaches noir et blanc paissent sur les contreforts du massif fatigué et instable des Appalaches. Des maisons sont éparpillées le long de routes en lacet et, sur une colline au loin, le clocher d'une église pique le ciel bleu. Je fais le tour de la ville en tournant au hasard dans les rues, je n'ai pas envie de m'arrêter de peur de réveiller Charlotte. Je ne m'en rends pas compte, mais j'ai pris le chemin de l'église.

Je me gare sur le parking, où le trottoir s'effondre et des buissons entiers poussent entre les lézardes. Vue de plus près, ce n'est pas du tout ce à quoi je m'attendais. Ce n'est pas une jolie petite chapelle. C'est une très, très vieille église. Les doubles portes sont de guingois et condamnées par des planches. Il y en a aussi sur la moitié des fenêtres. La peinture s'écaille et la flèche du clocher est tordue. Derrière, il y a une poignée de tombes qui dépassent de l'herbe haute. Un frisson inattendu me parcourt l'échine.

— Glauque, hein ?

— Aaaaaaaaah !

Je ne reste sur mon siège que par la grâce de ma ceinture de sécurité.

Charlotte rigole.

— Ce n'est pas drôle.

Entre deux hoquets, elle croasse :

— Oh mais si, c'est hilarant !

— Je croyais que tu dormais.

— Jusqu'à ce que les fantômes de ce lieu me sortent de mon sommeil, dit-elle en maîtrisant son rire. Qu'est-ce qu'on fait là ?

— Je ne voulais pas te réveiller, alors j'ai continué au hasard. Je me suis retrouvé ici.

— Intéressant. Tout le monde dit qu'elle est hantée, tu sais.

Charlotte indique la bâtisse qui s'écroule.

— C'est l'une des meilleures histoires de fantômes du coin. Le pasteur est tombé amoureux d'une jeune femme de sa paroisse, mais elle l'a éconduit.

— Éconduit ?

— Oui, ce n'est pas aussi flippant si je dis qu'elle le trouvait naze et l'a jeté. Donc, elle l'a éconduit, alors il s'est pendu dans l'église. D'après la légende, si on regarde par les vitraux les nuits de pleine lune, on peut le voir se balancer à la poutre.

— Tu l'as déjà vu ?

— Je ne crois pas aux fantômes.

— Mais comment tu vas revenir me hanter, alors ?

Un sourire lui effleure les lèvres.

— Oh, bien joué ! D'accord. Je suis le seul fantôme auquel je crois.

Elle me prend la main.

— Je serais honorée de te faire flipper. Peut-être qu'un matin à ton réveil, tous tes livres scientifiques auront été remplacés par les œuvres complètes de Shakespeare. Ou que toutes les formules de ton tableau blanc auront laissé place à des citations de Jane Austen.

— Comment je vais savoir que c'est toi et pas n'importe quel spectre détestant la science ?

Elle déplie mes doigts et presse un doux baiser sur ma paume avant de me regarder dans les yeux.

— Tu sauras.

Est-ce que ce serait mal vu de sauter sur ma copine devant une église hantée ? Je ravale mon désir lorsque Charlotte ouvre sa portière. Un courant d'air s'enroule autour de mes chevilles. Là d'où on vient, le temps se réchauffe peut-être, mais ici l'air de la montagne retient l'hiver comme les plans de kudzu étranglent les arbres par chez nous.

— Viens, me dit Charlotte. Je voudrais te présenter à des amis.

Des amis ? Dans un cimetière ? La démence précoce est un des symptômes des tumeurs cérébrales. Mais son sourire diabolique révèle qu'elle sait très bien ce qu'elle fait. Je prends nos manteaux sur le siège arrière. Je la retrouve au bout du parking et je l'aide à enfiler le sien.

Charlotte traverse l'herbe haute en levant bien les jambes.

— Comme tu l'as probablement deviné, il n'y a pas beaucoup de distractions dans cette ville. Les gosses doivent faire preuve d'imagination. L'une des activités les plus populaires, c'est de trouver des endroits qui font peur et d'y rester le plus longtemps possible.

— D'aaaaccord.

Je me fraye un chemin parmi les tombes en luttant contre l'envie de dire : *Pardon. Désolé. Oh, je suis navré.* Je ne voudrais pas écraser la main ou la tête de quelqu'un.

— C'est moi qui détiens le record de tous les lieux hantés du coin.

Charlotte écarte une plante grimpante sur une pierre tombale pour en lire l'inscription.

— Les voilà.

Elle chasse les aiguilles de pin sur le dessus d'une longue pierre basse et s'assoit.

— Charlie, je te présente les Montgomery.

Je scrute les épitaphes qui nous entourent, mère bien-aimée, père dévoué, fille adorée, fils chéri. Il y a d'autres tombes minuscules, tous des Montgomery. Mal à l'aise à cause du silence, je danse d'un pied sur l'autre.

— Une fois, j'ai passé toute la nuit ici.

— Pourquoi ?

— Quelqu'un m'a défiée.

Elle me fait signe de m'asseoir près d'elle puis relève la tête, les yeux fermés, baignée par le soleil. Je m'installe à côté d'elle, avec une excuse silencieuse au cas où mon derrière serait sur la tête de quelqu'un, et j'essaie de me détendre aussi. Mais je ne suis pas aussi courageux que Charlotte, alors je n'arrête pas de bouger. Elle glisse sa main, plus froide que la pierre sur laquelle nous sommes assis, entre mon coude et mes côtes. Je la presse contre moi, réchauffant ses doigts minces. Quand elle appuie la tête sur mon épaule, je dépose un baiser sur ses cheveux. Elle a le parfum sucré des fleurs qui s'épanouissent sous le soleil montagnard. J'ai le cœur lourd et les yeux qui picotent.

Je déteste cet endroit. Je déteste son calme. Je déteste son air désolé. La haine m'étouffe. Je bondis sur mes pieds, bousculant Charlotte, et je m'éloigne de quelques pas. Je lève les yeux vers le soleil pour qu'il brûle mes larmes avant qu'elles coulent devant elle.

— Charlie ?

Je secoue la tête et lui fais signe de rester où elle est.

— Pardon.

Je tourne les talons et m'agenouille devant elle.

— C'est rien, lui dis-je.

Je m'essuie le visage du revers de la main et cherche la sienne. Nos doigts s'entremêlent et j'arrive à nouveau à respirer.

Elle se penche et m'effleure les lèvres.

— Tout va bien, je murmure dans le souffle qui nous sépare. Le fantôme de Mme Montgomery m'a surpris quand il m'a pincé les fesses, c'est tout.

Je lui souris. J'essaie d'effacer l'inquiétude dans son regard.

— Je n'avais jamais été peloté par un fantôme.

Ses yeux sont les premiers à esquisser un sourire, le plus beau au monde.

— Bizarre, nous sommes assis sur *Monsieur* Montgomery.

Elle ponctue la blague d'un rire qui me redonne envie de pleurer. Il y aura un temps pour les larmes. Nous n'y sommes pas encore.

6.9

Le père de Charlotte n'a rien d'extraordinaire. C'est un alcoolique. Il s'est mis à pleurer dès qu'elle a mis le pied dans la maison sombre et délabrée. Comme pour la vieille église, je devine la chaleur et le confort d'autrefois, mais il ne reste plus que des ombres et une odeur de vieux fromage. Charlotte dit que son père s'est mis à boire à la mort de sa mère. Qu'il est comme une Juliette sans le courage d'utiliser un poignard. Alors il s'empoisonne petit à petit.

— Ma chérie ! gémit-il contre son épaule alors qu'il l'enlace pour lui dire au revoir. Je t'en supplie, participe à l'étude ! Je t'en supplie.

Il se met à sangloter. C'est la cinquième fois en quarante-cinq minutes qu'il en parle.

Charlotte lui a déjà expliqué (quatre fois) pourquoi ce n'est pas le miracle qu'il espère. C'est comme s'il refusait sciemment de l'entendre. Du coup je me demande si dans la situation inverse, il la supplierait de ne pas prendre de tels risques.

Charlotte s'écarte de lui. Il se cache le visage dans les mains et continuer à pleurer.

— Parlons d'autre chose, d'accord ? Tu viens nous voir pendant les vacances de printemps, non ? Ils organisent une exposition au lycée où il y aura quelques-unes de mes œuvres.

— À ce sujet, renifle-t-il.

Il regarde au loin.

— Je risque d'être trop occupé.

Charlotte a l'air déçu. Pourquoi est-ce que ça la touche encore ? Pourquoi fait-elle encore des efforts ?

— Oh. Très bien, murmure-t-elle.

Elle se racle la gorge et se redresse.

— Bon, alors on se voit cet été.

M. Finch a de nouveau les larmes aux yeux. Il la reprend dans ses bras.

— Papa, est-ce qu'on peut se dire au revoir sans pleurer ? Tu ne peux pas juste me faire un grand câlin, dire « Je t'aime, Charley » et me sourire ?

On dirait qu'elle parle à un tout petit enfant. M. Finch s'essuie les yeux du revers de la main. Je croise son regard vitreux.

— Qu'est-ce qu'il y a ?

Son ton plein de colère me surprend et je recule.

— Rien, monsieur.

— Tu te crois mieux que moi ? Tu n'es rien. Tu n'es que le fils de salaud qui va la laisser mourir.

S'il tenait debout, je suis sûr qu'il m'aurait attaqué.

— Je ne vais pas la laisser mourir.

Je voulais que ça sorte fort et viril et… mais j'ai une toute petite voix. Il me fait peur parce que je n'arrive pas à le détester. Quelque part, j'adorerais l'imiter, me mettre à pleurer sur l'autre épaule de Charlotte et la supplier de rester avec moi encore un peu.

— Ne mens pas. Vous êtes tous complices ! Vous voulez tous me rendre malheureux.

Charlotte croise les bras.

— Maintenant tu vas m'écouter !

Tremblante, elle attend qu'il la regarde.

— Ne le mêle pas à ça. Et Jo non plus. C'est mon choix. C'est ma vie.

Il comprend. Pendant une picoseconde. Mais il se referme et prend son verre. Il boit un bon coup et dit :

— Ne t'embête pas pour moi, alors.

Il s'éloigne avec son verre.

— Je t'aime, Charley, marmonne-t-il avant de tourner dans un couloir sombre.

Charlotte atteint la voiture avant que tout s'effondre. Un cri horrible s'échappe de ses entrailles. Il effraie des oiseaux qui surgissent des arbres comme un tir à la mitraillette. Elle se met à frapper la voiture de son sac à main, jusqu'à ce que la sangle lâche et qu'elle enchaîne avec les poings. De peur qu'elle se fasse mal, je m'interpose entre la voiture et elle, et regrettant de ne pouvoir aspirer sa douleur comme un venin, j'absorbe sa rage.

Enfin, elle arrête de me frapper le torse. Je la prends dans mes bras, je la soutiens du mieux que je peux alors que des sanglots la secouent. Je presse les lèvres contre son front, ses joues, son cou, ses cheveux, ses paupières ; j'emplis son corps de tout l'amour que je peux lui donner. Et d'un peu plus encore.

Il me faut vingt-deux minutes quarante et une secondes pour ramasser tous les morceaux de Charlotte et la recoller.

7.0

Il arrive un moment où pleurer ne fait plus de bien, c'est à ce moment-là qu'il convient d'invoquer la toute-puissance du donut. Il n'y a pas de Krispy Kreme dans cette petite ville, mais Charlotte m'a promis que ceux de la pâtisserie de miss Rose sont meilleurs.

— C'est un blasphème, tu sais.

Elle ne rétorque pas mais hausse un sourcil, du style « on verra bien ».

Quand on atteint la pâtisserie, je souris. La porte n'est pas de n'importe quel rose, elle est rose Dunwitty.

Dès qu'on entre, telle le Joker en tenue de cuisine, une grande femme portant un minuscule tablier rose tombe sur Charlotte. Il y a de la farine dans ses cheveux noirs et un grand sourire sur ses lèvres rose vif. D'instinct, je veux attraper Charlotte et m'enfuir, mais la femme s'empare aussi de moi et m'étreint de toutes ses forces.

— Charlotte ! Oh, ma douce !

Elle s'écarte, une main sur mon épaule, l'autre sur celle de Charlotte.

— Et tu m'as amené ton soupirant !

Elle lâche Charlotte et m'attrape entre ses deux pattes pour m'examiner.

— Il est grand.

Elle me tourne d'un côté et de l'autre.

— Et propre.

À côté d'elle, Charlotte m'admire aussi.

— Et il est intelligent, miss Rose.

— Bien sûr qu'il est intelligent ! Il est avec toi, n'est-ce pas ?

— Oui. Absolument.

Miss Rose nous étouffe une nouvelle fois dans son étreinte avant de s'essuyer les mains.

— Alors, qu'est-ce que je vous sers ?

Les joues rouges, elle passe derrière le comptoir.

— Comme si vous ne saviez pas !

Avec un sourire, miss Rose monte une boîte en carton rose.

— Charlotte, sois gentille, va me chercher de la crème à l'arrière pour votre café.

Miss Rose la regarde partir.

— Jo me raconte des choses, dit-elle en rapprochant la boîte du comptoir pour la remplir de donuts.

— Oh, euh.

J'ai les oreilles en alerte rouge.

— Je suis contente que tu sois là pour Charlotte.

Elle s'essuie la joue avec l'épaule.

— Ce n'est pas souvent qu'on trouve des gens qui voient au-delà de nos défauts.

— Le cancer n'est pas un défaut.

La main de miss Rose tremble et un donut tombe par terre. Elle plisse le front en regardant l'endroit où il a atterri.

— Non, tu as raison. C'est une véritable malédiction, déclare-t-elle, les yeux levés vers moi. Mais peut-être que je ne parlais pas de Charlotte.

Elle esquisse un sourire mi-figue, mi-raisin en me désignant.

Je lâche un rire bref.

— Alors c'est vrai, vous discutez avec Mme Finch !

Charlotte arrive de l'arrière-boutique avec un pot de crème et une pâtisserie piquée au passage.

— Vous discutez de quoi avec Jo ?

Miss Rose et moi échangeons un regard. Elle me sourit avant d'étreindre Charlotte une nouvelle fois.

— De combien tu me manques, ma fille, murmure-t-elle dans ses cheveux.

Miss Rose nous rejoint autour d'une table de bistro deux fois plus petite qu'elle. Elle me raconte des anecdotes sur les sœurs Finch à nous en faire hurler de rire.

— Elle était si têtue ! Jo lui apprenait à faire du vélo sur deux roues et Marcus, le père de Charley, disait qu'elle n'était pas assez grande. Charley n'était pas du tout d'accord.

Le visage de Charlotte s'illumine complètement à ce souvenir.

— Charley suivait Jo partout, renchérit miss Rose. Alors Marcus courait à côté de Jo et l'encourageait pendant qu'elle pédalait difficilement. Et voilà que la petite Charley débarque sur son vélo, du sang plein les jambes et les bras, comme si elle s'était battue avec un chat sauvage !

— J'avais volé les outils de papa et détaché mes petites roues.

— Et tu as appris toute seule ?

— Ce n'était pas dur. Je ne suis tombée que deux fois.

Charlotte remonte sa manche pour me montrer une cicatrice sur son coude.

— Ça s'est bien refermé.

— Tu avais quel âge ?

Charlotte se tourne vers miss Rose pour qu'elle confirme.

— À peu près quatre ans ? Pas trop petite du tout. Papa était juste surprotecteur. C'est de lui que Jo doit tenir.

Miss Rose hoche la tête.

— Après ça, on a vu les sœurs Finch pédaler dans toute la ville. Inséparables.

Le regard de Charlotte se trouble.

— Je ne voulais pas qu'on me laisse toute seule, murmure-t-elle, plus pour elle-même que pour nous.

Elle lève les yeux vers miss Rose.

— Je n'ai plus à m'inquiéter de ça.

— Non, ma petite.

Charlotte me fait un sourire tremblant et je rapproche sa chaise de la mienne. Miss Rose nous laisse en disant :

— Il nous faut d'autres donuts.

Charlotte et moi sommes près de la vitrine de la pâtisserie, le soleil de l'après-midi se reflète sur ses boucles noires, j'ai la main au creux de son dos et le doux bruit de sa respiration à mon oreille. Je dépose un baiser dans son cou et je murmure :

— Tu ne nous laisses pas, pas vraiment.

Elle m'attire contre elle et m'embrasse passionnément, comme si nous n'allions plus jamais respirer, ne plus jamais bouger dans le temps et l'espace. Le cancer et le passé n'auront alors plus d'importance car ce baiser durera jusqu'à la fin des temps.

Ou jusqu'au retour de miss Rose avec d'autres donuts. Elle dépose le plateau sur la table dans un bruit métallique. Empourprés, nous nous écartons et nous essayons de reprendre notre sang-froid. Miss Rose éclate de rire, aussi fort qu'une cloche d'église.

— Oh, excusez-moi ! Est-ce que je dérange ?

Charlotte gronde et lui jette un donut. Miss Rose rit doucement et retourne au comptoir.

— Je vais vous préparer une boîte et vous pourrez y aller.

* * *

Sur le chemin du retour, Charlotte me montre les lieux importants de son enfance, le square où elle s'est cassé le bras, la maison orange où elle a pris ses premiers courts d'art plastique, le terrain de basket où ses amis et elle se retrouvaient le soir pour jouer à action ou vérité.

— Vous faisiez quel genre d'actions ?

— Les trucs habituels.

— Pour le principe, disons que quelqu'un ne sache pas ce que sont « les trucs habituels ». Un exemple ?

Charlotte hausse un sourcil.

— Des trucs idiots comme sauter des gradins, rester deux minutes dans la benne à ordures ou embrasser quelqu'un quand tout le monde sait que tu veux sortir avec.

Appuyant la tête contre son siège, elle m'observe.

— Tu n'y as jamais joué ?

— Personne ne me l'a jamais proposé.

— Action ou vérité ?

J'ai les doigts qui picotent. Je ne sais pas si j'ai envie d'y jouer.

— Euh, vérité ?…

— Quand est-ce que tu as su que tu voulais sortir avec moi ?

— À l'instant où tu ne m'as pas frappé quand j'ai touché ton tatouage à Krispy Kreme.

Elle se met à rire.

— Sérieusement ?

Je hoche la tête.

— Vas-y, fais-toi plaisir.

— Pardon ?

Charlotte lève les yeux au ciel.

— Pose-moi la question, Charlie.

— Oh.

Je souris.

— Action ou vérité ?

— Action.

Zut. Et maintenant ? Je tapote les doigts sur le volant.

— Il y a des limites ?

Un sourire naît sur les lèvres de Charlotte.

— Qu'est-ce que j'ai à perdre ?

Mon ventre se noue. J'entrouvre la vitre pour laisser passer l'air. Nous nous approchons d'une autre petite ville, alors des fast-foods et des stations-service commencent à surgir dans le paysage.

— Je crois que tu as faim, Charlotte, dis-je tandis que mon idée prend forme.

Je ralentis et m'engage dans le drive-in d'un Burger King. Le sourire diabolique de Charlotte s'élargit d'impatience.

— Quand ils te demanderont de passer commande, tu leur dis ton nom et que je suis le meilleur petit ami au monde.

— C'est ça mon action ?

Charlotte se penche par-dessus moi pour se rapprocher du comptoir.

— Débutant, murmure-t-elle à mon oreille.

— Bienvenue chez Burger King. Puis-je prendre votre commande ?

— Oui, merci. Je m'appelle Charlotte Elizabeth Finch et mon petit ami Charles Mortimer Hanson a le plus joli pénis du pays.

— Charlotte !

Elle explose de rire.

— Euh… eh bien… Félicitations, mais… Voulez-vous des frites avec ça ?

— N… non, merci, je bredouille avant que le rire de Charlotte ne devienne contagieux.

La vitre toujours ouverte, je redémarre à toute vitesse. Les cheveux de Charlotte me fouettent le visage. Je vibre. Je ne me suis jamais senti aussi vivant.

Charlotte dépose un léger baiser sur ma mâchoire.

— J'ai un peu triché, dit-elle en m'embrassant partout dans le cou.

J'ai du mal à rester sur ma file.

— Maintenant je te dois une vérité.

C'est à mon tour de hausser un sourcil.

— Si je croyais un instant qu'elle aurait une chance de me sauver, je participerais à cette étude, pour que nous ayons plus de temps ensemble.

Elle me fait un dernier baiser avant de se rasseoir et de monter le son de la radio. Sa voix emplit la voiture et s'envole par la vitre ouverte. J'ai l'impression d'atteindre ce grand infini dont parlent les poètes.

7.1

En ce moment, Charlotte m'envoie des messages en plein milieu de la nuit.

J'arrive pas à dormir.

La partie de moi sachant que l'insomnie est un symptôme de ses tumeurs a une mini-attaque de panique. Le reste de ma personne apprécie le temps en plus qui nous est accordé.

Durant ses nuits blanches, nous nous retrouvons sur le sentier boisé à mi-chemin entre nos maisons et nous marchons pendant des heures. Du pouce elle dessine des cercles sur le revers de ma main, ce qui me force à m'arrêter de temps en temps pour la prendre dans mes bras. Elle me regarde de ses yeux si particuliers. Il me faut toute ma volonté pour rester debout sous leur poids. Mais quand nous nous embrassons, j'ai l'impression que la gravité n'a plus d'effet sur moi.

Ce soir, c'est différent. Ce soir, Charlotte dort à la maison. C'est la première fois en deux mois. C'est la première fois depuis sa crise.

Théoriquement, elle passe la nuit avec Becca.

Mais ça fait des siècles que j'attends Charlotte dans ma chambre. Les parents sont allés se coucher il y a des heures. Et les filles ont coupé la musique il y a dix-sept minutes cinquante-quatre. Je me glisse dans mon lit et je mets la tête sous l'oreiller pour noyer le silence. J'ai peut-être mal compris. C'est peut-être juste une soirée pyjama ordinaire. Becca et Charlotte dans leur coin, et moi tout seul.

— Charlie, tu dors ? murmure Charlotte dans le noir.

Je ne vais plus jamais dormir maintenant que j'ai gravé le souvenir de Charlotte sur le seuil de ma chambre, mon nom sur ses lèvres, en short très court et dans un tee-shirt MIT que j'ai offert à Becca pour Noël.

J'entends ses pas légers sur la moquette. Je m'assois et lui fais de la place sur le lit. Elle est si légère que le matelas ploie à peine sous son poids lorsqu'elle se colle à moi.

Elle tapote un rythme sur mon torse en fredonnant un air familier. Enfin, ses doigts ralentissent et elle se tait. Je cache mon visage dans ses boucles et j'écoute son souffle régulier, je sens le battement de sa carotide contre mon épaule. Il est fort.

Je murmure :

— Tu dors ?

Son pouls s'accélère.

— C'est dur de dormir avec quelque chose de si *rigide* dans le lit.

Je m'empourpre. Elle glousse.

— Je ne pensais pas que ce serait si *dur* pour toi de te détendre.

— Mais que t'es bête !

Je me mets à rire aussi. Ses gloussements arrivent à leur paroxysme.

— D'accord, mais au moins je ne me *raidis* pas d'indignation comme quelqu'un que je connais !

Elle me montre du doigt et explose de rire. C'est comme avoir ma chanson préférée qui passe à la radio quand je rentre de cours le vendredi après-midi, les vitres ouvertes. Du bonheur pur dans mon âme.

C'est peut-être parce qu'elle est trop bruyante, ou à cause de mon manque de sommeil ces derniers temps, ou peut-être de son rire qui résonne, mais je laisse les mots s'échapper :

— Je t'aime.

Elle relève son visage vers moi et je l'embrasse. Ce n'est pas un de ces baisers profonds, qu'on trouve à la fin des films. Juste assez long pour dire que j'aime ça, juste assez appuyé pour savoir qu'elle aussi. Le baiser parfait. Quand je m'écarte, j'ai un sourire idiot, ce qui fait redémarrer Charlotte au quart de tour. Alors je l'embrasse encore. Et encore.

J'ai l'impression qu'elle en veut plus, par « impression » je veux dire qu'elle glisse la main dans mon caleçon. L'enthousiasme me fait pousser cette espèce de grognement pas sexy du tout. Charlotte ricane. Je l'embrasse dans le cou pour la faire taire, du haut de sa clavicule jusqu'au décolleté de son tee-shirt. J'ai beau adorer la voir porter les couleurs du MIT, dès qu'elle lève les bras, je n'hésite pas à le lui enlever.

Ce sont les premiers seins que je vois en vrai. Le mieux, c'est que ce sont ceux de Charlotte. J'en ai le souffle coupé. Ils sont magnifiques.

Une marque rouge, fripée, juste sous sa clavicule droite détourne mon attention. Je passe le doigt dessus. Le sourire de Charlotte se fige.

— D'où ça vient ?

— De mon cathé.

Je dois avoir l'air perdu parce qu'elle développe :

— Le cathéter par où passent les médicaments de ma chimio. Du moins, par où ils passaient.

Je ne vois plus que la cicatrice. Le reste est flou. Le cancer. Il est en elle, la dévore, la tue alors même qu'elle passe les doigts sur moi. Un homme meilleur oublierait la panique et offrirait à Charlotte ce qu'elle désire. Tout ce que je pense, c'est que je ne peux pas être sa dernière fois alors qu'elle est ma première.

— Moins vite, dis-je.

Je m'écarte de la tentation de ses mains. Sans conteste le truc le plus dur (ha, ha, Charlotte) que j'aie fait. Elle a l'air désorienté.

— Becca est à côté. Mes parents aussi.

— Oui. Bien sûr.

Charlotte s'est complètement raidie.

J'essaie de rire, mais ça sonne faux.

— Je ne sais pas si je peux garder le silence.

Ce qui semble moins violent que de dire : *Je ne peux pas faire l'amour avec toi parce que tu seras bientôt morte et ça me déprime tellement que j'en deviens impotent.*

Charlotte m'empêche de m'éloigner trop.

— Charlie, regarde-moi, dit-elle en prenant mon visage entre ses mains. Tout va bien. Je t'aime. Tout va bien.

J'ai les yeux gonflés de larmes mais je ne veux pas pleurer. Les seins de Charlotte sont juste devant moi et je fais ma Madeleine ? Je prends quelques inspirations,

Charlotte respire en même temps que moi, sans me lâcher.

— Si tu n'en as pas envie, on n'est pas obligés de...

Je gémis.

— Mais j'en ai envie, Charlotte.

Elle passe le pouce sur ma lèvre.

— J'ai envie de toi tout entière, mais j'ai l'impression qu'on avance au pas de course, dans cette relation, contre la montre, et on a beau courir le plus vite possible, il n'y aura jamais assez de temps.

Je la serre contre moi, peau contre peau, et c'est si bon, ça fait aussi tellement mal de savoir qu'on ne peut pas rester ainsi pour toujours. Je ne peux pas garder tout ça.

— Et si je voulais t'épouser, un jour ? On ne pourra jamais.

— M'épouser ?

— Je sais. C'est dingue.

— Charlie, la plupart des amours de lycée ne finissent pas en mariage.

— Est-ce que tu essaies d'utiliser la logique ? Tu veux qu'on parle statistiques ?

Sur le point de craquer, ma voix monte et descend.

— Non, répond Charlotte.

Du bout des doigts, elle écarte les cheveux de mon front. Quand je la tiens comme ça, sur le côté, nos poitrines se soulèvent en rythme, ses lèvres sont tout près des miennes. Elle frôle ma bouche et murmure :

— Si j'avais le choix, je t'épouserais probablement.

Je déglutis. Elle a dit ce que je pensais. Je ne sais pas si dans quelques années, je voudrai d'un mariage, mais cette maladie à la con me vole ma décision. Notre décision. Et il y en a tellement d'autres qu'on nous dérobe. Celle de vivre ensemble. D'avoir des enfants. Des grandes décisions, mais aussi des petites. De quelle couleur allons-nous peindre notre chambre ? Prendrons-nous un chien ou un chat ?

Charlotte a l'air si… abattu, chagrin, mélancolique, des mots dont les poètes de Mme Finch aiment se servir. Ils ont tous la même signification.

Triste.

Je soupire et j'enfouis la tête dans son cou. Elle passe les doigts sur ma nuque, de mes cheveux à mes épaules.

Et merde. Mon but c'est « heureux ». C'est ma décision.

— Il y a tellement de choses qu'on ne va pas pouvoir faire ensemble, dis-je.

J'embrasse le point sensible derrière son oreille.

— Mais au moins on a ça.

Elle arrête de respirer. Elle me caresse le dos.

— On a maintenant, je lui murmure à l'oreille.

Elle tremble.

— On a *ça*.

Je lève la tête et embrasse son tatouage.

— Et ça me plaît.

Je me noie dans la douceur infinie de sa bouche.

7.2

Lorsque le soleil se lève, de la lumière filtre par les volets. Charlotte est à côté de moi, un bras sur mon torse, une jambe sur la mienne. La première chose que je remarque, c'est combien elle est belle, même la bouche entrouverte et les cheveux en désordre. Elle a l'air réelle, si réelle.

Ensuite, c'est que j'ai la vessie pleine. Je réussis à me glisser hors du lit comme un poulpe sans la réveiller.

Charlotte s'est retournée sur le ventre pendant mon absence. Quand je reviens, je prends le temps de remarquer la façon dont la lumière joue sur sa colonne vertébrale. Je m'allonge près d'elle et je laisse mes doigts flotter du creux de son dos à son cou. Elle marmonne et s'éveille, tout comme tout s'éveille en moi. Je dessine son tatouage encore et encore.

Je souris au souvenir de notre première rencontre. Tout a changé. Je l'embrasse dans le cou. Elle se retourne, intercepte mes lèvres avec les siennes, me rapproche d'elle et enroule une jambe autour de moi.

— Bonjour, soupire-t-elle à la fin du baiser.

Elle étale sa main au centre de mon torse et scrute ses doigts.

— Parle-moi de ton tatouage, Charlotte.

Le sourcil haussé et amusé, elle lève les yeux vers moi.

— Lequel ?

— Tu en as plusieurs ?

Je la détaille à la recherche de ce qui m'aurait échappé la nuit dernière. Elle porte un short qui ne cache pas grand-chose de ses jambes et c'est tout. Je ne repère pas d'autre tatouage, ce qui signifie... Oh merde... Je m'écarte d'elle.

Charlotte me rattrape par les hanches et me ramène contre elle.

— Oh que non, dit-elle en riant.

C'est un ton victorieux. Je suis exactement là où elle veut que je sois.

— J'avais quinze ans quand j'ai fait le premier.

Elle m'empoigne les fesses.

— Qu'en a dit ta sœur ? je couine.

Elle recule d'un air incrédule.

— Sérieusement ? Tu penses à ma sœur, là ?

Je grimace et elle sourit avant de me mordiller le menton.

— Elle était ravie. C'est celui de la radiothérapie.

J'essaie de ne pas réagir, mais j'ai l'impression d'avoir été giflé.

— Oh.

Elle place ma main sur le côté de sa tête.

— Il est là, dit-elle en pressant ses doigts contre les miens. Je me trouvais hyper cool, mais quand mes cheveux ont repoussé, il ne se voyait plus. Je me suis dit que puisque les médecins ont pu choisir mon premier tatouage, je devrais avoir le droit d'en choisir un aussi.

Je descends la main sur sa nuque.

— Et tu as choisi l'espoir.

Des larmes dans les yeux, elle hoche la tête.

— Qu'est-ce que tu espères ?

Elle lâche un soupir tremblant et m'embrasse, comme si cela pouvait lui redonner de la force.

— J'espère que Jo apprendra à se détendre et à prendre soin d'elle, pour changer. J'espère que Becca continuera à vivre des aventures au-delà des pages de ses livres.

Elle resserre son étreinte autour de mon cou et lève les yeux vers moi.

— Et j'espère que la vie te donnera tout ce dont tu as vraiment besoin.

J'ai la gorge prise, je dois m'éclaircir la voix avant de répondre.

— Et toi ? Qu'est-ce que tu espères pour toi ?

Elle se mord le coin de la bouche, lève les yeux comme si elle réfléchissait.

— En fait, j'espère que tu vas la boucler et m'embrasser.

0.0

Mon téléphone sonne. Le regard trouble, je consulte l'écran. C'est Charlotte. Et il est 4 h 38, pas que ce soit inhabituel. Ces dernières semaines, ses insomnies sont insurmontables. Elle survit à coups de siestes et de café.

— Salut, dis-je en m'éclaircissant la voix pour chasser le sommeil. Ça va ?

Elle ne répond pas. Pas vraiment. Je n'entends que des sanglots.

— Charlotte ?

Les sanglots s'additionnent jusqu'à ne former qu'un mur de tristesse immense. Sans réfléchir, je me lève et j'enfile un tee-shirt et des chaussures.

— J'arrive.

J'attrape mes clés sur le comptoir et j'arrive à la voiture avant qu'elle se soit suffisamment calmée pour parler, mais sa voix est si malmenée par ses larmes que je comprends à peine ce qu'elle dit. Je mets la clé sur le contact et je prends le téléphone de l'autre main.

— Respire, Charlotte. Ça va aller.
— Hanson…
Ce n'est pas Charlotte.
— Charley est…
Le reste est noyé sous une nouvelle vague de sanglots.
Je raccroche.
Voici mon zéro absolu.
Je. Ne. Suis. Plus. Rien.
Je suis sans Charlotte.

0.1

Je comprends désormais l'expression : *Tout s'effondre*. En général, les tournures idiomatiques sont ridicules. Celle-là, elle a un sens.

La gravité est une force constante qui nous entraîne à $9.80665 m/s^2$. Mais, je vous le jure, quand tout s'effondre, tout va bien plus vite que ce que la physique permet. L'espoir s'est envolé. La brutalité de mon atterrissage va me détruire.

Je conduis jusque chez Charlotte. Mes muscles sont comme du plomb, alors je vais vite. Les roues crissent lorsque je force mes bras pesants à prendre les virages. *Sois là. Sois en vie. Sois là. Sois en vie. Sois là. Sois en vie.* Je n'arrive pas à me détacher de ces deux phrases. Elles sont le parachute que j'ai déclenché alors que je tombe à pic.

Mme Finch m'attend. Elle s'est fait une queue-de-cheval désordonnée qui lui donne l'air plus jeune. Mais ses yeux rouges et son regard vide font plutôt l'effet inverse.

— Elle est partie, dit-elle.

Ces mots eux aussi sont comme des métaux lourds. Ils s'écrasent à nos pieds.

Je la dépasse et monte les marches quatre à quatre. Luna bondit à ma suite et arrive en haut avant moi. Mme Finch lance :

— Elle n'est plus là. Elle est partie.

Sois là. Sois en vie. Sois là. Sois en vie. Sois là. Sois en vie. Je vais arriver dans la chambre de Charlotte et elle sera là. Elle sera en vie. C'est la seule réalité qui a un sens. Quand je soulève le couvercle, le chat n'est pas mort. C'est impossible.

Je suis sur le point de débarquer dans la chambre quand soudain je panique. Et si elle dormait ? Je me sentirais trop mal si je la réveillais. Je souffle à Luna de ne pas bouger. Elle s'assoit et gémit.

— Chut, dis-je, un doigt sur les lèvres.

Elle rabat les oreilles.

Les volets sont ouverts et laissent entrer la lueur de la lune. Je m'approche en silence du lit, prenant soin de ne pas trébucher sur tout ce qui traîne par terre. Je mets la main au bout du lit, je me penche, je baisse la tête. Ma vision s'adapte à l'obscurité vide.

Putain de chat.

Je ne peux pas rester là. Je ne peux pas rester dans cette pièce. Là où elle était. Je veux être là où elle est.

Luna me suit dans la cuisine où nous retrouvons Mme Finch assise au comptoir à regarder une tasse de café vide. Elle la tient comme si elle l'étranglait. Des larmes suivent les canyons creusés par les précédentes.

Je l'envie. J'envie sa tristesse. À cet instant je ne ressens rien, une bénédiction en apparence, sauf que je ne ressens pas non plus les trucs agréables, comme mon amour pour Charlotte. Il est loin, lui aussi. Je n'arrive pas à l'atteindre, alors je m'assois, figé, et je regarde le chagrin de Mme Finch.

Les sites Internet que j'ai trouvés destinés aux adolescents cancéreux avaient aussi une section pour les amis et la famille. Les étapes du deuil y étaient clairement établies : déni et isolation, colère, négociation, dépression et acceptation. D'après les témoignages, ces étapes n'apparaissent pas toujours dans l'ordre et souvent on passe d'un état à un autre avant de tout recommencer depuis le début. Ça a l'air horrible, imprévisible et complètement inévitable.

Mme Finch en est à la seconde étape.

— Elle est partie. Elle nous a quittés.

Elle crache les mots.

— Elle nous a laissés ici. Tout seuls.

Elle se lève, elle tremble quand elle s'appuie au comptoir. Puis son bras droit devient flou, elle a balancé sa tasse le plus fort possible contre le frigo. Elle frappe le métal, un bruit violent déchire le silence, et elle se brise en tombant par terre. Luna recule avec précipitation et fixe Mme Finch.

— Ils l'ont emmenée dans l'ambulance, hoquète-t-elle en essayant de reprendre son sang-froid. Quand on est arrivés à l'hôpital, un médecin m'a dit qu'elle a fait un AVC.

Elle hurle et sa voix est rauque. L'entendre me fait mal partout.

— Il a dit que ça a été rapide. Elle n'a rien senti. Comme si c'était important. Comme si quoi que ce soit avait encore de l'importance.

Je ne sais pas pourquoi je suis là. J'ai su dès que j'ai entendu Mme Finch dire « Hanson » que Charlotte était partie. Pourquoi suis-je venu ? Maintenant que je suis ici à contempler le canapé dans lequel Charlotte a mis la tête sur mes genoux pendant que nous regardions ses films préférés, je n'arrive pas à partir. Sauf que Charlotte n'est pas là.

Encore une fois, je me retrouve avec la mauvaise Finch.

— Ça aurait dû être moi.

De peur d'avoir pensé à voix haute, je reviens à la réalité.

— Dès qu'on a eu le diagnostic, j'ai cru que quelqu'un avait fait une grossière erreur, continue Mme Finch. Celle qui aurait dû mourir, c'est moi.

Je devrais lui dire qu'elle a tort. Mais je ne peux pas. Si cela avait dû arriver à quelqu'un, j'aurais voulu que ce soit moi.

Troisième étape, bonjour.

0.2

Je ne me souviens pas être rentré à la maison, et pourtant je suis là. Mes parents sont déjà partis. En entendant la voiture, Becca surgit à la porte d'entrée. Trop tard, je regarde l'heure au tableau de bord. C'est celle à laquelle Charlotte devait venir la chercher pour le lycée.

Becca se fige quand elle me voit. Elle comprend. Avant que je puisse dire quoi que ce soit, elle repasse la porte en courant. Je la poursuis, mais j'entends la porte de sa chambre se fermer quand j'atteins la première marche de l'escalier.

— Becca.

Je frappe.

Pas de réponse. Elle a choisi d'attaquer directement la première étape.

L'isolation.

— Becca, je t'en prie, ne me force pas à faire ça depuis l'autre côté de la porte.

J'essaie la poignée, mais c'est fermé. Je me laisse glisser par terre, une flaque sur la moquette du couloir.

Ça m'aide à oublier la sensation que ma poitrine s'effondre. J'ai l'impression que tout mon corps va se changer en un trou noir de douleur. Je ne comprends pas pourquoi les gens veulent tomber amoureux alors que ça se termine inévitablement ainsi. Si je survis, je jure que je ne ferai plus jamais un truc aussi stupide.

J'entends du bruit derrière la porte.

— Bec' ?

J'obtiens pour seule réponse un bruit sourd, puis celui de pages que l'on parcourt. Elle lit ? Maintenant ? Je ne vais plus jamais réussir à la sortir de ses romans.

— Je suis tellement désolé, Bec'.

J'ai d'autres choses à dire, mais le silence s'empare de moi.

0.3

— Chuck ?

La voix de Greta vient du rez-de-chaussée.

J'entends deux pas différents. J'envisage de les compter, et puis, non, merde.

— Chuck !

Greta se précipite vers moi, m'enlace avant de me tenir à bout de bras.

— Il y a une remplaçante en cours de littérature. Que s'est-il passé ?

— Charlotte…

Non. Impossible à dire. Comment aurais-je pu l'annoncer à Becca alors que je n'arrive même pas à le dire à Greta ? *Ah, voilà le Déni. Et si vous alliez bien vous faire foutre, ton copain Colère et toi ?*

— Oh, Chuck, je suis tellement désolée !

Greta est effondrée. Bizarrement, j'ai envie de la gifler. Comme si son chagrin empiétait sur le mien. Et je ne veux pas partager. Je veux qu'il m'écrase jusqu'à me faire disparaître.

Quand je parle, les mots ont un goût de métal.

— Non. S'il te plaît.

James s'accroupit près de Greta.

— Comment va Becca ?

Avec un sentiment de colère et de jalousie, je détourne les yeux.

— Chais pas. Elle refuse d'ouvrir sa porte.

James hoche la tête.

— Je m'en occupe, dit-il.

Il sort une épingle des cheveux de Greta. Il la redresse, l'insère dans la petite serrure, puis l'agite jusqu'à ce que nous entendions un clic.

Greta a l'air aussi impressionnée qu'outrée.

— Je vis dans une maison d'abonnées au psychodrame, explique-t-il en haussant les épaules.

J'ouvre la porte.

— Bec' ?

Je m'attends à la retrouver dans son nid avec un livre, mais ce que je découvre est insupportable.

Elle a pris tous ses romans et les a empilés autour d'elle comme des briques. Le truc, c'est qu'ils ne sont pas fermés, mais ouverts au hasard, comme si elle avait cherché quelque chose et construit ce mur par accident au fur et à mesure qu'elle rejetait chaque livre et en prenait un autre.

J'ai la gorge serrée. Mes mains glissent de la porte que j'agrippais et retombent mollement à mes côtés.

— Oh, Bec'.

Jc fais lc tour du mur.

— Ne me laisse pas seul, toi aussi.

Ce n'est qu'un murmure.

Je tire la chaise de bureau en bois vers le mur de livres et je monte dessus. Perdue sous toutes ces histoires, Becca a l'air si petite.

— Coucou.

Elle sursaute et s'enfouit plus profondément dans le nid au cœur de sa forteresse.

— Bec'…

Mais je m'interromps. J'étais sur le point de lui parler de l'AVC, de lui dire que Charlotte est morte si vite qu'elle ne s'en est pas rendu compte. En quoi est-ce réconfortant ? J'ai envie d'aller mettre mon poing dans la figure d'un médecin. N'importe lequel.

Becca s'affaisse encore plus, comme une montagne qui s'écroule sous le poids de mon regard. Je m'assois sur la chaise et je ne vois plus que les livres. Je soupire.

— Bec', merde, quoi.

Pas de réponse.

De mon siège, je remarque un trou dans le mur. C'est plus un espace où il manque un livre qu'autre chose. Je souffle :

— Je suis désolé. Je sais que ça ne suffit pas, mais je t'aime.

Je me lève pour remettre la chaise à sa place, je réussis à la cogner contre le bureau et renverser un cadre. Je le ramasse et, un instant, je suis aveuglé par des larmes qui refusent de couler. Un bras autour de Becca, un autre autour de moi, Charlotte me sourit. C'est une photo des seize ans de ma sœur, le seul où elle a jamais invité quelqu'un.

Je la rapporte près du mur et je la glisse par le trou.

— Quand tu seras prête à sortir, je serai là. Je t'attendrai.

À côté de moi, Greta bouge. Je les avais oubliés, James et elle. J'étouffe mes larmes du revers du poignet et leur adresse un faible sourire. J'ai l'impression qu'il est horrible, alors je l'efface très vite.

— Il faut que je sorte d'ici.

— Où veux-tu aller ? demande James.

— Non. Tout seul.

— Ce n'est peut-être pas une bonne idée, Chuck.

— Je ne te demande pas la permission.

Greta accuse le coup. Je me sens très mal d'être aussi violent, mais je ne veux rien d'eux pour l'instant. C'est comme si j'étais furieux qu'ils aient le cœur qui bat, les ondes cérébrales et l'appareil circulatoire encore en état de marche.

Et j'ai beau savoir que c'est normal, que c'est ainsi que l'esprit humain a évolué afin de surmonter un deuil, ça ne m'aide pas et c'est bien la première fois. Comprendre est toujours mieux que le contraire. Du moins, ça l'était.

Je passe devant eux et je descends l'escalier quatre à quatre. Je prends ma voiture, pour tenter d'échapper à l'énorme cratère que la bonté et l'espoir de Charlotte ont laissé derrière d'elle.

0.4

Je conduis sans savoir où je vais. Je suis dans la campagne, juste en dehors de la banlieue. Mon téléphone sonne, je ne réponds pas. James m'envoie un texto : *C. ?* Greta en envoie trois :

T où ?

Ça va ?

Fé pas de bêtises.

Je suis bien au-delà de la bêtise. Je l'ai dépassée à cent à l'heure quand j'ai cru pouvoir gérer une relation avec une fille atteinte d'un cancer en phase terminale. La fille la plus belle, drôle, géniale du monde. Mais destinée à me quitter.

Je scrute l'horizon. Des plantations de soja et de tabac à perte de vue. Il y a un virage, je le suis. Au loin, une structure décrépie s'écroule à moitié sur elle-même. Les lois de la physique qui la maintiennent sont inconcevables. C'est le fantôme d'une grange.

Elle me rappelle la peinture de Charlotte. *C'est moi. La grange.* Quelque part, j'ai envie de faire demi-tour et de rentrer à toute vitesse. La part de moi qui contrôle la voiture ralentit et se gare sur bas-côté poussiéreux.

Je traverse l'herbe haute. À chacun de mes pas, les criquets bondissent tels du pop-corn dans de l'huile brûlante. Le soleil de printemps reste chaud malgré sa descente vers l'horizon.

Quand j'atteins la grange, je mets la main sur le bois fatigué, qui dégage de la chaleur. Je me remémore l'odeur de Charlotte. Le romarin. C'était ça, qui poussait dans le jardin de Mme Dunwitty. Charlotte sentait toujours le romarin et les biscuits au citron.

Je pense à la Lune des Moissons, à la jeunesse qu'elle évoquait à Mme Dunwitty malgré tout ce temps. Mais le souvenir de Charlotte est douloureux. Me sentirai-je mal chaque fois que je percevrai cette odeur ? Même à quatre-vingts ans ? Il faudra que je dise à Becca qu'il ne devra pas y avoir de jardin, dans la maison de retraite où elle me mettra. La plus stérile sera la meilleure. Je n'ai pas de souvenirs associés aux produits ménagers.

Je ne sais pas quand la folie s'empare de moi, mais je me mets à parler à la grange comme si c'était Charlotte. Au début, je gémis des trucs du genre : « Comment je vais survivre sans toi ? » Bien mélodramatique. Mais très vite, je lui confie tout ce que j'aurais dû lui dire avant. Comme : « J'adore la façon dont tu fronces le nez quand tu souris. »

Je me demande si je peux rester là. L'idée d'affronter mes amis, ma famille, Mme Finch, les cours, toutes les conneries que j'attendais de ma vie, me panique. Je n'en ai aucune envie. Je pourrais me cacher dans cette grange, cette grange qui s'écroule, jusqu'à ce qu'on m'oublie. Je pourrais me cacher là sans penser à rien d'autre qu'à Charlotte.

Je ne veux pas rentrer, car tout le monde voudra m'aider à l'oublier. Je lui ai promis de ne jamais l'oublier. Si cela signifie souffrir jusqu'à ma mort, alors c'est ce que je ferai.

Je m'allonge sur la terre chaude et je ferme les yeux. J'invoque Charlotte. Elle penche la tête et ferme les yeux, elle aussi. Nos doigts sont entremêlés, c'est difficile de savoir lesquels sont les siens, lesquels sont les miens. Elle est si belle et si vivante, en cet instant.

Je ne sais pas à quelle étape du deuil j'en suis, mais qu'est-ce que ça fait mal ! Des larmes coulent à flots sur mon visage, glissent le long de mes oreilles et forment une petite flaque sur le sol sec.

0.5

À mon retour, tout le monde est très occupé. Mon père surveille une énorme marmite de soupe. Maman est à l'étage, je l'entends supplier Becca de descendre. Greta fait l'aller-retour dans la cuisine, elle se ronge les ongles, tandis que James dévore les dernières chips d'un sac de taille industrielle.

Figé sur le seuil, je profite des dernières secondes d'anonymat avant qu'ils me remarquent. Je deviendrai alors le type dont la petite amie est morte, une bombe à retardement. Je comprends désormais ce que Charlotte a dû ressentir, prisonnière de son cancer, et nous qui l'observions comme un oiseau en cage.

Je lâche mes clés sur le comptoir et tout le monde se tourne vers moi. Bizarrement, même ma mère m'entend. Le regard fou, des épis plein les cheveux, elle dévale les marches. Arrivée à la dernière, elle s'arrête net. Personne ne parle.

— Désolé, leur dis-je. J'avais besoin de temps.

Ils ne bougent toujours pas. Papa demande :

— Mais tu vas bien ?

— Non. Pas vraiment.

J'essaie de sourire, mais c'est comme s'il ne tenait plus sur mes lèvres.

— Mais je n'ai rien d'un Roméo, alors détendez-vous.

Mon père relève un coin de la bouche et retourne à sa soupe. James prend la main de Greta. Maman m'approche comme si j'étais un animal blessé dont elle craignait la réaction. Elle passe les doigts dans mes cheveux, m'étreint et m'étouffe à la fois. Je succombe un instant à son réconfort avant de m'écarter.

— Il faut que je parle à Becca.

Je serre le bras de ma mère avant de remonter dans la chambre de ma sœur. Je rapporte la chaise près du mur et je grimpe dessus.

— Coucou.

Elle lève les yeux vers moi.

— Très bien, dis-je. C'est très bien de me regarder. Et maintenant, si tu sortais de là ?

Becca retourne au livre sur ses genoux. Je n'en vois qu'une page. La tête d'un lapin brun sort d'un sac-poubelle, une fée aux yeux bleu électrique volète au-dessus de lui. C'est l'exemplaire du *Lapin en peluche* que Charlotte a illustré pour elle.

— Oh, Bec'.

Le silence entre ses murs est brisé par de gros sanglots.

— S'il te plaît, Bec', sors de là. Pour moi ?

Elle hoche la tête, juste à peine, mais c'est le seul signe dont j'ai besoin pour retirer les premiers livres. À l'intérieur, elle se lève et commence à les repousser. Des livres ouverts tombent en cascade de papier blanc. J'écarte ceux qui nous séparent et je l'étreins très fort.

Elle se désintègre. J'arrive à peine à la rattraper tandis qu'elle sanglote et s'effondre dans mes bras. Je ne suis pas seul. Becca non plus n'oubliera pas.

0.6

L'enterrement est la plus dure des épreuves que j'aie jamais endurée. Je déteste encore plus les fleurs de cimetière que la poésie. Je dépose la rose que m'a donnée Mme Dunwitty sur le cercueil de Charlotte. Je pense que ça leur plairait à toutes les deux. Je ne veux plus en parler. Peut-être plus jamais.

Charlotte est enterrée à côté de sa mère. Il y a de l'espace pour M. Finch et ses filles. C'est un caveau familial. Je n'y ai pas ma place.

À la sortie de la ville, nous nous arrêtons à une station-service. Greta et Becca passent aux toilettes. Je remplis le réservoir.

— Ça se rafraîchit, dit James en sortant de la voiture. Tu n'aurais pas un pull ?

J'indique le coffre et lui jette mes clés. Il l'ouvre et pousse un juron.

— La vache, Charlie ! C'est l'horreur, là-dedans. Comment tu retrouves quoi que ce soit ?

— Je retrouve rien. C'est là que je mets les trucs à oublier.

— Attends, je crois que je vois un sweatshirt coincé là-dessous. Je viens à ta rescousse !

Il se jette dedans et bat des pieds. Je viens l'aider en secouant la tête.

— Tu peux souffler, maintenant, déclare James alors qu'il ressort avec le sweat à capuche. Je t'ai sauvé.

Il l'enfile. Ce sweat a beau être trop grand pour moi, sur lui on dirait qu'il vient du rayon bébé. Ça me fait sourire.

— Un peu serré, dit-il avec une grimace. Il faut que tu vides ce coffre, C. ! J'ai cru voir un cadavre.

Avec un rire, je scrute un peu mieux les profondeurs de mon coffre. Mon cœur s'arrête en reconnaissant un visage. L'ange de Mme Dunwitty. Celui que j'ai renversé dans un point de l'espace-temps qui me semble bien loin. Il est allongé sur le côté, sans son aile cassée perdue quelque part dans ce désordre, oubliée.

— Va me chercher la poubelle là-bas, dis-je en montrant les pompes à essence.

— Hé, je voulais pas dire maintenant tout de suite.

— Poubelle, s'il te plaît.

Je commence à vider tout ce bazar aussi vite que possible. Quand James revient avec un fût très lourd, je ressors du coffre, les bras chargés de papiers, d'emballages et d'une chaussure orpheline. Je fourre tout dans la poubelle et je replonge. J'ai les mains qui tremblent. Je n'arrive pas à tout débarrasser assez vite.

Je regarde James. Derrière lui, Becca et Greta reviennent.

— Aide-moi.

James hoche la tête et se met à sortir des papiers et des bouteilles de soda. Il brandit quelques objets louches au-dessus de la poubelle et demande : « Je jette ? » Un short, un vieux sac de sport et un magazine scientifique volé dans le bureau de mon père. À chaque fois, j'acquiesce en grognant. Poubelle, poubelle, poubelle. Tout y passe.

Puis James montre un pot de peinture rose :

— Je jette ?

— Non !

Je le sauve et je récupère le pinceau pour les mettre de côté.

Encore quelques brassées et le coffre est vidé, à l'exception de l'ange, son aile, la peinture et le pinceau. Je reste prisonnier du regard de béton jusqu'à ce que James se racle la gorge.

— C'est beaucoup mieux, mais on devrait se remettre en route, tu ne crois pas ?

Il pose la main sur mon épaule et l'autre sur la porte du coffre, prêt à la fermer. Sans détourner les yeux de l'ange, j'acquiesce.

— Bon, très bien, dit-il.

— Attends !

Je retiens la porte du coffre et j'en sors l'ange. Il est lourd. J'ai du mal à le porter. Mais je le soulève et le serre contre moi.

James me dévisage comme s'il était en train de choisir la taille de ma camisole de force. Sa bouche se tord. Je n'arrive pas à croiser son regard alors je baisse les yeux vers la sculpture et je dis :

— Je suis prêt, maintenant.

Greta reconnaît l'ange.

— Oh, souffle-t-elle comme si elle retenait sa respiration depuis trop longtemps.

Elle m'aide à le mettre sur le siège arrière. Elle se glisse à côté et le retient avec le bras. Je fais pareil de mon côté.

À l'avant, j'entends Becca renifler. Je sors le mouchoir de Mme Dunwitty de la poche de ma veste et le lui tend.

— On va où ? demande James depuis la place du conducteur.

— Il faut que je voie Charlotte une dernière fois.

James hoche la tête et démarre la voiture.

Becca essuie ses larmes sur le mouchoir blanc amidonné qui sent encore un peu la Lune des Moissons qu'il protégeait. Elle me regarde, puis l'ange, puis moi.

— Charlotte sera très contente, Charlie.

J'acquiesce et m'accroche un peu plus à mon ange.

— Tu fais un bon héros.

La voix de Becca est un froissement d'ailes.

— Atticus serait fier.

0.7

Le cimetière est au creux d'une vallée entourée de collines verdoyantes et boisées. L'entreprise de pompes funèbres a retiré la tente et les chaises, mais depuis le parking, je distingue encore les immenses bouquets de fleurs à l'endroit où repose Charlotte.

Je sors l'ange du siège arrière. James se précipite pour ouvrir le coffre. Maintenant que j'ai un plan, je me sens mieux, comme si je contrôlais au moins une petite chose dans ce monde.

— Bec', tu pourrais prendre la peinture et le pinceau ?

Becca jette un coup d'œil dans le coffre vidé.

— C'est son aile ? demande-t-elle en la montrant.

J'acquiesce. Elle la sort avec le reste.

Greta arrive elle aussi et demande d'un ton de maman :

— Qu'est-ce que tu fais avec cette peinture, Chuck ?

James lui touche l'épaule pour l'empêcher de suivre.

— Laisse-le tranquille.

— Qu'est-ce qu'il va faire ?

— Ce qu'il a à faire.

Il referme le coffre. Tandis que je m'éloigne, je l'entends lui dire de me faire confiance pour une fois, n'ai-je donc pas grandi cette année, Greta n'est pas ma chef.

Elle le frappe à l'épaule.

— Je suis la chef de tout le monde !

Il rit et la prend par la taille, l'embrasse sur la tête.

Becca et moi traversons le labyrinthe de tombes. L'ange est petit, pour un ange, mais plus je me rapproche de Charlotte, plus il me paraît lourd. Il y a une couche de terre sur sa tombe. Je place la statue près de sa tête.

— Ça m'ennuie qu'il soit cassé, dis-je en le redressant pour qu'il veille sur Charlotte.

Becca sort le mouchoir de Mme Dunwitty de sa poche.

— Tiens-le bien.

Je m'agenouille près de l'ange et je regarde Becca nouer le mouchoir en écharpe et ainsi rattacher l'aile.

— Comment tu as fait ça ?

— Je ne l'ai pas vraiment réparé. Je l'ai juste rendu plus supportable.

Elle se penche par-dessus l'ange et m'embrasse sur la joue comme quand elle était petite. Son regard est apaisé.

Elle contemple la terre dans laquelle Charlotte repose.

— Meilleures amies pour la vie, murmure-t-elle.

Elle retourne à la voiture avec un seul et dernier regard en arrière.

En peignant l'ange en rose, je pense aux Finch et à tout ce qu'elles m'ont appris. Plus j'y réfléchis, plus je m'embrouille. Impossible d'y mettre de l'ordre pour le moment. Et finalement, ce n'est pas la peine. J'ai tout le temps du monde. Peut-être qu'un jour je serai un vieux grincheux comme Dunwitty. Imaginez le génie que je deviendrai avec tout ce temps pour démêler ce bazar !

Ou pas.

Ce dont je suis sûr, c'est que le monde est différent vu de la tombe de Charlotte Finch, quand on a un pinceau à la main et qu'on respire l'odeur des fleurs. D'ici, on dirait moins une série de chiffres concrets et plus un chaos.

Je suis tellement concentré sur l'aile cassée que je n'entends pas qu'on s'approche. Je sens l'atmosphère changer et un parfum familier : Charlotte, mais pas tout à fait.

— Qu'est-ce que tu fais, Hanson ? demande Mme Finch.

— Elle ne devrait pas être seule.

Silence. Je continue à peindre. Luna s'assoit près de moi et surveille le moindre de mes gestes, comme si elle protégeait encore Charlotte.

Je termine les ailes avant de me tourner vers Mme Finch. Elle ne porte plus sa tenue d'enterrement. Ses yeux bleus sont teintés de rouge. Elle a la peau aussi pâle que les pierres blanchies de la plus vieille partie du cimetière. Elle n'a pas l'air bien du tout.

Je lui tends la peinture et le pinceau et j'indique l'ange du menton :

— Vous voulez terminer ?

Elle le regarde.

— Il est cassé, marmonne-t-elle.

— Ça arrive. Mais vous voyez ? Ça va s'arranger.

— Comment est-ce arrivé ?

— Je l'ai renversé avec ma voiture.

Le souvenir des moments passés avec Mme Dunwitty me fait sourire.

Mme Finch lâche un rire bref, dur. Elle passe un doigt sur le mouchoir qui maintient l'aile cassée.

— Passe-moi ce pinceau.

Je l'observe dans le jour qui tombe. Elle se concentre sur chaque goutte de peinture adhérant au corps granuleux de l'ange. Il faut que je sache.

— Allez-vous revenir faire cours ?

— Non.

Elle donne quelques coups de pinceau et le laisse tomber sur ses genoux.

— Pour ce que ça vaut, vous étiez un bon professeur.

Elle a un sourire en coin et quelque chose qui aurait dû être un rire s'étrangle dans sa gorge.

Elle termine de peindre. Elle dépose le pinceau et s'essuie les doigts sur son jean où elle laisse des traces roses.

— J'ai quelque chose pour toi.

Elle ouvre son sac à main derrière elle.

— J'ai failli ne pas te le donner. Je suis désolée.

Elle tient un livre qui me paraît familier. Un courant électrique me parcourt la colonne vertébrale.

— Non ! Je l'ai rendu à Charlotte. Il est à vous.

Mme Finch l'ouvre à la page des dédicaces.

— Plus maintenant, dit-elle en se penchant sur la tombe pour me donner le livre.

Je vois mon nom, calligraphié de l'écriture élancée de Charlotte.

À l'autre Charlie, qui risque d'oublier que les oiseaux moqueurs chantent pour lui.

Je ravale un sanglot et feuillette le livre. Je passe le doigt sur les dessins comme s'il s'agissait du visage de Charlotte. J'adore ce roman.

0.8

Quand Mme Finch s'en va, je remarque qu'elle est dans la voiture argentée au pare-choc abîmé de Charlotte. Un instant, je prétends que c'est elle. Qu'elle reviendra. Qu'elle va juste chercher des donuts.

C'est un beau rêve, quoique trop court.

— Charlotte, je t'ai déjà parlé des voyages dans le temps ?

J'arrache quelques brins d'herbe et je les déchire, mes doigts sont verts de chlorophylle.

— Si tu prévois ta vie le long de la droite réelle, elle contiendra un espace fini. Nous avançons à un rythme régulier dans une direction positive. Les corps qu'on nous a donnés ne sont pas censés durer éternellement.

Je m'allonge près d'elle. Dans ma tête, nos doigts se touchent.

— Voici ce que je ne t'ai jamais dit : la droite réelle, et je parle de toute la droite, le vecteur qui peut contenir toutes nos vies et celle de l'univers, elle commence et se termine dans l'infini. Si tu prends cette droite et que tu places l'infini à un point, la droite devient un cercle. Il ne se termine jamais. Dans un cercle, n'importe quels points peuvent être connectés.

D'après les scientifiques, c'est ainsi que fonctionne le voyage dans le temps. C'est un saut d'une part et d'autre du cercle. Si c'est vrai, tout est éternel.

Ce qui est naze, parce que ça signifie que tu vas me manquer à jamais. Mais c'est cool, aussi, parce que ça veut dire qu'à ma façon idiote je vais t'aimer pour toujours.

Je n'ai pas envie de pleurer encore, alors je me concentre sur mon cercle infini et je retrouve un souvenir qui n'a rien à voir.

Dans ce souvenir, le store à la fenêtre de Charlotte divise le soleil de l'après-midi. Nous sommes allongés sur son lit, elle est silencieuse, presque endormie, mais elle me regarde, le menton appuyé sur mon torse, une question dans les yeux. Je suis soudain terrifié de ne pas en connaître la réponse.

— Est-ce que tu es là parce que je meurs ?

— Non, dis-je, la voix inégale.

Je me sens plus grand que n'importe quel ensemble infini dans tout l'univers, parce que j'ai la réponse.

— Je suis là parce que je suis en vie.

— Bien répondu, Charles Hanson. Bien répondu.

Charlotte s'étire vers mes lèvres. Nos doigts sont infiniment entremêlés.

Nous nous embrassons, éternellement.

0.9

Je voudrais que mon histoire se termine sur ce baiser, mais elle n'a pas de véritable fin.

Une jolie fille m'a un jour donné un journal extraordinaire. L'infinie possibilité des pages blanches était si intimidante que je les ai presque laissées en l'état.

Et puis non.

1.0

Les débuts, c'est toujours difficile. Ça fait quarante-sept minutes que je contemple cette page blanche. Les possibilités sont infinies. Lorsque j'aurai commencé, elles se réduiront.

D'un point de vue scientifique, les débuts, ça n'existe pas. Le monde est fait d'énergie qui ne se crée et ne disparaît pas. Tout ce qu'*elle* est se trouvait là avant moi. Tout ce qu'elle était restera. Son existence touche mon passé et mon futur en un point : l'infini.

La vie n'est pas faite comme ça. C'est plutôt un cercle.

On peut commencer l'histoire n'importe où, elle reviendra à son point de départ.

En d'autres termes, peu importe où je commence. Ça ne changera pas la fin.

L'espoir est cette chose à plumes
Perchée sur nos âmes
Qui fredonne l'air sans les paroles
Et ne se tait... jamais.

Emily Dickinson

Je crois qu'au fond de nous réside l'espoir infini.

Et je sais qu'à cet instant précis mon très logique Charlie Hanson lève les yeux au ciel parce que l'espoir n'est pas compris dans un ensemble infini ; mais allez, Chuck, écoute-moi !

Nos corps sont peut-être limités, mais dans nos cœurs, là où demeurent l'espoir, l'amour et la grâce, rien ne nous arrête. L'espoir ne connaît pas la fin.

Et c'est un sentiment fabuleux. Inquiétant, aussi, parce que, avec tant d'espoir, nous devrions être capables de tout. Tout.

Comme de guérir le cancer.

Mais quand on est sous la coupe de la chimio, du deuil ou de la dépression, c'est horrible de se sentir limité.

C'est là qu'on a besoin d'être soutenu. C'est là que vous pouvez tous aider !

Lors de mes dédicaces de *Charlie + Charlotte*, je recueille des messages d'espoir, les noms de ceux qui ont survécu et les souvenirs de ceux qu'on a perdus et je les rassemblerai sur des rubans de sensibilisation au cancer. Ces rubans serviront à créer des œuvres d'art qui seront offertes à des centres de lutte contre le cancer, dans l'espoir de faciliter ne serait-ce que le combat d'une seule personne.

N'hésitez pas à vérifier sur mon site Internet www.shannonleealexander.com si je dédicace près de chez vous. Vous pouvez également me les envoyer sur Twitter à @shanlalexander, hashtag #AlwaysHope, sur Facebook (Shanlalexander) ou par email. Au fur et à mesure de la progression des œuvres, je les partagerai sur ce site et sur wanderthewords.tumblr.com.

Aidez-moi à faire vivre l'Espoir, à l'infini.

Ouvrage composé par
FACOMPO - LISIEUX

Cet ouvrage a été imprimé
en Allemagne par

GGP Media GmbH
à Pößneck

Dépôt légal : septembre 2016

MIXTE
Papier issu de
sources responsables
FSC® C003309
FSC
www.fsc.org

Pocket Jeunesse, une marque d'Univers Poche,
est un éditeur qui s'engage pour
la préservation de l'environnement
et qui utilise du papier fabriqué à partir
de bois provenant de forêts gérées
de manière responsable.

PKJ • www.pocketjeunesse.fr
• POCKET JEUNESSE

12, avenue d'Italie – 75627 PARIS Cedex 13